# FREE

## Coming of Age at the End of History

歴史の終わりで
大人になる

レア・イピ
山田 文〈訳〉

勁草書房

祖母レマン・イピ（ニニ、1918–2006）の

思い出に捧げる

# FREE

歴史の終わりで大人になる

目次

凡例 原著の注は傍注で記し、訳者による注は〔 〕内に割注で記した

「人間はみずからの自由な意志で歴史をつくるわけではない。
だが、それでもやはり歴史をつくる」
——ローザ・ルクセンブルク

# I

# 1　スターリン

Stalin

　スターリンを抱きしめたあの日まで、自由《フリーダム》の意味を自問したことはなかった。近くで見ると、スターリンは思っていたよりずっと背が高かった。担任のノラ先生に教わったのだけれど、帝国主義者と修正主義者はスターリンの背の低さを強調したがるのだという。実際にはルイ十四世のほうが低かったのに、帝国主義者と修正主義者は――なぜか――ルイ十四世の身長は問題にしないらしい。いずれにせよ、とノラ先生は真剣な面持ちで付け加えた。ほんとうに大切なことではなく見た目を重視するのは、いかにも帝国主義的な過ちです。スターリンは巨人で、彼のおこないのほうが体格よりずっと重要なの。

　スターリンはほんとうに特別です、とノラ先生はつづけて説明してくれた。目でほほ笑みかけるんですから。みなさん、信じられますか？　目でほほ笑みかけるんですよ。顔を引き立てるやさしい口ひげが唇を覆っているから、口元だけしか見ていなかったら、スターリンがほんとうにほほ笑んでいるのか、ほかのことをしているのかけっしてわからない。でも、鋭く知的な茶色い瞳をひと目見たらわかる。スターリンはほほ笑んでいるって。なかには目を見られない人もいます。明らかに隠しごとがある人ですね。スターリンはまっすぐみなさんを見据えて、うれしい気持ちになったら、あるいはみなさんが正しい振る舞いをしていたら、その目がにっこり笑うの。いつも地味なコートと飾り気のない茶色い靴を身につけて、右手をコートの左胸に差し入れていました。まるで自分の心臓を手で包み込んでいるかのように。左手はポケットに入れていることが多かったですね。

「ポケットに？」わたしたちは質問した。「ポケットに手を入れて歩くのは、お行儀が悪いんじゃないんですか？　大人はポケットから手を出しなさいっていつも言うけど」

「まあそうですね」ノラ先生は答える。「ソビエト連邦は寒いの。それにナポレオンだっていつもポケットに手を入れていたでしょう。だれもお行儀が悪いなんて言いませんでした」

「ポケットじゃありません」わたしはおずおずと発言した。「ベストです。あの時代には育ちのよさの印でした」

ノラ先生はわたしを無視して、次の質問に答えようとした。

「それに、ナポレオンは背も低かった」わたしは割って入った。

「どうしてわかるの？」

「おばあちゃんが言っていました」

「おばあさんはなんて？」

「ナポレオンは背が低かったけど、マルクスの先生のヘンゲル、とかヘーゲルとか、忘れちゃいましたけど、その人がナポレオンを見て、世界精神が馬に乗っているのが見えるって言ったって〔一八〇六年にイェーナでナポレオンを見かけたときのヘーゲルの感想。ヘーゲルからニートハンマーへ宛てた一八〇六年十月十三日付の書簡より〕」

「ヘンゲルね」とノラ先生がわたしの発言を正した。「ヘンゲルの言うとおりでした。ナポレオンはヨーロッパを変えた。啓蒙主義の政治制度を広めたの。偉人のひとりでした。でもスターリンほど偉大ではありません。もちろん馬ではなく、おそらく戦車でしょうけど、スターリンがそれに乗っているのをマルクスの先生のヘンゲルが見たら、同じように世界精神が見えると言ったはずですよ。スターリンは、さらに多くの人に欠くことのできないインスピレーションの源でした。ヨーロッパだけでなく、アフリカとアジアの数えきれないほどの兄弟姉妹にとって」

「スターリンは子どもを愛していましたか?」わたしたちは質問した。

「もちろん愛していましたよ」

「レーニンが愛したよりも?」

「同じくらいです。でも敵はいつもそれを隠そうとしたの。レーニンよりもスターリンのほうが悪者であるかのように語っていました。スターリンのほうが強くて、ずっとずっと危険だったからです。レーニンはロシアを変えたけれど、スターリンは世界を変えた。だからスターリンもレーニンと同じくらい子どもを愛していたのに、それがきちんと伝わらなかったの」

「スターリンは、エンヴェルおじさんと同じくらい子どもを愛していましたか?」

ノラ先生は口ごもった。

「スターリンのほうが子どもを愛してた?」

「みなさん、答えはわかるでしょう」やさしい笑顔でノラ先生は言った。

スターリンが子どもを愛していた可能性はある。子どもたちはおそらくスターリンを愛していた。でも確かなこと、絶対に確かなことがある。それはあの十二月の雨の午後ほど、わたしがスターリンを愛したときはなかったことだ。わたしは港から文化宮殿近くの小さな公園まで全力で走り、汗びっしょりでふらふらだった。心臓がばくばくし、いまにも地面に吐き出しそうだ。一・五キロメートル以上も全力疾走して、ようやくその公園を目でとらえた。スターリンが地平線に姿を現したとき、もう安心だと思った。いつもと同じように厳かに立ち、地味なコートと飾り気のない青銅の靴を身につけて、心臓に添えるように右手をコートのふところへ入れている。わたしは足を止めてあたりを見まわし、だれもついてきていないのを確かめてから、さらにスターリンへ近づいた。右の頰をスターリンの太ももに押しつけ、両腕でなんとか膝に抱きつく。わたしの姿は周囲から見えない。息を整えようと、目を閉じて数を数えはじめた。一――二――三……。三十七まで数えると、犬の吠声は聞こえなくなった。コンクリートを踏みつけるけたたましい靴音は、遠くでこだまするだけだ。抗議者たちのスローガンだけが、ときどき響いてくる。〝自由《フリーダム》を、民主主義《デモクラシー》を、自由《フリーダム》を、民主主義《デモクラシー》を〟

もう安全だと思って、わたしはスターリンから手を離した。地面に腰をおろし、さらにスターリンに目を注ぐ。靴についた数滴の雨粒が乾いていくところだ。コートの塗料は色褪せてきている。スターリンはまさにノラ先生の説明どおり、青銅の巨人だった。手足は思っていたよりずっと大きい。ほんとうに口ひげが上唇を覆っていて、目でほほ笑みかけているのか。確かめようと、わたしは首をうしろに傾けて顔をあげた。でもそこに笑顔はなかった。目も唇もなく、口ひげすらない。スターリンの頭部はフーリガンに盗み取られていたのだ。

悲鳴をあげそうになって、手で口を覆った。やさしい口ひげをたくわえた青銅の巨人スターリン、わたしが生まれるずっと前から文化宮殿の公園に立っていたスターリンが首をはねられた？　戦車に乗った世界精神が見えるとヘンゲルなら言ったはずの、あのスターリンが？　どうして？　あの人たちは何がしたかったの？　どうして〝自由を、民主主義を、自由を、民主主義を〟と叫ぶの？　それはどういう意味？

それまで自由について考えたことはあまりなかった。そうする必要がなかった。わたしたちにはありあまるほどの自由があった。あまりにも自由で、それを重荷に感じることも多かったし、その日のように脅威と感じることすらあった。

抗議運動《プロテスト》に巻き込まれるなんて思ってもいなかった。抗議が何かすらわかっていなかった。わずか数時間前には、雨のなか校門のそばに立ち、どの道で家へ帰ろうかと迷っていた。左へ曲がるか、右へ曲がるか、まっすぐすすむか。わたしにはそれを決める自由があった。それぞれの道にはそれぞれの問題があるから、さまざまな原因と結果を検討し、その影響をよく考えて、あとで後悔するかもしれない決断を下さなければならない。

当然、その日は後悔していた。家へ帰る道を自由に選べたのに、選択を誤ったのだ。わたしは放課後の掃除当番を終えたばかりだった。四人グループで順番に教室を掃除することになっていたのだけれど、男子は口実をつくって帰ってしまうことが多く、女子だけが残される。わたしは友だちのエロナと当番にあたっていた。いつもなら、エロナとわたしは掃除後に学校を出ると、通りの角の舗道に座ってヒマワリの種を売るおばあさんのところへ立ち寄って声をかける。「試食していい？　これは塩味、それとも無塩？　ローストしたやつ、それともしてないやつ？」おばあさんは袋を三つ持っていて、そのうちのひとつをあける。ローストした有塩のもの、ローストした無塩のもの、ローストしていない無塩のもの。それぞれの袋から二、三粒もらって味見する。おこづかいが余っているときには、好きなものを選べた。

そのあとは左へ曲がり、ヒマワリの種を囓りながらエロナの家へ行って、錆びた鍵でなんとかなかに入る。鍵はお母さんのネックレスにぶら下がっていて、エロナはそれを首にかけて制服の下にしまっていた。エロナの家では、何をして遊ぶかを選ばなければならない。十二月は簡単だ。毎年その時期には歌の全国コンテストの準備がはじまるから、わたしたちも歌をつくって、全国放送のテレビに出演しているつもりになる。わたしが歌詞を書いてエロナが歌う。キッチンのフライパンを大きな木の匙で叩き、わたしがドラムの伴奏をつけることもあった。でもそのころには、エロナはもう歌のコンテストに興味をなくしていた。「花嫁と赤ん坊」ごっこをしたがることのほうが多かった。キッチンでフライパンを叩くのではなく、両親の部屋にいたがった。そこでお母さんのヘアクリップをつけたり、古いウエディングドレスに着替えたり、メイクをしたり、人形の子守をするふりをしたりしていると、やがてランチの時間になる。そこでわたしは決断を迫られる。エロナの望みどおり遊びつづけるのか、それともエロナを説得して、卵を焼いたり、卵がなければパンにオイルをつけて食べたり、場合によってはパンだけを食べたりするのか。といっても、こうしたことは些細な選択にすぎなかった。

ほんとうのジレンマがやってきたのは、あの日、教室掃除のことでエロナと言い争ったあとのことだ。エロナは掃き掃除もモップがけも両方すべきだと断言した。そうしなければ、月間最優秀掃除当番のフラッグをもらえないという。エロナのお母さんは、ずっとそれにこだわっていた。わたしはこう答えた。いつもは週の奇数日に掃き掃除をして、偶数日に掃き掃除とモップがけをするでしょう。今日は奇数日だから早くうちに帰ればいいよね、それでも掃除係のフラッグはちゃんともらえるよ。先生が期待しているのはそんなことじゃないとエロナは言って、わたしが掃除を疎かにしたせいで親が学校へ呼び出されたときのことを持ち出した。それはちがうとわたしは反論した。ほんとうの理由は、爪がのびすぎているのを月曜朝の検査係に見つかったからだ。そんなことはどうでもいいよとエロナは言って、どっちにしろ掃き掃除とモップがけを両方するのが正しい教室掃除のやり方なんだから、仮に月末にフラッグをもらったとしても、ズルをした気分になるはずだと譲らなかった。そして、これ以上議論の余地はないとでも言うかのように付け足した。家ではそんなふうに掃除しているし、お母さんはいつもそうしていたんだから。わたしはエロナに言った。自分のやり方を通したいからって、いつもそんなふうにお母さんのことを持ち出すのはおかしいよ。わたしは怒ってその場を去り、雨のなか校門のそばで考えた。エロナには、まちがっているときでもみんなにやさしくしてもらえると思う権利があるのだろうか。「花嫁と赤ん坊」ごっこが大好きなふりをするのと同じように、わたしは掃き掃除とモップがけが大好きなふりをするべきだったのか。

エロナに話したことはなかったけれど、わたしはその遊びがいやでたまらなかった。お母さんの部屋にいるのはいやだったし、ウエディングドレスを着るのもいやだった。まるで死人になったように、亡くなった人の服を着たり、亡くなった人がたった数か月前までつけていた化粧品に触れたりするのは気味が悪かった。すべてはつい最近の出来事だ。エロナは妹ができてわたしの弟と遊べるようになるのを楽しみにしていた。それなのに、お母さんは亡くなって妹は児童養護施設へ送られ、ウエディングドレスだけが残った。わたしはそれを着るのを拒んだり、ヘアクリップをいやがったりしてエロナを傷つけたくなかった。もちろん「花嫁と赤ん坊」についての考えを伝えるのはわたしの自由だ。エロナを教室に置いてけぼりにして、ひとりでモップがけさせる自由があったのと変わらない。止める人はいなかった。でも、ずっと嘘をついてしあわせにさせておくより、たとえ傷つけてもほんとうのことを話したほうがいいと考えを決めた。

左へ曲がってエロナの家へ行かないのなら、右へ曲がってもいい。それが家への最短ルートで、細い路地を二本抜けると、ビスケット工場前の大通りに出る。そこではまた別のジレンマに直面する。毎日の放課後、配給用トラックが到着するまさにそのタイミングで、かなりの数の子どもがそこへ集結する。そのルートを選んだ場合、「ビスケット要求行動」に加わらなければならない。工場の外の壁を背にほかの子たちと一列に並び、そわそわしながらトラックの到着を待つ。ドアに目を光らせ、バイクやたまに通る馬車など、計画の妨げになりかねない往来の音に耳をそばだてる。やがて工場のドアがひらいて運搬係がふたり姿を現し、地球を運ぶ双子のアトラス〔ギリシア神話で天空を肩にのせて支える巨人〕のようにビスケットのケースを運んでくる。ちょっとした騒ぎが起こり、わたしたちはシュプレヒコールを叫びながらよろよろと前進する。「ああ食べたい、ああ食べたい、ビスケット、ビスケット、ああ食べたい！」整然とした列は自然とふた手に分かれる。黒い制服に身を包み、運搬係の膝をつかもうと腕を振る前衛の子たちと、工場の門へ群がって出口を塞ごうとする後衛の子たちだ。運搬係は下半身をひねって子どもたちの手を逃れようとし、上半身をこわばらせてケースを持つ手に力をこめる。袋がひとつ滑り落ちて戦闘が勃発し、工場長が建物から出てくる。みんなに行きわたるだけの大量のビスケットを持っていて、それをしおに集会は解散する。

　右へ曲がるのもまっすぐ歩きつづけるのもわたしの自由で、右に曲がった場合に予想されるのはそんなことだった。邪《よこしま》な気持ちはまったくなかった。おやつを探しにいくつもりはなく、家へ帰ろうとしていただけだ。そんな十一歳の子どもに、工場の窓から漂うビスケットのおいしそうな匂いを無視して先へすすめというのは無茶だし、おそらくフェアでもない。トラックの到着に無関心を装って通り過ぎ、詮索するような気まずい目でみんなから見られるのを無視しろというのも無理な話だろう。でも一九九〇年十二月のあの惨めな雨の日の前夜には、父と母からまさにそんな無茶なことを求められるようになっていた。それもひとつの理由になって、どの下校路を選ぶかが自由の問題に直結したのだ。

　わたしにも多少の落度はあった。戦利品のようにビスケットを家へ持ち帰るべきではなかった。でも新工場長にも責任があった。採用されたばかりのその女性は新しい職場の事情を知らず、子どもたちが現れたのはその日かぎりの出来事だと勘ちがいした。以前の工場長はみんな、子どもひとりにつきビスケット一枚しか渡さなかったのに、彼女は袋ごと手渡した。子どもたちはこの変化に動揺し、翌日以降の「ビスケット要求行動」への影響に不安を覚えた。そして、その場でビスケットを食べずに袋を通学用かばんにしまい込み、慌てて退散した。

　正直なところ、父と母があそこまで大騒ぎすると思わなかった。ビスケットを見せ、手に入れた経緯を説明したとき、いのいちばんにこう尋ねられるなんて当然思ってもみなかった。「だれかに見られた？」もちろんだれかには見られた。とくに袋を手渡してくれた人には。うん、その女の人の顔は、はっきりとは憶えてない。うん、その人は中年だった。背は高くなくて、低くもなくて、たぶん普通。髪はウェーブしてて、黒。満面のやさしいほほ笑み。その時点で父の顔は蒼白になった。頭を抱えて肘かけ椅子から立ちあがる。母はリビングを出ていって、キッチンについてくるようにと父に合図を送った。祖母は無言でわたしの髪をなではじめ、ビスケットを一枚あげていた弟は囓るのをやめて部屋の隅に座り込み、緊張のあまり泣きだした。

　わたしは約束させられた。二度と工場の敷地に居座ったり、壁沿いの列に加わったりはしません。そしてこう誓わされた。労働者の仕事を邪魔してはいけないとわかりました。みんながわたしのように振る舞えば、ビスケットはやがて店から消えてしまうことを理解しました。ご‐けい‐せい、と父は強調した。互恵性のもとに社会主義は成り立っているのだと。

そんな約束は守るのがむずかしいことは、はじめからわかっていた。あるいはむずかしくなかったのかもしれない——そんなことはわからない。とにかく誠実に努力する必要はあった。その日、右に曲がらずに直進したこと、掃除当番のあとエロナを迎えに戻って「花嫁と赤ん坊」ごっこをしなかったこと、ビスケットを無視したことは、人のせいにできない。すべてわたしの決断だ。最善を尽くし、それでもまずいタイミングでまずい場所へ行きついてしまった。自由をすべて行使した結果、まったき恐怖に直面していた。犬たちが戻ってきて貪り食われるかもしれない。どっと逃げだす人の群れに押しつぶされるかもしれない。

抗議に出くわすことも、スターリンがかくまってくれることも予想できなかった。ほかで起こった動乱の場面をテレビで観たばかりでなければ、人がスローガンを叫んで警官が犬を連れているこの奇妙な光景を「抗議《プロテスト》」と呼ぶことすら知らなかっただろう。その数か月前の一九九〇年七月、数十人のアルバニア人がいくつかの外国大使館の塀をよじのぼり、建物のなかへ押し入った。どうして外国の大使館なんかに閉じこもろうとする人がいるのか、わたしにはわけがわからなかった。学校でその話をしていると、エロナがある家族の話を持ち出した。兄弟二人と姉妹四人の一家六人全員が、外国人旅行者の恰好をしてティラナのイタリア大使館に忍び込んだ。その一家はたったふたつの部屋だけで、五年間——まるまる五年も——そこで暮らした。その後、ハビエル・ペレス・デ・クエヤル〔ペルーの外交官で元国連事務総長〕という今度は本物の旅行者が訪ねてきて、大使館の塀をよじのぼった人たちと話した。その後、党とも話をして、イタリアで暮らしたいというその人たちの要望を伝えた。

わたしはエロナの話に興味をひかれ、どういう出来事だったのかと父に尋ねた。「あの人たちは〝ウーリガン（uligans）〟なんだ」と父は答えた。「テレビで言うようにな」。〝フーリガン（hooligan）〟は外国のことばで、アルバニア語には翻訳できないらしい。アルバニアにそのことばは必要ない。フーリガンはたいてい怒りっぽい若い男で、サッカーの試合へ足を運び、お酒を飲みすぎてトラブルを起こす。ほかのチームのサポーターと喧嘩して、やたらと旗を燃やす。たいてい西側で暮らしているけれど、東側にも少しいる。でもアルバニアは東側でも西側でもないから、最近までフーリガンは存在しなかった。

フーリガンのことを考えながら、いま出くわしたばかりの出来事を理解しようとした。当然、フーリガンなら大使館の塀をよじのぼったり、警察官に向かって叫んだり、社会の秩序を乱したり、銅像の頭を切り落としたりしてもおかしくはない。当然、フーリガンは西側でも同じことをしていたのだから、トラブルを起こすだけの目的でわたしたちの国に忍び込んだのかもしれない。でも、数か月前に大使館の塀をよじのぼった人たちは、明らかに外国人ではなかった。このふたつのフーリガンは種類が異なるけれど、どんな共通点があるのだろう。

その前の年にあったベルリンの壁の抗議というものが、ぼんやりと記憶に残っていた。学校で話し合ったとき、ノラ先生に教わった。あれは帝国主義と修正主義の戦いだと。互いに向けて鏡を立てているけれど、どちらの鏡も割れている。わたしたちには一切関係ありません。敵はわたしたちの政府を何度も転覆させようとしたけれど、いつも失敗に終わりました。六〇年代に一九四〇年代終わりには、スターリンと決別したユーゴスラビアと国交を断った。

はフルシチョフがスターリンの遺産を貶め、「左翼ナショナリストの逸脱主義」だとわたしたちを非難したから、ソ連との外交関係を中断させた。七〇年代終わりには中国が金持ちになって文化大革命を裏切ったので、同盟を破棄した。それでも問題ありませんでした。強力な敵に囲まれてはいるけれど、歴史の正しい側にいることを知っているから。敵が脅しをかけてくるたびに、人民に支えられた党はいっそう強くなりました。何世紀ものあいだ強力な帝国と戦い、バルカン半島の片隅にある小国にも抵抗する力があると世界に証明してきたのです。いまは闘争の先頭に立ち、何よりむずかしい移行を実現させようとしています。つまり、社会主義的自由から共産主義的自由への移行——公正な法律によって治められた革命国家から、国家そのものが死滅した無階級社会への移行です。

　もちろん、自由には代償がつきものだとノラ先生はつづけた。わたしたちはずっと自力で自由を守ってきました。いま、やつらはみんな代償を払っている。やつらは混乱しているの。わたしたちは毅然と立ち向かっている。これからも模範を示して世界を導いていく。お金も武器もないけれど、修正主義者の東側と帝国主義者の西側の誘惑の声に抗いつづけたわたしたちの存在は、尊厳を依然として踏みにじられているすべての小国に希望を与えました。公正な社会の一員であるという名誉。この名誉と同じぐらい大きいのは、世界のほかの場所で展開している恐怖から守られている感謝の気持ちだけです。ほかの場所では子どもが飢え死にし、寒さに凍えて、無理やり働かされているのですから。

「この手を見たことがあるでしょう」話の最後にノラ先生は勇ましい表情で右手をあげた。

「この手はいつまでも強い。この手はいつまでも戦う。なぜだかわかりますか？　同志エンヴェルと握手したからです。大会のあとは、何日も手を洗わなかったの。でも洗ったあともちゃんと力は残っています。わたしから離れることはないんですから、死ぬまでけっして」

ノラ先生の手と、数か月前に聞いたばかりの先生のことばを思いだした。わたしはまだスターリンの銅像の前に座っていて、気持ちを落ち着かせ、立ちあがってまた家路をたどる勇気を奮い起こそうとしていた。先生のことばを一言一句すべて思いだしたかった。エンヴェルおじさんと握手したから自由を守るのだという先生の誇りと強さを思いだしたかった。先生のようになりたかった。わたしも自分の自由を守らなければと思った。恐怖は乗り越えられるはず。エンヴェルおじさんと握手したことはない。会ったこともない。でもスターリンの脚が力を与えてくれるだろう。

わたしは立ちあがった。先生のように考えようとする。わたしたちには社会主義がある。社会主義が自由を与えてくれる。抗議している人たちはまちがっている。自由を探し求めていた人なんていない。わたしと同じようにだれもがすでに自由で、その自由を行使したり守ったり、右か左へ曲がるのか直進するのか、どの道で家へ帰るのかを決めて責任を引き受けたりしているだけだ。わたしと同じで、あの人たちもうっかり港のそばに出てしまい、まずいタイミングでまずい場所へ行きついたのかもしれない。警察官と犬を見たときには、恐ろしくてたまらなかったのかもしれない。警察官と犬のほうも、とても怖かったのかもしれない。とくに人が走っていくのを見たときは。ひょっとしたら、だれがだれを追いかけているのかわからないまま、どちらも追いかけっこをしていただけかもしれない。だから、恐怖と不安から「自由を、民主主義を」と声をあげはじめたのかもしれない。それを手に入れたいと主張していたのではなく、失いたくないと伝えようとしていただけかもしれない。

それに、スターリンの頭だって抗議となんの関係もないのかもしれない。夜のうちに嵐と雨のせいで壊れてしまい、修繕のためにだれかがすでに回収して、もうすぐ新品のようにもとの場所へ戻されるのかもしれない。ほほ笑みをたたえた鋭い目と、上唇を覆う濃くてやさしい口ひげとともに――先生から教わったとおりの容貌で、これまでとまったく変わらずに。

最後にもう一度スターリンを抱きしめて、くるりと背を向けた。地平線を見つめて家までの距離を頭のなかで測り、深く息を吸って走りだした。

# 2 ほかのイピ

The Other Ypi

「Mais te voilà enfin! On t'attend depuis deux heures! Nous nous sommes inquiétés! Ta mère est déjà de retour! Papa est allé te chercher à l'école! Ton frère pleure!」* 細くて背の高い全身黒ずくめの人影が大声を張りあげた。ニニは一時間以上も丘の上で待っていて、通りがかりの人にわたしを見かけなかったか尋ね、エプロンでそわそわと手を拭きながら、目を凝らしてわたしの赤い革のリュックを探していた。

祖母が怒っているのはわかった。祖母はおかしな叱り方をする。こちらの行動のせいでほかの人が迷惑をこうむったことを指摘し、身勝手な振る舞いがいかにほかの人の目標追求を妨げたかを並べたてて、責任を自覚させる。フランス語のひとり語り《モノローグ》が延々とつづくうちに、父も坂の下から姿を現した。息を切らして丘を駆けあがり、手にはぜんそくの吸入器をミニチュア

* 「やっと帰ってきた！　二時間も待ってたんだよ！　心配していたんだから。お母さんはもう帰ってますよ！　パパは学校へ探しにいきましたよ！　弟は泣いてますよ！」

火炎瓶《モロトフカクテル》のように握り締めている。あとをつけられていないか確かめるように、しきりにうしろを振り返る。わたしは祖母の背後に隠れた。

「掃除のあと学校を出たらしい」ニニに駆け寄りながら父は言う。「足どりをたどろうとしたんだが。どこにも見あたらないんだ」見るからに動揺していて、いったん間《ま》を置いて吸入器を吸う。「どうやら抗議《プロテスト》があったらしい」と声をひそめ、つづきは家のなかで説明すると身振りで示した。

「あの子はここにいますよ」祖母が答える。

父は安堵のため息をつき、わたしの姿を認めて表情を厳しくした。

「自分の部屋へ行きなさい」父は命じた。

「抗議じゃないよ。〝ウーリガン〟だよ」わたしはぶつぶつ言いながら中庭を歩き、なぜ父は「抗議」という別のことばを使ったのだろうと思った。

家のなかでは母が夢中で大掃除していた。何年もしまい込んでいたものを屋根裏からおろしている最中だ。袋に入った羊毛、さびついたはしご、祖父が大学時代に使っていた古い本。興奮しているのがわかる。母は家のなかで新しい雑用を見つけ、いら立ちをそこへぶつける癖がある。いら立ちが大きければ大きいほど、作業も大きくなる。だれかに怒っていたら、無言のまま鍋やフライパンで乱暴な音を立て、床に落ちたカトラリーに悪態をついて、トレイを食器棚にぶちこむ。自分自身に怒っていたら、リビングの家具を動かし、テーブルを部屋の隅まで引きずっていって椅子を積み重ね、重たいカーペットをめくりあげて床をごしごしこする。

「〝ウーリガン〟を見たよ」わたしは冒険の話をしたくてたまらなかった。

「床は掃除中だよ」おっかない声が返ってきて、湿ったモップの先でくるぶしを二度叩かれた。靴は外へ置いてきなさいという意味だ。

「フーリガンじゃなかったかも」靴ひもをほどきながらわたしはつづけた。「抗議の人かも」

母は手を止めて、ぽかんとした顔でわたしを見た。

「フーリガンなんて、ここにはあんたしかいないよ」母はモップを持ちあげ、わたしの部屋のほうへ向けて二度振った。「この国には抗議する人なんていないから」

母はずっと政治問題に無関心だった。昔は、政治を熱心に追いかけていたのは父と祖母（父の母）だけだった。ふたりはニカラグア革命とフォークランド戦争についてよく語った。南アフリカでアパルトヘイト終結の協議がはじまったときには、それに夢中になった。自分がアメリカ人でベトナム戦争に召集されたとしたら、徴兵を拒むだろうと父は語った。わたしたちの国がヴェトコンを支持していてよかったとしきりに力説した。父はこのうえなく悲惨なことをおもしろおかしく語る癖があって、父の反帝国主義政治のジョークは、わたしの友人のあいだで伝説になっていた。友人が泊まりにきて寝室の床にマットレスを敷くと、いつも夜の終わりに父がドアから顔をのぞかせて言う。「ぐっすりおやすみ、パレスチナ難民キャンプのみなさん！」

いわゆる「修正主義ブロック」こと東側での新しい展開によって、何かが変わった気がした。それが何かはわからなかった。イタリアのテレビでソリダルノシチ（Solidarność）〔ポーランドの独立自主管理労働組合〕

「連帯」のこと。労働組合から反共産主義運動へ転じた組織で、民主化運動を主導した】について聞いたことが、ぼんやりと記憶に残っていた。労働者の抗議と関係がありそうだったし、わたしたちは労働者の国に暮らしているのだから、学校でつくらなければならない「政治情報」のニューズレターで取り上げたらおもしろいと思った。

「あまりおもしろいとは思わないな」相談すると父は答えた。「ニューズレターのネタならほかにある。父さんが働く村の協同組合では、いまの五か年計画で定められた小麦の生産目標を上まわった。トウモロコシの生産量は足りなかったんだが、小麦で埋め合わせたわけだ。昨夜のニュースで取り上げられていたよ」

　抗議が起こるたびに、家族は質問に答えるのをしぶるようになった。疲れた顔かいらいらした表情になり、テレビを消したり、ニュースが聞こえなくなるまで音量を落としたりした。好奇心を抱いているのはわたしだけのようで、家族に説明を期待できないのは明らかだった。学校の道徳の授業を待って、ノラ先生に尋ねるほうがいい。ノラ先生なら、いつだって曖昧にせずはっきり答えてくれる。政治のことを熱心に説明してくれる。父と母が同じぐらい熱心になるのは、ユーゴスラビアのテレビでせっけんとクリームのコマーシャルが流れるときだけだ。父はＴＶスコピエでコマーシャルを目にすると、とくにそれが衛生用品のコマーシャルの場合、すぐに大声をあげる。「宣伝《レクラマ》！　宣伝《レクラマ》！」母と祖母はキッチンでやっていることを放りだしてリビングへ全速力で駆けつけ、美しい女性がとびきりの笑顔で手の洗い方を教える映像が消える間際にそれをちらりと見る。母と祖母が少し手間どり、到着したときにコマーシャルが終わっていたら、父は弁解がましくこう言い放つ。「おれのせいじゃないぞ。呼んだのに来るのが遅かったんだ！」たいていそこから口論がはじまる。わたしたちが遅れたのは、あなたが家のことを何も手伝わないからでしょ。口論はやがて罵詈雑言の応酬になり、罵詈雑言はときに喧嘩に発展する。背後ではたいていユーゴスラビアのバスケットボール選手が点を入れつづけていて、やがて次のコマーシャルがはじまって平和が回復する。うちの家族は、ありとあらゆることでいつも口論していた――ただし政治を除いて。

部屋では弟のラニが泣きじゃくっていた。わたしを見ると涙をぬぐい、ビスケットを持ってきたかと尋ねた。

「今日は持ってこなかったよ。あっちには行かなかったから」わたしが答えると、ラニはまた泣きだしそうになる。

「わたしはここにいなきゃいけないの。反省するためにね。お話を聞きたい？　馬に乗った世界精神みたいな人のお話なんだけど、首をちょん切られるの」

「そんなの聞きたくないよ」ラニは答えて、また涙が頬をつたう。「怖い。首のない人なんて怖いよ。ビスケットがほしい」

「先生ごっこする？」なんとなく罪悪感を覚えて、わたしは誘った。

ラニはうなずく。ラニとわたしは先生ごっこが大好きだった。ラニがわたしの机の前に座り、先生のふりをしてメモをとって、わたしは宿題をする。ラニは歴史の授業がとくに好きだった。わたしは出来事を暗記すると、口頭でテキストを再現した。歴史上のおもな人物たちの会話を劇にして、よく人形たちに役を演じさせた。

その日は、登場人物も出来事もどちらもおなじみだった。学んでいたのは、第二次世界大戦中にイタリアのファシストがアルバニアを占領したときのことだ。その焦点は、第十代首相の共謀にあった。ノラ先生がアルバニアの売国奴と呼ぶその男は、国王ゾグ一世〔一八九五－一九六一。アルバニア共和国首相、大統領を経て、一九二八年から三九年に亡命するまでアルバニア王国の国王〕が逃げたあと主権をイタリアへ委譲した。ゾグによる支配とその後の出来事によって、真に自由な社会を目指すアルバニアの望みが絶たれた。オスマン帝国への数百年の隷属と、国の分割を目論む列強との数十年の闘いののち、一九一二年に全地域の愛国者が民族と宗教のちがいを超えて結集し、独立のために戦った。ノラ先生の説明によると、その後ゾグが敵対者たちを排除して権力を一手に握り、アルバニア人の王であると宣言したものの、やがて国はアルバニア人利敵協力者の助けを借りたファシストに占領される。イタリアがアルバニアへ正式に侵攻した一九三九年四月七日、多くの兵士と一般市民がイタリアの軍艦と勇敢に戦い、わずかな武器を取って砲弾に立ち向かい、最後の最後まで防御線で踏ん張った。でもほかのアルバニア人——地方長官、地主、商業界のエリート、搾取的で血に飢えた国王に仕えていた者たち——はこぞって占領軍を歓迎し、新しい植民地行政のなかで地位を得ようとした。元首相をはじめ、国王ゾグの重いくびきから国を解放してくれたとイタリア当局に感謝する者までいた。数か月後、この元首相は航空爆弾によって死亡する。国王に協力した裏切り者としての彼の人生と、ファシストのならず者としての彼の死、それがその日の歴史の宿題のテーマだった。

　ファシズムについて学校で話し合ったときは、みんな大興奮だった。活発に議論が交わされ、子どもたちはプライドではち切れんばかりだった。わたしたちは、その戦争に参加した親類や抵抗運動を支援した親類をあげるように言われた。たとえばエロナのおじいさんは当時まだ十五歳だったのに、山のなかでパルチザン部隊に加わってイタリアの侵略者と戦った。一九四四年にアルバニアを解放したあとは、ユーゴスラビアへ行って現地の抵抗運動を手助けしたらしい。エロナのおじいさんはよく学校へ来てパルチザン時代のことを語り、連合国軍の助けなしで戦争に勝った国はアルバニアとユーゴスラビアだけだと話した。ほかの子たちは、食料や隠れ場を提供して反ファシズムの闘士を支えた祖父母や大おじや大おばをあげた。運動に命を捧げた若い親類の服や所持品を教室へ持ってくる子もいた。シャツ、手刺しの刺繍をほどこしたハンカチ、処刑のわずか数時間前に家族へ送った手紙。

「反ファシスト戦争に参加した親類っている?」わたしは家族に尋ねた。みんな懸命に頭をひねり、家族写真をかきまわして、親戚に尋ね、ようやくババ・ムスタファという人にたどり着いた。わたしのおじの妻のまたいとこの大おじだ。ババ・ムスタファは地元のモスクの鍵を持っていて、イタリアが去ってドイツに占領されていたときのある午後、ナチスの守備隊を襲ったパルチザンの一団をかくまったらしい。わたしは教室で意気揚々とこのエピソードを披露した。「どんなつながりの親戚だって?」エロナが尋ねた。別の友だちマルシダは、「その人はモスクで何をしてたの?　どうして鍵を持ってたの?」と皮肉めいた口調で言う。三人目のベサは、「そのあとパルチザンはどうしたの?」と知りたがった。なんとか質問に答えようとしたけれど、実はあまり詳しいことは知らされていなかったから、友人たちの好奇心は満足させられなかった。話し合いは混乱し、やがて気まずくなった。質疑応答を何度か重ねたのち、ババ・ムスタファとわたしの関係も、反ファシスト抵抗運動への彼の貢献も、どちらも取るに足らないもののように思えてきて、やがて大げさだと見なされるようになった。ついにはノラ先生まで、ババ・ムスタファはわたしの想像の産物だとひそかに結論を下したようだ。

五月五日は戦争の英雄を記念する日で、党幹部の代表団が毎年地域にやってきて、殉難者の家族にあらためて追悼の意を示し、愛する者たちの血が流されたのは無駄でなかったと伝える。わたしはキッチンの窓辺に座り、猛烈な羨望のまなざしを友人たちに送っていた。みんな一張羅を身につけてまっ赤なバラの大きな花束を抱え、旗を振ってレジスタンスの歌をうたいながら家へ向かって歩いている。親は一列に並んで党の代表たちと握手し、公式写真が撮影されて、数日後に届くアルバムは学校に持参されて展示される。わたしには何もなかった。

社会主義に殉じて追悼される人物が家族にいなかっただけではない。アルバニアの売国奴、第十代首相、国の裏切り者、人民の敵、学校の討論で当然憎しみと軽蔑の的になる人物が、わたしと同じ名字で、父と同じ名前だったのだ。ジャフェール・イピ。毎年、教科書に彼が登場すると、わたしは辛抱強く説明しなければならなかった。名字は同じだけれど、親類ではない。父はその祖父の名にちなんで名づけられて、その祖父がたまたま元首相と同姓同名だっただけだ。毎年、わたしはその話をするのがいやでたまらなかった。

わたしは息を殺して歴史の課題を読んだ。少し考えてから怒りに駆られて立ちあがり、片手で本をひっつかんだ。「いっしょに来なさい」ラニに命じた。「またほかのイピの話だよ」。絵を描くのに使っていたペンをくわえたまま、ラニはおとなしくついてきた。ドアを思いっきり閉め、ずかずかとキッチンへ向かった。

「明日は学校に行かないから！」わたしはきっぱり申し渡した。

はじめはだれも気づいていなかった。母と父と祖母は入り口に背を向けてオークの小さなテーブルの片側に一列に並んでいて、隙間なく置かれた三つの折りたたみ椅子に危なっかしく腰かけていた。肘をテーブルにのせて手のひらでこめかみを覆い、前のめりになった頭は身体の重心から遠く離れていまにももげそうだ。三人とも得体の知れない物体を使った謎の集団儀式に夢中になっているみたいだけれど、その物体は三人の身体に隠れて見えない。

わたしは反応を待った。返ってきたのはシーッという音だけだ。つま先立ちになってのぞきこむと、テーブルのまんなかにわが家のラジオがあった。

「明日は学校に行かないから！」

声を張りあげ、さらに何歩かキッチンに踏み込んだ。歴史の教科書をひらいて、首相の写真が載ったページを掲げる。ラニは片足で床を踏み鳴らし、共謀者めいた目をわたしに向ける。父は無愛想に顔をしかめ、破壊活動をしていて見つかった人のようなうしろめたい表情になった。母がラジオを切る。音が消える直前のことばが聞こえた。「政治的多元主義」

「だれが部屋を出ていいと言った？」父の問いかけは脅迫の響きをおびていた。

「またあの人の話なの」父の叱責を無視してわたしは言った。声は高いままだけれど震えはじめる。「売国奴イピ。明日は学校に行かないからね。あの男となんの関係もないって説明して時間を無駄にする気はないから。前にもみんなに話したし、何度も何度も話した。なのにまた尋ねてくるんだよ。尋ねてくるにきまってる、聞いたことがないみたいに、知らないみたいに。また尋ねてくるよ、いつもそうだし、これ以上どう説明すればいいのかわかんない」

歴史や文学の授業や道徳のクラスでファシズムが出てくるたびに、こんなふうにまくしたてていた。学校を休ませてもらえたことは一度もない。今回もだめと言われるのはわかっていた。友人から問い詰められるのがどんな感じか、家族には説明できなかった。過去に意味を見いださず、現在のことを議論して未来の計画を立てるだけ、そんな家族のもとで暮らす気持ちを友人たちには説明できなかった。当時ずっと引きずっていた感覚を自分自身に説明できなかった。いまはその感覚をことばにできる。家のなかと外でのわたしの生活は、実はひとつではなくふたつだった。そのふたつの生活は互いに補完し支え合うこともあったけれど、たいていわたしにはよくわからない現実と衝突していた。

父と母は顔を見合わせた。ニニはふたりを見てからわたしのほうを向き、励ますような口調できっぱりと言った。

「もちろん学校には行くんですよ。あなたにはやましいことは何もないんだから」

「わたしたちにはやましいことは何もない」母が訂正した。ラジオに手をのばし、つづきを聴きたいから早く部屋を出ていけとほのめかす。

「わたしの問題じゃないの」わたしはあくまで言い張った。「わたしたちの問題でもない。売国奴の男が問題なんだよ。勇敢さを讃えられる人が家族にいて、クラスでそのことを話せれば、みんなあのイピとわたしの関係をしつこく尋ねないと思う。でもうちにはだれもいないでしょ。家族にはだれもいない。遠い親戚にすらいない。自由を守ろうとした親類はひとりもいない。自由を大切にする人なんて、この家にはいないんだよ」

「そんなことはない」父が口を挟んだ。「ちゃんといるぞ。おまえがいる。おまえは自由を大切にしているだろう。自由の闘士だ」

　ここまでのやりとりは、それまで何度もくり返されてきた会話と同じようにすすんでいた。たかが名字のために学校を休むのは馬鹿げていると祖母が主張し、父がジョークではぐらかし、母はわたしに中断させられたことを再開しようとする。

　でもこのときは意外な展開があとにつづいた。母が突然ラジオをほったらかして立ちあがり、わたしのほうを向いたのだ。「イピには何もやましいことがなかったと言いなさい」

　ニニは眉をひそめ、まごついた表情で父を見た。父はぜんそくの吸入器へ手をのばして祖母の視線を避けようとし、気遣わしげな表情で母のほうを向いた。母は怒りに燃えた目でキッと父をにらみ返す。計算したうえで、あえて穏やかでないことを言ったようだ。父の無言の咎めを無視し、母は話をつづけた。

「彼には何もやましいことはなかった。イピはファシストだった？　わからない。そうかもしれない。イピは自由を守った？　考えようによる。自由になるには生きていなきゃいけないでしょう。ひょっとしたら彼は、みんなの命を救おうとしていたのかも。アルバニアがイタリアに抵抗したところで、勝ち目なんてあった？　アルバニアは全面的にイタリアに依存していたでしょう。血を流したところで、なんの意味があるっていうの？　ファシストがすでに国を乗っ取っていたじゃない。ファシストが市場を支配していた。おもだった国有企業の株をすべてファシストに与えたのはゾグでしょ。イタリアの武器が入ってくるずっと前から、イタリアの商品が入ってきていた。そもそも道路だってファシストがつくったんだから。ムッソリーニの建築家が政府の建物を設計した。ムッソリーニの役人がそこを占領するずっと前にね。あの人たちがファシストの〝侵略〟って呼ぶのは――」

母は少し間《ま》を置き、口を歪め皮肉な笑みを浮かべて「侵略」ということばを発音した。

「いまはそんな話をするときではないでしょう」ニニが割って入って、わたしのほうを向いた。

「大切なのは、あなたにはやましいことが何もないということ。あなたは怖がらなくていいの」

「「あの人たち」ってだれ？」母の話に混乱しつつも興味をひかれ、わたしは尋ねた。発言をすべて理解できたわけではないけれど、母の話の長さに好奇心をそそられた。何かを長々と説明するのは母らしくない。政治や歴史について母が意見を述べるのは初めて聞いた。そもそも母に意見があるだなんて知らなかった。

「ゾグは暴君でファシストだったって、あの人たちは言うでしょ」わたしの質問もニニの警告も無視して母はつづけた。「すでに暴君に従っているのなら、別の暴君と戦うことになんの意味があるの？　名前のほかはもうすっかり占領されている国の独立を守って死ぬだなんて、なんの意味があるわけ。人民のほんとうの敵は――袖を引っぱらないでちょうだい」母はことばを切り、食ってかかるように父のほうを向いた。父は母のすぐそばでぜえぜえ息をしはじめている。「あの人たちは彼が裏切り者だって言う、でも——」

「「あの人たち」ってだれ？」ますますわけがわからなくなって、わたしはもう一度尋ねた。

「あの人たち、あの人たちっていうのは……母さんは修正主義者のことを言ってるんだ」父が母の代わりに慌てて説明した。それからためらい、どう話をつづければいいのかわからずに話題を変えた。「自分の部屋へ行って反省しなさいと言っただろう。どうして出てきた？」

「反省してよく考えたよ。学校には行きたくない」

母は鼻で笑った。テーブルを離れて鍋やフライパンをガンガンいわせはじめ、カトラリーをシンクに叩きつけた。


翌朝はいつもとちがい、ニニはわたしを起こして学校へ行かせようとしなかった。理由は言わなかったけれど、何かが変わったのはわかった。前の日に何かが起こり、その何かのせいで家族に対するわたしの見方と両親に対するわたしの考え方が変わった。その出来事が、スターリンとの遭遇やラジオ番組、例の首相——その功績、死、わたしの人生における存在を無視しようとしたけれど無駄だった首相——と関係していたのか、わたしにはわからない。抗議について祖母と話すとき、父はなぜ声をひそめたのだろう。あの人たちをフーリガンと呼ばなかったのはなぜ？　母がファシスト政治家のやったことを正当化しようとしたことも解せなかった。どうして人民の抑圧者に同情できるわけ？

その後の数日で抗議運動は急増した。国営テレビも抗議ということばを使うようになる。首都の大学生がはじめた抗議は全国へ広がった。労働者が工場を出て街頭の若者に合流するという噂もあった。食料不足、寮のお粗末な暖房、講義室の頻繁な停電を嘆く学生たちに端を発した経済状況をめぐる動揺の波が、やがて姿を変えて変化を求めるうねりになった——それを要求する人たちすら、その変化がどういう性質のものかよくわかっていなかったとはいえ。元党員を含む著名な研究者たちが「ヴォイス・オブ・アメリカ」で異例のインタビューに答え、学生の不満を経済だけの問題としてとらえるのはまちがいだと説いた。この運動が求めているのは一党制の終焉であり、政治的多元主義を認めることである。学生たちが望んでいるのは本物の民主主義であり、本物の自由にほかならない。

それまでわたしは、家族も自分と同じ気持ちでいると思い込んでいた。党への熱意、国に尽くしたいという望み、敵への軽蔑、記憶にとどめるべき戦争の英雄が一族にいない不安を家族も分かち合っていると思っていた。でも、今度はそうは思えなかった。政治や国や抗議について尋ねても、いま起こっていることの説明を求めても、はぐらかすようなそっけない答えしか返ってこない。ノラ先生がいつも言うように、アルバニアがすでに地球上で最も自由な国のひとつだとしたら、どうしてみんな自由を求めるのだろう。わたしはそれを知りたかった。家でノラ先生の名前を出すと、父と母はあきれたように目をぐるりとまわした。わたしは疑いの気持ちを抱きはじめた。父と母はわたしの質問に答えられないのかもしれない。ふたりのことはもう信用できないかもしれない。国についての質問に答えてもらえなかっただけではない。自分はいったいどんな家族のもとに生まれたのかと疑問に思うようにもなった。父と母を疑い、ふたりを疑うことで自分自身についての理解も揺らぎはじめた。当時はよく理解していなかったことが、いまはわかる。わたしの子ども時代をかたちづくっていたパターン、わたしの生活に構造を与えていた目に見えない法則、その判断力を頼りにわたしが世界を理解していた人たちへのわたしの見方――これらすべてが一九九〇年十二月に永久に変わった。こう言ってしまうと大げさだろうか――スターリンを抱きしめた日にわたしは大人になり、その日に自分の人生を理解するのはわたしの仕事なのだと気づいたのだと。ただ、こう言ってもこじつけにはならないはずだ――その日、わたしは子ども時代の無邪気さを失った。生まれて初めて、自由と民主主義はわたしたちが生きる現実ではなく、わたしがほとんど知らない謎めいた未来の状態なのかもしれないと思った。

祖母はいつも言っていた。未来のことをどう考えればいいかはわからない。過去へ目を向けなければならないと。わたしは自分の人生の物語に興味をもちはじめた。わたしはどんなふうに生まれたのか、わたしが生まれる前はどうだったのか。幼すぎて正確に憶えていないこと、取りちがえているかもしれない細部を、過去にさかのぼって確かめようとした。それは何度もくり返し耳にしてきた物語だった。複雑だけれど確固たる現実の物語であり、わたしは徐々にそこへ居場所を見いだしてきていた。今度はちがう。今度は確固たる点はなく、すべてゼロからつくり直されなければならない。わたしの人生の物語は、ある時期に起こった出来事の物語ではなく、正しい問いを探し求める物語だった。問いかけようと思ったことすらなかった問いを探し求める物語だったのだ。

# 3　471——簡単な経歴

471: A Brief Biography

わたしはノラ先生が「知識人」と呼んでいた家の生まれだ。「このクラスには知識人の子が多すぎます」ノラ先生は学校で言い、どこか咎めるような表情を浮かべる。「知識人っていうのは、単純に大学教育を受けた人のことだよ」わたしを安心させようと父が説明してくれた。「でも心配はいらない。結局みんな労働者なんだ。労働者階級の国家で暮らしているんだからな」

父と母は大学を出ていたから、正式にはどちらも「知識人」だったけれど、ふたりとも学びたいことを学んだわけではない。父の話のほうが厄介だ。父は自然科学の天才で、中等学校時代には数学、物理学、化学、生物学のオリンピックで優勝した。数学の勉強をつづけたかったけれど、真の労働者階級に加わらなければならないと党に命じられた。父の「経歴」のためだ。うちの家族は頻繁にそのことばを口にしたけれど、わたしにはなんのことかさっぱりわからなかった。使われる場面があまりにも幅広いから、どのコンテクストでも意味を理解できなかったのだ。父と母がどんなふうに出会い、どうして結婚したのかと尋ねると、ふたりはこう答える。「経歴」。母が仕事の資料を準備していると、こう念を押される。「経歴について数行加えておくのを忘れないように」。わたしが学校で新しい友だちをつくると、父と母は互いに尋ねる。「その子の経歴はわかる?」

経歴はいいものと悪いもの、よりよいものとより悪いもの、きれいなものと汚いもの、関係あるものと関係ないもの、わかりやすいものと複雑なもの、うさんくさいものと信頼できるもの、記憶されるべきものと忘れ去られるべきものに慎重に区別されていた。経歴はあらゆる質問への万能の答えであり、土台であって、その土台がなければ知識はすべて意見に格下げされる。ことばのなかには、意味を尋ねるのが馬鹿げているものがある。あまりにも基本的で、それ自体とそれに関係するものすべてを説明することばだったり、長年耳にしてきて、意味を知らないのがばれると恥ずかしいことばだったりするからだ。「経歴」もその種のことばだった。それが口にされると、ただ受け入れるしかない。

父はひとりっ子だった。正式な名前はアルバニアの売国奴の元首相と同じジャフェールだったけれど、みんなからはザフォと呼ばれていて、そのおかげで自己紹介のたびに謝罪せずにすんだ。ザフォは母親に育てられた。一九四六年、わたしが会ったことのない祖父アスランは、当時三歳だったザフォを残してどこかの大学へ行った。これも父の経歴の一部だ。十五年後にアスランが戻ってくると、一家はパーティーをひらいてそれを祝い、ニニは口紅をつけた。父は口紅をつけた自分の母親を見たことがなく、こんな人は知らない、ピエロみたいだ、この人とは暮らさないと言い放った。そして父と祖父は大喧嘩になった。ニニは口紅を落とし、二度とメイクをしなかった。その後も長年ふたりの男は口論をつづけた。父は祖父アスランの権威を認めず、祖父は父の意志の力を「まるでバターのよう」だと言って、こいつは「満足したブタ」のように生きているだけだとくさした。ニニはよく夫のことばを一文そのまま口にした。「満足したブタより不満を抱えた人間のほうがましだ」。でも、父はとくに満足しているようには見えなかった。それどころか、頻繁に不安発作を起こした。たいていぜんそくが悪化したときで、父はそれを必死に隠そうとした。

父ザフォは、子ども時代からぜんそくの発作を起こすようになった。党の指示で家を引き払い、ニニといっしょにかび臭い小屋へ移ったころだ。これもふたりの経歴の一部だった。祖父は当時家にいなかったけれど、ぜんそく持ちの人はたくさんいるのだから泣きごとを言ってはいけないと、のちに父を諭したらしい。社会主義のもとで暮らしていることを毎日政府に感謝すべきだとも言ったという。西側で暮らしていたら、おまえは浮浪者になって、橋の下で「ぼぶでぃらん」の歌をうたって金を稼いでいただろうと。その部分もわたしには不可解だった。「ぼぶでぃらん」が何かをだれも説明してくれなかったし、父はとんでもなく音痴で、楽器だって一度も演奏したことがなかったからだ。その代わりに父は夢中になっていたことがふたつあって、どちらもわたしに教えようとした。「小さな〔モハメド・〕アリ」のように舞うことと、「根と係数の関係の魔法」なるもので代数の問題を解くことだ。ひとつ目はボクシングの一連の動きだけれど、わたしが動きをマスターしたと思ったところで練習が中断されることが多かった。父が息を切らしてしまうからだ。ふたつ目は何日もつづくことがあり、ときには何週間もつづいた。わたしの挫折感に比例して、根と係数の関係への父の興奮は募っていった。

　父の経歴にはややこしい点があった。大学へ行けないと言われたことではない。そう言われたにもかかわらず大学へ進学したことだ。新学年がはじまる数日前、父は博士たちからなる審査委員団の前に出て、祖母が委員たちに告げた。大学で学ぶことを許可されなければ、この子は自殺してしまうでしょう。委員たちは父にいくつか質問し、手紙を持たせて家へ帰らせた。大学への進学を認めるよう関係者へ指示する手紙だった。数学を学ぶことはできなかった。数学を学んだら教師になるかもしれず、経歴のために父は教師になることを許されていなかったからだ。父は林学を学ばされた。自殺を試みなかったということは、明らかにそれで満足だったのだろう。自殺はせず、カヴァヤからティラナへ通った。カヴァヤは父の家族が暮らす小さな町で、ほかにも同じような経歴の家族がたくさんいた。

　父は数学に最大級の情熱を傾けていたけれど、母はこの世で何より数学が嫌いだった。これもまた不幸だった。母は大学で数学を学ばされたうえ、中等学校の子どもに教えることも求められたからだ。母が教師の仕事を任され、父が任されなかったということは、母の経歴が父の経歴よりほんの少しだけよかったということだ。はるかによかったら、ふたりは結婚していなかったはずだ。母はシラーとゲーテを愛し、モーツァルトとベートーヴェンのコンサートへ足を運んで、第二十回党大会の直後に同盟関係が破棄される前は、「ピオネールの家」〔共産主義少年団の課外活動用施設〕を訪れたソ連の人たちとギター演奏を学んでいた。母は文学を学ぶことを許されていたけれど、専攻を変えるよう両親に勧められた。一家は経済的に厳しく、自然科学の科目を専攻すれば奨学金がもらえたからだ。

母は女の子五人と男の子二人の七人きょうだいの三番目だった。母の母親ノナ・フォジは化学物質をつくる工場で働いていて、バチと呼ばれていた母の父親は側溝の掃除をしていた。数少ない子ども時代の写真を見ると、母は極端に細くて弱々しく、目の下にはくまができていて、まるで貧血症みたいだ。母は子ども時代の話を一度もしなかったけれど、とても惨めだったにちがいない。ベンガル飢饉の歴史ドキュメンタリーを観ようと父が言ったとき、母はこう答えた。「ザフォ、わたしは飢えがどんなものか知っているから、テレビで観る必要はないの」。母はたいていテレビを目の敵にしていた。唯一の例外が、ユーゴスラビアのチャンネルで放送されていた「王朝」という番組だ。それは話の筋を追っていたからではかならずしもなく、インテリア・デコレーションを見るのが好きだったからだ。「とてもすてき」うっとりした表情で母はこぼす。「とてもとってもすてき」

母の家族のもとには、祖母ふたりと、ヒュセンという母の父親のいとこが同居し、家計をともにしていた。ヒュセンは十三歳で親を亡くしてから一家のもとにいた。母はヒュセンのことが大好きだった。戦争中のある日、生まれたばかりの母が産科病院から家へ連れられて帰ると、ヒュセンは母をヴォルツァという名で呼ぶのを拒み、この子は人形《ドール》のように美しいと言い張った。そうしてドリというあだ名が生まれ、みんなその名で母を呼んだ。ヒュセンはウィーンの寄宿制学校で学んだことがあり、ワルツを踊ったり、ゲーテの「魔王」をドイツ語で暗誦したりすることを母に教えた。ときどき母は家のなかを歩きまわりながらこんなふうに朗唱した。「Wer reitet so spät durch Nacht und Wind? Es ist der Vater mit seinem Kind」*。問いかけはとても大きな声で、答えは声をひそめて。この詩は眠れない子どもの話だとわたしはずっと思い込んでいたけれど、ある冬の夜、母が全体を朗唱してくれた。窓の外は嵐で、暖炉で栗をあぶっていたときのことだ。朗唱のあとで母はそれを翻訳してくれた。最後の二行を思いだすと、いまでも背筋がぞっとする。「父はふるえて馬を駆りたて、うめく子どもをしっかり抱え、やっとのことで家にもどった。腕のわが子はもう死んでいた」〔『ゲーテ詩集』井上正蔵訳、白凰社、一九七四年、六五頁〕

母とヒュセンは紙切れで自動車、ボート、列車、飛行機をつくるのも大好きで、それらはすべて想像上の旅に出る。ヒュセンは何かの精神疾患を抱えていて、よく発作に襲われた。発作のあとはいつも深い眠りに落ち、ほとんど昏睡状態に陥った。目を覚ますとドイツ語しか話さず、やがてドイツ語とアルバニア語を交ぜて話すようになる。回復してベッドを離れると、母とふたりでわたしたちの街ドゥラスの地図を描き、街のまわりの地域をいくつか丸で囲って、建物や道路に印をつけ、一家の黄金が積まれているという紙のボートをいくつかつくる。ボートはどれも、海賊を差し向けてローマと戦わせた古代イリュリアの女王テウタにちなんで名づ

＊「こんな夜更けに風吹くなかを／馬をとばしてゆくのは誰だ／馬には父が子どもをしっかり／大事にかかえて乗っているのだ」〔『ゲーテ詩集』井上正蔵訳、白凰社、一九七四年、六四頁〕

けられていたけれど、それぞれに異なる数字がついていた。「テウタI」「テウタII」「テウタIII」。ヒュセンは「平和の時代」なるものに備えていたのだと母は言う。平和の時代には、母とそのきょうだいはお城へ移り、領地を散策して競走馬に乗り、プリンスやプリンセスのような服を着るのだとヒュセンは語った。「平和」が訪れた未来をヒュセンが語ると、いつも母はまる一日何も食べていないことを忘れた。

ヒュセンは母にチェスも教え、家族は母に街のクラブに加わるよう勧めた。ただでスウェットの上下がひとそろいもらえて、大会にも連れていってもらえるからだ。母は二十二歳でチェスの全国チャンピオンになり、数年間その座を守った。スポーツ宮殿の広いホールを歩く母のリズミカルな靴の音が記憶に残っている。母はそこで子どものチームを指導していた。テーブルの列から列へと滑るように移動し、ほかに聞こえるのは、プレイヤーのあいだに置かれた大きな木製チェス・クロックの〝チクタク〟という音だけ。それぞれの対局を数分間無言で眺め、子どもがミスをしそうになると人さし指を立てて、危ないナイトやビショップを一、二度軽く叩いてから次のテーブルに移動する。「これは頭のスポーツなの」そう言って母はわたしにチェスを勧めた。母がほかの子に気をとられている隙に逃げ出して別の部屋のピンポンを見にいくと、母は腹を立てた。「チェスのすばらしいところはね」と母は力説した。「経歴となんの関係もないことなの。ぜんぶ自分しだいなんだから」

体調を崩すと、母は単調かつ冷静な口調で身体の変化を正確に説明した。盤上で駒を動かす際の基本ルールを説明するときと同じ調子だ。いつも事実を話すだけで、それについての感情は口にしない。苦痛を訴えることはまずなかった。母が泣くのは見たことがない。絶大な自信と絶対的な威厳を放っていた。母への服従に疑問を挟むと自分の利益に反する、そう思わせる力があった。母はいつも落ち着いていた。いつも落ち着いていたけれど、一度だけ例外があった――わたしが生まれたときだ。入院予定日の朝、母はバスルームに閉じこもり、少し前にテレビで見た人物のように髪をセットしようとした。イギリス初の女性首相になったばかりの人物だ。母は髪にブラシをかけることすらめったになく、髪をセットすることなどもちろんなかったから、これはパニックの印とはいわないまでも、明らかに前例のない不安のあらわれだった。

一九七九年九月八日、アルバニア労働党の機関紙ゼリ・イ・ポプリット（*Zëri i Popullit*）〔『人民の声』の意〕は、アベル・ムゾレワ率いるレイシスト的なローデシア政府によるモザンビーク攻撃を報じ、アメリカの試験場における新たな核爆発を批判して、ヒューストンの警官による腐敗事件を資本主義の堕落の典型例として大きく取り上げ、マドリードの織物工場における児童労働搾取を糾弾した。長文の論説では、世界の二大超大国によるイデオロギー攻撃の武器として、「ヴォイス・オブ・アメリカ」と「ノーボスチ」〔ソ連の国営通信社〕を非難した。国際面には、世界中で展開しているストライキへの連帯のメッセージを掲載した。ロッテルダム港の港湾労働者、自動車会社ブリティッシュ・レイランドの機械工、ペルー、コスタリカ、コロンビアの教師。午前十時、わたしが生まれた。

母がわたしを身ごもるまでには数年かかった。ヘルシンキ宣言が一九七五年八月に調印されたあたりから、と父はよく口にしていた。わたしが生まれたとき、生き延びる可能性は30パーセントだった。父と母はあえてわたしに名前をつけず、病院がわたしにつけた番号で誕生を祝った。471。死んだ赤ん坊には番号がつかない。わたしはまだ死んでいなかったから、その命を祝うことができたのだ。

「何十年も、わたしたちは悲しみに暮れていたんですよ」のちに祖母は語った。「あなたが生まれたときには希望があった。希望は戦って勝ちとらなければいけない。けれども、それが幻になるときがくる。とても危険です。すべては事実をどう解釈するかによるの」。471は、かろうじてとはいえ家族に希望を与えた。

産後すぐに母とわたしは引き離された。母は産科病棟で手術後の回復を待ち、わたしは別の病院へ送られていろいろな機械につながれた。けれどもよくなる兆しはなく、やがて祖母はわたしを家へ連れて帰る許可を求めることにした。生後五か月で保育器を出たときには、体重三キロ弱という新生児の大きさで、生き延びられる可能性は50パーセントになっていた。「テヘランのアメリカ人外交官たちと同じぐらいだ」〔一九七九年十一月、イランの革命派の学生たちがテヘランのアメリカ大使館を占拠した〕と父はのちに冗談めかして言った。「でもニニが言い張らなかったら、もっと長く人質に取られていたかもしれない」。祖母の要求が通ったことは、わたしたち一家の経歴を如実に物語っていた。

わたしの人生最初の数か月間、元協同組合労働者から借りたシングルのベッドルームが集中治療室に姿を変えた。父は庭から薪を持ってきて暖炉の火を絶やさないようにし、母は夜遅くまでわたしの服を縫って、祖母は目にとまったものを片っ端から消毒した。カトラリー、はさみ、鍋、フライパンといったものだけでなく、ハンマーやペンチのような、なんの関係もないものまで。マスクをしていない訪問者は立ち入りを禁じられ、マスクはなかなか手に入らなかったから、やがて訪問者は完全に姿を消した。

「ほかの家族だったら、ここまでもたなかったでしょうな」いつもわたしを診にきていた医師のエルヴィラ先生は、最初の誕生日にそう断言した。「おめでとう！　もう471と呼ぶ必要はありませんよ。このまるまるとしたほっぺをごらんなさい。〝肉詰めピーマン〟と呼んだほうがいい」

　幼いころ、わたしは不思議な免疫力増強剤でも投与されたのにちがいない。最初の数か月を除けば、ほとんど病気にならなかった。めったに体調を崩さないから、子どものころは病気に憧れを抱くようになった。回復期は少数の選ばれし者だけに与えられるごほうびだと思うようになって、高熱、痰の出るひどい咳、あるいはただの喉の痛みでさえも、それにふさわしい人間になるにはどんな試練を乗り越えればいいのだろうと考えた。クラスで感染症がはやるたびに、学校を休んでいた子に思いっきり抱擁《ハグ》していいか尋ねた。病気をうつしてもらいたかったからだ。ごくまれにうまく感染すると、家にこもってベイリーフのお茶を飲み、471が生き延びて肉詰めピーマンになった話を祖母にせがんで聞かせてもらった。「わたしの経歴はどんななんだろう」と興味があった。「あなたは未熟児だったんですよ」祖母はいつもそう語りはじめる。「わたしたちの準備ができる前に生まれてきた。それを除けば、あなたの経歴はいまのところ申し分ありません」

母とわたしが生き延びたのとよく似た状況でエロナがお母さんを亡くして、わたしはようやく気づいた。わたしたちだって別の道をたどっていた可能性がある。わたしの人生は奇跡の冒険物語なのだと考えるようになった。でも、ニニはそれが奇跡だとはけっして認めなかった。別の結末を迎えていた可能性をいつも斥け、わたしの人生最初の数か月を厳密な因果関係によって語った。別の道をたどったかもしれない出来事を語るというよりは、科学理論を分析し、自然法則を再現しているかのようだった。成功とはいつでも正しい人が正しい選択をし、希望のために戦うべきときに戦って、希望と幻想を区別して事実を解釈した結果だった。

ようするに、人はいつでも自分の運命に責任を負っているのだと祖母は言う。「経歴」は自分の世界の限界を知るために重要だ。けれども限界を知ったあとは、自分で自由に選ぶことができ、自分の決定に責任を負う。得るものもあれば、失うものもある。勝利にうぬぼれず、敗北を受け入れる術《すべ》を学ばなければならない。母が説明してくれたチェスの動きと同じように、ルールを習得したらゲームをプレイするのは自分自身だ。

# 4 エンヴェルおじさんは永遠にわたしたちのもとを去った

## Uncle Enver Has Left Us for Ever

「恐ろしいことが起こったの」保育園のフローラ先生が言って、半円形に並べられた色つき木製椅子に五歳と六歳の子をみんな座らせた。一九八五年四月十一日のことだ。「エンヴェルおじさんが……おじさんが……わたしたちのもとを去ってしまったの……永遠に」フローラ先生はまるで自分が息を引き取る間際のようで、最後のことばを絞り出すかのように言った。小さな椅子にくずおれて心臓が痛むかのように片手を胸に当て、首を左右に振って深く息をする。吸って、吐いて、吸って、吐く。長い沈黙があとにつづいた。

フローラ先生は決然と立ちあがって目もとをぬぐった。数分の沈黙のあいだに別人になっていた。「みなさん」厳粛に話しはじめる。「よく聞いてください。とても大切なことだから、ちゃんとわかっておかなければいけません。エンヴェルおじさんは亡くなりました。でもその仕事は生きつづけます。党は生きつづけます。わたしたちはみんなエンヴェルおじさんの仕事を引きついで、エンヴェルおじさんをお手本に生きるのですよ」

その日は死についてたくさん話した。友だちのマルシダのお父さんは靴修理の仕事をしていたけれど、おじいさんは宗教廃止前には地元モスクの指導者だった。マルシダの話では、昔は人が死んでもほんとうは死んでいないと思われていたらしい。当然だよ、わたしたちは答えた。もちろん死にはしない。エンヴェルおじさんの仕事と同じで、わたしたちの仕事もすべて生きつづけるんだから。

でもマルシダは、そういう意味じゃないと反論した。死んでも仕事は生きつづけるって言いたかったわけじゃない。人間には死んだあとも生きつづける部分があって、それは生きているあいだのおこないによって別の場所へ行くんだよ。その部分をなんというのか、マルシダは思いだせなかった。おじいさんが教えてくれたらしい。

にわかには信じがたかった。別の場所？「死んでるのにどこかへ行ける人なんている？」わたしは言った。「死んだら動けないでしょ。すぐに棺に入れられちゃうし」

「死んだ人を実際に見たことあるの？」マルシダは問い返す。

見たことがないとわたしは答えた。でも棺はいくつも見たことがあった。棺の行き先も見たことがある。ロープを使って地下のとても深いところへおろされる。日曜に祖父の墓を訪れたとき、墓地で何度もそれを見た。子どもの墓だっていくつも見たことがある。落ちていたガラスの破片で大理石を引っかいて祖母に叱られた。その墓石には白黒写真が一枚貼りつけられていて、笑顔の少女が写っていた。その子がつけている大きなリボンは、わたしのリボンと少し似ていた。木から落ちて死んだらしい。だから墓地があるのですよとニニが教えてくれた。死者の居場所がわかり、お墓を訪れることができて、きちんと仕事を引きついでいることを伝えられるように。

マルシダも棺を何度も見たという。大人用の黒い棺だけでなく、小さな赤い棺も一度見たらしい。ほかの棺より軽くて簡単に持ちあげられるから、男の人ひとりで運べたんだよ。

少し年上の友人ベサが話に加わった。死んだ人を実際に見たという。見たのは自分のおじさんだった。鍵穴から部屋をのぞきこんだの。棺に入れられる前に、身体を清めて一張羅を着せるのを待っているとき。棺はひらいてて、おじさんのすぐ横に準備されてた。おじさんはソファにじっと横たわってた。チョークみたいにまっ白で、頭には血がついてたの。仕事中に電柱から落ちたばかりだったからね。「だれもおじさんの目を閉じなかったって、おばさんが文句を言ってた」ベサは言う。「おじさんのどこかがどこかに行くなんてありえないよ」

「うん」わたしはうなずいた。「おばあちゃんが言ってた。人が死んで埋められたら、死体は虫に食べられて土にとけて、ほかのものが育つのに必要な堆肥になるんだって。花とか植物とか。死んだ人はどこにも行かないよ」わたしは言い張った。

「それにさ、死んだ人は臭いんだよ」ベサが付け加えた。「おじさんが死んだとき、早くお葬式をしなきゃっておばさんが言ってた。すぐに埋葬しなきゃ臭いはじめるからって」

「おえっ」わたしは言った。「停電のとき、うちの冷蔵庫に入ってたサラミが臭いはじめたの。めちゃくちゃ臭くて、パパは洗濯ばさみで鼻をつまんで家のなかを走りまわってた。口をぱっくりあけてぜえぜえ息をして、「助けて！　助けて！」って」

みんなくすくす笑った。フローラ先生に笑い声を聞きつけられ、わたしたちは教室の隅に立たされて、こう言われた。わが国にとってこんなに悲しい日に、いったいどうして笑えるんですか、反省しなさい。うちに帰って祖母に話した。エンヴェルおじさんが死んだこと、冷蔵庫の腐ったサラミのせいで教室の隅に立たされたこと。こらえきれずに涙が頬をつたう。よりによってこんな日に叱られて恥ずかしかったのか、エンヴェルおじさんを失って悲しかったのか、そのふたつが交じり合っていたのか、まったく関係ない何かのせいだったのか、わたしにはわからない。

死と死後について初めて交わしたこの会話は、数年後に学校でくり返された。ノラ先生の話では、昔はみんな教会やモスクという大きな建物に集まり、神と呼ばれるものに捧げる歌をうたったり詩を朗唱したりしていたらしい。この神は、ゼウスやヘラやポセイドンのようなギリシア神話の神々と混同しないように気をつけなければいけません。この唯一の神がどんなものかはだれも知らなかったけど、いろんな人がいろんな解釈をしていたの。たとえばカトリック教徒や正教徒は、神には半分人間の子どもがいると信じていた。イスラム教徒は、物質の最小粒子から全宇宙まであらゆるところに神がいると考えていた。それにユダヤ教徒は、神がつくる王が最後に自分たちを救ってくれると思っていた。だれを預言者と認めるかもそれぞれちがったの。昔は宗教集団が互いに激しく戦っていて、だれの預言者が正しいか争うなかで、罪のない人たちが殺されて傷つけられた。でも、わたしたちの国ではそんなことはありませんでした。この国ではカトリック教徒、正教徒、イスラム教徒、ユダヤ教徒がずっと互いに尊重し合ってきたんですよ。神をめぐる意見のちがいよりも、国のことを大切にしていたからです。

そして党ができて、読み書きできる人が増えだしたの。世界の仕組みを学べば学ぶほど、宗教が幻想であることが明らかになっていった。お金と権力のある人が貧しい人に偽りの希望を与え、来世に正義と幸福を約束するやり口だとわかるようになったわけ。

死んだあとにはまた別の人生があるんですか、とわたしたちは尋ねた。

「ありません」ノラ先生らしい自信に満ちた答えが返ってきた。先生の説明では、それは一度きりの人生で権利を主張して戦うのをやめさせ、お金持ちが得するためのこじつけらしい。

資本家自身はかならずしも神を信じていたわけではないけど、神がいたほうが都合がよかったの。労働者を搾取しやすくなるし、自分たちが引き起こした苦しみを謎めいた存在のせいにしやすくなるからです。でも人びとが読み書きを学び、党がみんなを導くことで、神に頼ることはなくなりました。ほかのいろいろな迷信も信じなくなった。邪視〔悪意をもって人を睨むことで呪いをかけられるという民間伝承〕とか、ニンニクを持ち歩いて不運を避けるとか、その手のいろいろな迷信はね、人は超自然的な力に支配されていて、自分の意思では正しいことをできないと思い込ませるためのやり口だったの。さいわい、党のおかげで神はでっちあげにすぎないことがすっかりわかりました。神のことばを翻訳したり、神のルールを説明したりする力があると装う人たちの発明品で、自分たちを恐れさせ、みんなを自分たちに頼らせるのがその目的だとわかったわけです。

「でも神を完全に取り除くのはむずかしかったの」ノラ先生は話をつづけた。「一部の人は、つまり一部の反動的な人はということだけど、神を信じつづけました。党が力をつけて、その人たちと戦えるようになると、自主的な取り組みによって寺院や礼拝所はすべて青年のための教育研修施設に変えられました。教会はスポーツセンターになり、モスクは会議場になった。だから神がいなくなっただけではないの」ノラ先生は締めくくりにこう言った。「教会とモスクもなくなったの。すべて打ち壊したんですから」ノラ先生の声がわずかに大きくなった。「そのような遅れた慣習に戻ってはいけません。神はどこにもいないの。神はいない、死後の生はない、魂の不滅なんてない。死んだら死ぬ。永遠に生きつづけるのは、わたしたちが成し遂げた仕事、生み出した事業、あとに残る人に託す理想だけです」

学校からの帰り道に、ときどきノラ先生のことばについて考えた。党本部が入っている建物の前を通るとき、たくさんある窓のひとつを見あげる。無意識のうちに見あげるのは、そこを通るたびに母がそうするのを見ていたからだ。わたしも母と同じしぐさをしていた。なぜかわたしは、神と死後の生についての考えを党本部と結びつけていた。ことのはじまりは、いつもの日曜の外出から帰ってくるときだった。父と母のあとを自転車で追っていると、母が父にささやくのが聞こえた。「ちがう。植木鉢がある窓じゃなくて、もうひとつのほう。「アッラーフ・アクバル！」って叫んだの」

「アッラーフ・アクバル」母はもう一度言った。

「だれが叫んだの？」ペダルをこぎながらわたしは尋ねた。「「アッラーフ・アカ」ってどういう意味？」

父が急にこちらを振り向いた。「なんでもない。なんの意味もないことばだ」

「いま「アッラーフ・アカ」って言ったじゃん」わたしは譲らず、そのまま先にすすんで父の前で自転車をとめた。

「大人の話を聞くのはとても悪い癖だ」父は見るからにいら立っている。「「アッラーフ・アクバル」っていうのは、神を信じる人がむかし口にしていたことばだ。神の偉大さを讃えて祝福するためにな」

「てことは、「党、万歳」みたいなもの？」

「神と党はちがう」父は説明した。「アッラーフ・アクバルは、イスラム教を信じる人がお祈りのときに口にすることばだ。いろいろな宗教があることは知っているだろう、ノラ先生が道徳の授業で説明してくれたはずだ。〝アッラー〟はアラビア語で神のことだよ」

「知り合いにむかしイスラム教徒だった人っている？」

「うちはイスラム教徒だよ」母が答えてバッグからハンカチを出し、わたしの靴についた泥を拭きとった。「うちはイスラム教徒だった」父が訂正する。「アルバニア人はたいていイスラム教徒だったからな」

イスラム教徒は死後の生を信じていたのかと尋ねた。母はしゃがみこんだままうなずいて、わたしの靴の甲をごしごしこすりつづけた。

「じゃあ、別の神を信じてた人たちと同じぐらい馬鹿だったってことだよね」わたしは身をくねらせて母の手を逃れ、全速力で自転車を走らせた。

学校帰りに党本部の前を通るたびに、五階の窓から「アッラーフ・アクバル！」と叫んでいたという人のことを考えた。なんておかしいんだろうと思った。いろいろな宗教の熱狂的信者が神について意見を戦わせているけれど、みんな人間の一部は死んだあとも生き延びると信じている。宗教は不合理だし、神の存在を信じるのは馬鹿げていると子どもに納得させるものがあるとしたら、いまの人生のあとに別の人生がありうるという考えこそがそれだろう。学校では進化論の視点から成長と衰えを考えるように教わった。わたしたちは自然をダーウィンの目で、歴史をマルクスの目で学んだ。科学と神話、理性と偏見、健全な懐疑心と教条的な迷信を区別した。みんなで力を合わせることで正しい思想と目標は生き残るけれど、個人の命は虫や鳥やその他の動物と同じようにかならず終わると教わった。人間には自然界と異なる運命をたどる資格があると考えるのは、迷信とドグマの奴隷になり、科学と理性を犠牲にすることにほかならない。重要なのはただ科学と理性のみだ。それらの力を借りることによって、はじめて自然と世界を知ることができる。そして知れば知るほど、はじめは謎めいていたことを解明し、コントロールできるようになる。

「わかってる?」エンヴェル・ホッジャが死んだ日、涙に暮れながらニニに言ったのを憶えている。「エンヴェルおじさんはもう生きてないんだよ。エンヴェルおじさんの仕事はずっと生きつづける。でもね、エンヴェルおじさんに会いたいっていう願いはもうかなわないの」

祖母はランチを食べなさいとわたしに勧めた。お手製のブレク〔チーズや野菜、肉を詰めたパイ〕をしきりに自画自賛する。「自分でも食べてみたけどね」祖母は言う。「とってもおいしいですよ」

こんな日にどうしてものが食べられるんだろう。どうして食べ物のことなんて考えられるの? わたしは食欲がなかった。悲しすぎた。エンヴェルおじさんが永遠にいなくなってしまった。わたしが大好きなエンヴェルおじさんの本は、どれもサインをもらえずじまいになる。うちのリビングにはエンヴェルおじさんの写真すらない。さみしくて仕方なくなるだろう。「エンヴェルおじさんがピオネールの同志のために書いた本から写真を切り抜いて額に入れるんだ」わたしは宣言した。「そしてベッドの横に置くんだから」

ニニはランチをしつこく勧めるのをやめた。「たしかにそうね。わたしもお腹は空いてませんよ。ひと口味見しただけ」でも写真を切り抜くのは頑としてやめさせようとした。「このうちでは本を粗末に扱わないの」

二日後に葬儀が催された。ずっと晴天つづきだったのに、けだるい雨が降った。見つめるテレビ画面には、ティラナの目抜き通りの両側に並んで葬列を見守る大勢の人が映っている。涙を流す兵士たち、泣き叫んで絶望し、手に顔をうずめる高齢女性たち、うつろな目で葬列を見つめる大学生たち。映像とともに交響行進曲が流れる。ニュースリポーターはことば少なでゆっくりとしゃべり、丘の上へ大岩を転がしながらコメントしなければならない惨めなシーシュポスのようだ。「自然までもが、現代のひときわ偉大な革命家の死を嘆き悲しんでいます」リポーターの男性は言う。長い間《ま》があく。聞こえるのは葬送行進曲の音色《ねいろ》だけだ。「五月一日に同志エンヴェルが演壇に立つと、いつも空模様が変わり、雲に隠れていた太陽が顔を出しました。今日は空まで泣いています。人びとの涙が雨となって降りつづいています」

家族は無言でテレビを観ていた。

「わが国の最も卓越した息子、現代アルバニア建国の父、イタリア・ファシズムへの抵抗運動を組織した才気あふれる戦略家、ナチスを打ち負かしたすばらしい将軍、日和見主義とセクト主義をどちらも遠ざけた革命思想家、愛しきアルバニアを併合しようとしたユーゴスラビアの修正主義者に抵抗した誇り高き為政者、英米の帝国主義の陰謀にけっして騙されず、ソビエトと中国の修正主義の圧力にけっして屈しなかった政治家、その死を全国民が嘆き悲しんでいます」大きなアルバニア国旗に覆われた棺が映し出され、悲しみに打ちひしがれた政治局員たちの顔にカメラが向けられて、演説をはじめようとする党の新書記長が映し出された。音楽がつづく。また少し間《ま》があいたあと、リポーターは力を取り戻してふたたび話しだした。「同志エンヴェルは国のために、また国際的なプロレタリアートの連帯のために働きました。前進への唯一の道は民族自決であり、社会主義の内外の敵とのたゆまぬ闘いであることを知っていたのです。同志エンヴェルを失ったいま、わたしたちは闘いをつづけなければなりません。すばらしい導き、思慮深いことば、革命への情熱、あたたかい笑顔が恋しくなるでしょう。同志エンヴェルが恋しくなるでしょう。悲しみは大きい。この悲しみを力に変えなければなりません。明日からはじめましょう。今日はただ悲しみが大きすぎます」

「わかった！」いきなり母が沈黙を破った。「ずっとなんだろうと思ってたの。ベートーヴェンの交響曲第三番よね。この葬送行進曲。ベートーヴェン」

「いや、ちがうぞ」母の発言を待ち構えていたかのように、すかさず父が答える。「アルバニア人の作曲家の曲だ。だれかは思いだせないが。前にも聞いたことがあるから新しい曲じゃないな」父は付け足した。こんな意気込みを見せるのは、母への反論のチャンスがやってきたときだけだ。

「ザフォ、あなたは何もわかってないでしょう。まったくの音痴のくせに。最後にクラシックのコンサートに行ったのはいつ？　あなたが聞くのはラジオのスポーツ番組で流れる音楽ぐらいじゃない。このＢＧＭはベートーヴェン交響曲第三番『英雄』の第二楽章でしょ。「葬送行進曲」」

父がまた反論しようとしたところでニニが割って入り、母の言うとおりだと認めた。「ベートーヴェンがナポレオンを讃えて作曲した交響曲でしょう。わたしもわかりましたよ、アスランが大好きでしたから」祖父を引き合いに出すと、家族の言い争いはいつも収まる。

「ほんとうにお墓に連れていってくれる？」わたしは目に涙をため、テレビの映像の前で固まったまま尋ねた。うちの家族はどうして泣かないで音楽のことなんて話せるんだろう。

「この日曜にね」なかばうわのそらで祖母が答える。

「この日曜にはもう訪ねても平気なの？」

「いいえ、エンヴェルおじさんのお墓はだめです」ニニは発言を訂正した。「おじいさんのお墓のことかと思ったの」

「これからの数週間で、組合はすべて同志エンヴェルの墓で追悼するだろう」父が言う。「父さんの番がまわってきたら連れていってやろう」

数週間、わたしはそれを楽しみにしていた。ある日の午後、仕事から帰ってきた父が、ティラナへ行ってエンヴェルおじさんの墓で追悼してきたと声高らかに告げた。「行ってきたって?」怒りと失望をないまぜにしてわたしは問いただした。「連れていってくれるって言ったのに。約束を破ったんだね」

「連れていこうとはしたんだ」父は弁解がましく答えた。「朝早く始発の列車で出たからな、起こしにいったときはぐっすり眠っていて、こっちの声が聞こえなかったみたいだ。ニニもおまえを呼ぼうとはしたんだが、もぞもぞ動いて寝返りを打つだけでな。もう時間だったから家を出なきゃいけなかった。心配するな、肉詰めピーマン。またチャンスがあるだろう」

あきらめがつかず、わたしは泣きじゃくりながら言った。どう考えてもお父さんもお母さんもわたしほどエンヴェルおじさんを愛していない、ていうか、たぶんちっとも愛していない。朝に声をかけたなんて嘘だ、お墓に行くと前の晩に教えてもらっていたら一睡もできなかっただろうし、すぐにベッドから飛び出たはずだ。ほんとうはどうでもいいと思ってたんでしょ。エンヴェルおじさんのお墓へ行くのも、エンヴェルおじさんの写真をリビングに飾るのも、どうだっていいんだ。エンヴェルおじさんの写真を額に入れて飾ってほしいって、何度も何度もお願いしたでしょ。なのに一枚も持ってきてくれなかったじゃない。友だちはみんな本棚に写真を飾ってるのに。友だちのベサなんて、前回の党大会でエンヴェルおじさんの大きな写真を膝にのせて、赤いバラの花束をエンヴェルおじさんに渡して、党に捧げる詩を朗唱したんだよ。わたしは大会に一度も参加したことがないし、うちには何もないよね。

父と母はわたしをなだめすかそうとした。ふたりともわたしと同じぐらい党とエンヴェルおじさんを愛しているという。リビングに写真がないのは、引きのばすのを待っているだけ。ちゃんとすてきなフレームも必要でしょう、と母が言い添える。特別につくってもらわなきゃ。画材店で売っている普通の木のフレームはエンヴェルおじさんにふさわしくないから。「準備しているところなんだ」父もことばに力をこめる。「誕生日のサプライズにな」

とうてい信じられず、わたしは首を振った。「誕生日にそんなことしてくれないでしょ」涙をぬぐって言った。「わかってるんだから。どうせ忘れちゃうんだよ。ふたりともエンヴェルおじさんを愛してない。エンヴェルおじさんがいなくなってさみしいとも思ってないよね。さみしかったら、小さい写真をもう持ってるはずだし、大きな写真だって買うはずだし」

父と母は不安げな表情を浮かべた。互いにじっと見つめ合う。「秘密の話を教えてあげましょう」ニニが言った。「わたしはエンヴェルおじさんに会ったことがあるの。ずっとずっと昔、あなたのおじいさんとわたしがまだ若かったころにね。おじいさんとエンヴェルおじさんは友だちだったんですよ。友だちなんだから、愛していないわけがないでしょう?」そして、ふたりがやりとりした手紙をいつか見せてくれると約束した。「でもね、そのお返しにあなたも約束しなければいけません。わたしたちがエンヴェルおじさんを愛していないとか、エンヴェルおじさんがいなくなってさみしいと思っていないとか、わたしたちにもほかの人にも二度と言ってはいけません。Tu vas me donner ta parole d'honneur*、いい?」

* 約束ですよ

# 5 コカ・コーラの缶

Coca Cola Cans

重要なルールとあまり重要でないルールがあることと、時間が経つと無効になる約束があること、それをうちの家族も受け入れていた。この点ではほかの人たちとも世間の人たちとも同じで、国とさえも変わらなかった。子ども時代にたいへんだったのは、時間が経つと緩むルール、さらに重要な義務が優先されるルール、変わらないルールを見きわめることだった。

たとえば食料品の買い物では、きまって行列ができる。配給のトラックが到着する前からいつも列ができる。店員と仲よくなっていなければ、かならず並ばなければならない。それが一般的なルールだ。ただし抜け穴もある。自分がいないあいだに代わりに置いておけるものを見つければ、だれでも列を離れられるのだ。使い古しの買い物袋でも、空き缶でも、煉瓦でも、石でもかまわない。さらにもうひとつルールがあって、厳守されてすみやかに適用される。配給品が到着すると、身代わりとして残されていたものはたちまちその機能を失うのだ。買い物袋、空き缶、煉瓦、石を置いていても関係ない。買い物袋はただの買い物袋になり、もはやその人ではなくなる。

行列はふたつに分けることができる。何も起こっていない行列と、つねに何かが起こっている行列だ。前者では社会秩序の維持はモノに委ねられる。後者では行列は活気に満ち、騒々しくて荒々しい。みんなそこにいなければならず、カウンターをひと目見ようと手脚を総動員して、届いたものがどれだけ残っているか確かめようとする。店員はあたりを見まわし、優先してあげなければならない友人が列にいないか探す。

行列への対処法を学んでいる時期に尋ねたことがある。どうしてチーズの列に石を置いて灯油の列に空き缶を置きにいかなきゃいけないの? どっちの列でも何も起こっていないのに。そのときに知った。行列はまる一日つづくこともあり、ときには夜までつづいて、数夜つづくことさえあるのだ。だから買い物袋や容器や、ちょうどいい大きさの石に代理役を務めさせることが欠かせない。さもなくば負担がかかりすぎる。行列に並んでいるモノは頻繁に監視され、身代わりの買い物袋、空き缶、石が誤って取り除かれたり、権限のないモノに取り替えられたりしないように交替で確認する。ごくまれにではあるけれど、ルールが崩壊すると、小競り合いが勃発し、行列は険悪で野蛮で長くなる。同じような見た目の石や、あつかましくも麻袋と置きかえられた網の袋、突然大きさが倍になった灯油缶をめぐって激しい闘いがくりひろげられる。

行列でお行儀よく振る舞ったり、力を合わせて行列のしきたりを守ったりすることで、長い友情がはじまることがある。行列で出会った近所の人や、いっしょに監督の任務にあたってできた友人が、やがてあらゆる場面で頼みの綱になる。家族の高齢者が思いがけず体調を崩して子どもの面倒を見てもらう必要があるときや、バースデーケーキをつくっていて砂糖が切れているのに気づいたとき、何かを大量に貯えていてほかがなくなり、食料引換券を交換する相手が必要なとき。ありとあらゆる理由で、わたしたちは友人や近所の人に頼った。必要が生じるたびに、時間に関係なくドアをノックする。探しているものがなかったり、必要な手助けができなかったりすると、代わりのものを提供してくれたり、手を貸してくれそうな別の家族を推薦してくれたりした。

ルールを守ることと破ることの微妙なバランスは、ほかの場面にも見られた。皺が寄ったり、ひどい場合には染みがついたりした制服を着て保育園や学校へ行った場合。理容師や親に髪を切ってもらって、帝国主義的と思われかねない髪型になった場合。認められた長さよりも爪をのばしていたり、濃い紫のような派手で修正主義的な色のマニキュアを塗っていたりする場合。あとで知ったのだけど、同じ原則はより一般的な問いにも適用される。たとえば、男女は実質的に平等なのか、下位と上位の党員の意見には同じ重みがあるのか、党や国についてのジョークはどれほど深刻な結果を招くのか、それにわたしの場合、リビングに飾られない写真についてだれに自分の考えを話してもいいのか。

いつでも重要なのは、どのルールがいつ適用されるのかを知っておくことだ。理想を言えば、時間が経つとルールが緩むのか、こちらが思っているほどそのルールは重大なのか、ある側面はとても厳しいけれどほかはそうでもないのか、といったこともわかるといい――手遅れになる前にそのちがいを知る方法も。ルールを守ることと破ることの微妙な境界線を把握すること、それは子どもにとって成長し、成熟し、社会の一員になる真の証《あか》しだった。

わたしがそれを知ったのは、一九八五年八月のある夜だった。指導者を偲ぶ写真に父と母が無関心であることを人に話さないという約束には、厳しい拘束力があったのだ。あまりにも厳しく、ほかの約束がすべてかすんで見えるほどだ。それはある一日の終わりの出来事だった。その日の昼間は、パパス家の庭に生えたイチジクの木の上でほとんどの時間を過ごしていた。

パパス家は近所でわが家といちばん仲のいい一家だった。夫婦は六十代なかばで、子どもたちはわたしが生まれた時点ですでに家を出ていた。母は一家の妻ドニカと行列で親しくなった。灯油の列で場所を奪おうと目論んでいるらしい女性を相手に、力を合わせて闘ったのがきっかけだ。母と同じでドニカも人を疑う癖があり、彼女から最初に受ける印象は敵意だった。背が低く、まるまると太っていて、近所の人たちとよく言い争いをした。子どもたちからの評判は悪かったけれど、めずらしくわたしにはやさしかった。引退前は郵便局員だった。調子の悪い電話回線で「アロ、アロ!」と叫ぶことに人生の大半を費やしたから、母音をすべてAに変え、一つひとつの単語の語尾を長くのばす癖がついていて、まるで警報ベルを鳴らしているように「アラアー、アラアー、アラアー」と言う。わたしの母ドリを呼ぶときは、「ダラアー、ダラアー、ダラアー」と発音した。

ドニカの夫ミハルは名高い地元の党幹部で、スターリンのものと似た濃い口ひげをたくわえていた。戦争で敵をたくさん倒し、勲章を一ダースももらっていた。わたしはその勲章で遊ぶのが大好きだったけれど、ミハルはそれを持っているのがあまり誇らしくないようだった。ミハルが殺したナチ兵の話にわたしは夢中になった。ハンスというブロンドの男で、死の間際に口から血を洗い流せるように、ミハルは水を与えようとした。ハンスはそれを拒み、「ハイル・ヒトラー」とつぶやきつづけたという。ハンスを殺したときの話をしてほしいと頼んだけれど、ミハルはそれよりも、ハンスについての最後の記憶のほうを語りたがった。薄い口ひげ、まだ生えきっていない口ひげだったという。「わたしの口ひげもまだ生えきっていなかった」ミハルはそう付け加え、わたしには彼がほとんど愛情をこめてハンスを語るのが不思議だった。命を奪った憎い敵というより、懐かしい思い出を分かち合う音信不通の友人のことでも語っているかのようだった。

パパス夫妻はわたしたちによくお金を貸してくれ、両親や祖母がいないときにわたしの面倒を見てくれて、うちの合鍵を持っていた。わたしは夏の長い夕べをパパス家の庭で過ごし、木からブドウをとって食べ、夫妻と夕食をともにし、ミハルにラキ〔発酵させた果実からつくる蒸留酒〕を少し味見させてもらって、ミハルの古いパルチザンの帽子をかぶってテーブルから飛びおりた。庭からはすばらしい海の景色が見え、巨大なイチジクの木にはおいしい実がなっている。その木に登れば日が沈むのを見られるし、港に出入りする船も数えられるとミハルから聞いていた。でもわたしは登る気になれなかった。祖父の墓の隣にお墓があった、木から落ちて死んだ少女のことが頭を離れなかったからだ。

でも一九八五年八月末のその日、わたしは勇気を振り絞ってその木に登った。日が沈むのを見るためではなく、港の船を数えるためでもない。抗議するためだ。その夏ずっと、うちの家族とパパス夫妻は口をきいていなかった。六月終わりに母とドニカが仲たがいし、それがエスカレートして喧嘩になり、ほかのみんなも巻き込まれた。しまいにはパパス夫妻が話すのはわが家ではわたしだけになっていた。

仲たがいの原因はコカ・コーラの缶だ。六月なかばのある日、母は同じ学校で働く教師から空き缶を譲ってもらって帰ってきた。土産物店で売られている国民的英雄スカンデルベグ〔一四〇五－一六八。アルバニア諸侯の連盟を率いてオスマン帝国に抵抗した〕の絵に匹敵する金額を払って手に入れた品だ。午後のあいだずっと、母は祖母といっしょにその置き場所をあれこれ考えていた。空き缶だから、庭から摘んできたバラの花を飾ろうか。バラは独創的なアイデアだけど、そんなことをしたら缶の美的価値に集中できなくなってしまう。結局、刺繍をほどこしたわが家でいちばんの布を敷いて、そのまま置くことにした。

この話し合いの数日後、缶が姿を消した。そして、パパス家のテレビの上にふたたび姿を現した。

パパス夫妻はうちに出入りできたたし、祖父の古いコートのポケットにわが家の現金がすべて入っていることも知っていたし、家を建てるときに党の許可をもらう手助けもしてくれた。わが家の経歴のこともたくさん知っているようだったけれど、何を知っているかは尋ねなかった。わたしは経歴が何かをよくわかっていなくて、恥をかきたくなかったからだ。地元の党員のなかで引きつづき活動していたミハルは、父と母が事務的な問題を解消できるようにいつも手を貸してくれ、党と地方評議会の会議でもふたりを擁護してくれた。

地方評議会への参加は地域住民全員の義務だったけれど、党員資格には厳しい審査があり、すぐれた経歴の人しか党員になれなかった。父と母は党員になることを許されなかった。でもミハルはベテランで、候補者の評価にかなりの影響力があった。いつかは近所の住人ヴェラが党員になるのをあと少しで阻止するところだった。わたしの家族が反動主義者で、言い訳をして日曜の清掃活動に参加しないと評議会の会議でヴェラが申し立てたからだ。日曜の清掃活動は理屈のうえでは任意だったけれど、実際には建前と反対のことが求められているケースだった。その地域で暮らしはじめたころ、父と母は忠告を正しく解釈するのに手間どった。でも、やがて学んだ。

うちの家族とパパス夫妻は、たくさんの時間をともに過ごした。日曜には通りをいっしょに掃除し、結婚式や葬式の準備が必要なときには近所の人を手助けした。結婚式はたいてい民家の庭で催され、数百人が招かれる。みんなで力を合わせて、食事をつくったり、地元の学校からベンチやテーブルを運んだり、オーケストラが夜まで音楽を奏でる場所を整えたりする。わたしたちふたつの家族はいつもいっしょにベンチを運び、食事と式のあいだは隣同士で座っていた。子どもたちは明け方まで眠らずに歌って踊る。盛りあがりが最高潮に達すると、招待客たちが百レク札を振りながら花嫁のそばへ行き、習慣どおりにお札を舐めて花嫁の額にひっつける。ミハルはいつもお札をわたしの額にもひっつけて、きみのほうが花嫁より踊りがうまいし頭もいいと言った。

夏の終わりには、母とミハルがよくいっしょにラキをつくった。発酵させたブドウを蒸留し、管の先からアルコールが滴り落ちるのを待って、ラキの強さを味見し、昔のことを語り合う。一九三〇年代の街の港のことを母が口にするのが聞こえたことがある。母の家族が所有していたいちばん大きな船は、いまも輸出に使われているとミハルに話していた。わけがわからなくて、あとでミハルにどういうことかと尋ねた。でもミハルは、話していたのは「アルカ」(木箱)のことで「ヴァルカ」(船)のことではないと答え、彼がメゼ〔軽食の一種〕を食べていたテーブルで踊りたくないかとわたしを誘った。

こういうことをつらつらと並べたてるのは、強調したいことがあるからだ。盗まれたのがコカ・コーラの缶でなければ、母はパパス夫妻を責めようとは夢にも思わなかっただろう。当時、コカ・コーラの空き缶はめったにお目にかかれない代物だった。その用途もほとんど知られていなかった。コカ・コーラの空き缶はステータス・シンボルだったのだ。缶を手に入れた人はリビングに飾って見せびらかす。たいていテレビやラジオの上に刺繍したテーブルクロスを敷き、そこに置く。エンヴェル・ホッジャの写真のすぐ隣に置かれることも多かった。コカ・コーラの缶がなければ、家の見た目はみんな同じだった。同じ色に塗られ、同じ家具があった。コカ・コーラの缶のせいで何かが変わった。変わったのは見た目だけではない。嫉みが生まれた。疑いの心が芽ばえた。信頼は破壊された。

「わたしの缶!」母は声をあげた。ドニカから借りた麺棒を返しにいったとき、パパス家のテレビの上に赤いものが立っているのが見えたからだ。「どうしてわたしの缶がここにあるの?」ドニカは目を細めた。缶へ向けられた母の人さし指が見えないかのように、あるいは見ているものが信じられないとでもいうかのように。「それはあたしのだよ」ドニカは胸を張って答えた。「最近買ったんだ」。「わたしが最近買ったんですよ」母も言い返す。「それがこんなところに」。「あたしがこの缶を盗んだっていうのかい?」ドニカは母と向き合って問い詰めた。「あなたの缶は、実際はわたしの缶だって言ってるんです」母は答えた。

その日、母とドニカはそれまでになく激しく言い争った。テレビの前で言い争いをはじめたけれど、そのあとは通りに出て、公衆の面前で罵倒し合い麺棒を振りまわした。ドニカは母に、おまえなんか教師の服を着たブルジョワにすぎないと叫び、母はドニカに、あんたなんて郵便局員の服を着た小作農にすぎないと叫んだ。しばらくすると証人が連れてこられた。近くのたばこ工場で働く近所の人が、ドニカに空き缶を売ったことを認めたのだ。母が缶を買った翌日のことだという。

その時点で母は正式に謝罪した。ドニカとミハルは激怒していて、謝罪を受け入れなかった。背を向けて家へ戻っていき、窓から父と母を呼んで朝のコーヒーに招くこともなくなった。買い物の行列でいっしょになっても互いに無視し、あるときなどドニカは、母が代理として使っていた大きく立派な石に気づかないふりすらした。パパス家の庭から持ってきた石だったにもかかわらずだ。わが家のコカ・コーラの缶を盗んだ犯人はわからなかった。それがあるとリビングはずっと見ばえがしたけれど、結局、買い直すのは安全でないということになった。その機に乗じてわたしは頼んだ。コカ・コーラの缶の代わりにエンヴェルおじさんの写真をテレビの上に置いてほしい——父と母は、またもやわたしのお願いを無視した。

その夏、パパス夫妻はまだ庭の木に登っていいと言ってくれてはいたけれど、食事には招いてくれなくなった。勲章とパルチザンの帽子で遊んでいいかとミハルに尋ねると、また今度にしようと言われる。「尊厳の問題だ。あの人たちはわれわれの尊厳を踏みにじったんだ」ある日、ミハルがドニカに言うのが聞こえた。パパス夫妻は、実はコカ・コーラの缶のことで責められたのを怒っているのではなく、何かほかのことのために怒っているのではないか。わたしはそう思いはじめた。もっと重要な何か、父と母が埋め合わせることも償うこともできない何かがあるのかもしれない。悲しくて仕方なかった。チーズの行列でドニカが母の横を無言で通り過ぎるのがいやでたまらなかったし、コーヒーを淹れて窓から母を呼ぶドニカの細くかん高い声が恋しかった。ダラアーーー、ダラアーーー、カアーーファアーーー、カアファアーーー。父と母も悲しみに暮れて、ほかにどう謝ればいいのかわからずにいた。

そうして二週間ほど経ったころ、わたしはこの問題に自分の手でけりをつけようと思った。そして、パパス家の庭に隠れて行方不明になったふりをすることにした。そうすれば父と母はわたしを捜しに出るだろう。近所の人がこぞってわたしを捜していて、大切な最初の子が姿を消して父と母が狼狽しているのをパパス夫妻が見たら、おそらくふたりも捜索に加わり、掃除や結婚式のテーブルをともにしていたときのように、ふたつの家族は仲直りするだろうと考えたのだ。

この作戦はうまくいった。ありとあらゆる場所を——わたしが行くとはだれも思っていなかったイチジクの木の枝を除いて——何時間もかけて捜したあと、祖母は絶望に打ちひしがれた。父は身体を震わせながらぜんそくの吸入器を持って通りを歩きまわり、普段はまったく泣かない母まで涙を流さんばかりになった。そんな母を見たとき、パパス夫妻はコカ・コーラの缶のことをすべて水に流した。抱擁《ハグ》をけっして受け入れなかったドニカが母を抱擁し、心配いらない、あの子はすぐに見つかるよと請け合った。木のてっぺんからすべてを見ていたわたしは、この時点でふたつの家族は仲直りしたと判断した。慎重に木をおりたけれど、それでも膝に切り傷やひっかき傷ができた。膝から血をしたたらせ、目から涙を流しながらみんなの前に姿を現し、自分の計画をこと細かに打ち明けると、みんなとてつもなく感動した。イチジクの木に登って、わざと行方をくらませたの。わたしはそう説明した。うちの家族とパパス夫妻が行列で互いを無視するのは、もう見ていられない。結婚式でまたふたりの隣に座りたいし、ミハルの帽子で遊んでテーブルからソファに飛びおりたい。そう話すと、パパス夫妻はきっぱりと言った。「もう気にしなくていい、すべては許して忘れよう」。祖母までうなずいた――祖母はいつもフランス語でこう言い放つことで争いを解決していたのに。「Pardonner oui, oublier jamais」。許す、でも忘れない。

その夜、父と母はまたパパス夫妻をメゼに招いた。ラキを飲んで、コカ・コーラの缶のせいで仲たがいするなんて馬鹿げた話だと陽気に笑った。ミハルは百レク札を舐め、わたしの額に貼りつけた。イチジクの木のてっぺんに登るなんて、とてもかしこくて勇気のある子だとミハルは褒めてくれた。しまいには、コカ・コーラの缶は帝国主義諸国でつくられているのだから、人を堕落させる手段としてアルバニアへ送り込まれたのかもしれないとも語った。信頼と連帯の絆を壊すために、敵がひそかに持ち込んだのかもしれない。ミハルがそれを口にしたときには、もはや真剣に話しているのかわからなかった。みんな笑ってまたラキを飲み、帝国主義の終焉に乾杯して、また笑った。

　でもコカ・コーラの缶を母に提供してもいいと申し出たとき、ドニカはこのうえなく真剣だった。代わりばんこに缶を飾って、二週間ごとにどちらかの家のテレビの上に置けばいいのよという。母は、そんな親切を受ける資格は一切ありませんと言い張って辞退した。それどころか、いまでもうちにコカ・コーラの缶があったら、母のほうがそれをドニカに提供するでしょうと言った。テレビドラマ『ダイナスティ』にときどき出てくるソルト&ペッパーのセットみたいに、ドニカが自分の缶に塩を、母の缶に胡椒を入れて使えるように。そんな必要はないし、そもそもコカ・コーラの缶はややありきたりになってきたとドニカは答えた。いまほんとうに求められているのは白とオレンジの缶だけど、名前を思いだせないの。〝ファンタジー〟とか〝ファンタスティック〟とか、そんな名前。そして缶の下に敷いていた布を褒めた。何ものっかっていないほうがずっといいし、とてもきれいにチューリップを刺繍したんだから、隠してしまったらもったいないよ。

「その上にはエンヴェルおじさんの写真を置くんだよ」ざわめきのまったただなかに、わたしは元気よく割って入った。「でもうちのみんなはエンヴェルおじさんと一切かかわりをもちたがらないの——そこに写真を飾るって何度も約束するのに、ぜんぜん飾ってくれないんだもん。エンヴェルおじさんのことが好きじゃないんだと思う」ミハルにもらったばかりの百レク札で遊びながら、かしこいと褒められて大胆になったわたしは言った。

その発言でリビングの雰囲気が一転した。みんな凍りついた。ドニカと声をあげて笑い、ドニカがつくるバクラヴァ〔薄い生地のあいだにナッツなどを挟んで焼き、シロップをかけた菓子〕がとても恋しかったとお愛想を言っていた母は話すのをやめ、心のなかを推し測ろうとするかのようにドニカをじっと見た。キッチンの小さな建て増し部分にいたニニは、洗ったキュウリの入ったボウルを持って出てきた。手が震えている。大皿からオリーブとチーズをつまんでいた父は、フォークを落っことした。しばしの沈黙が訪れる。聞こえるのは、リビングのランプのまわりを舞う蚊の羽音だけだ。

ミハルは眉をひそめた。それからわたしのほうを向いた。すさまじく真剣で、険しいとすらいえる表情だ。「こっちへおいで」沈黙を破って、わたしを膝に座らせた。「きみはかしこい子だと思っていた。今日はとてもかしこいことをしたと褒めたばかりだ。いまきみが言ったことは、かしこい子の言うことではない。とても馬鹿なことで、きみから聞いたことのなかでいちばん馬鹿なことだ」わたしは赤くなり、頬がかっと熱くなるのを感じた。「きみのお父さんとお母さんはエンヴェルおじさんを愛している。党を愛している。あんな馬鹿なことは、もうだれにも言ってはいけないよ。でなければ、わたしの勲章で遊ぶ資格はない」

わたしはうなずいた。すでに身体が震えだしていて、どっと泣きだしそうだった。ミハルは膝の上の身体の動きを感じとり、口調の厳しさを後悔したのだろう。声をやわらげた。「ほら、泣くんじゃないよ。赤ん坊じゃないんだからね。きみは勇気ある女の子だ。大人になったら国のために、党のために闘うんだよ。コカ・コーラの缶のときのように、お父さんとお母さんはときどきまちがいを犯すけれど、ふたりとも勤勉ないい人だ。きみをちゃんと育てている。ふたりも社会主義のもとで育って、党とエンヴェルおじさんを愛しているんだ。わかるかな？さっきみたいなことは二度と言っちゃいけないよ」

わたしはまたうなずいた。ほかのみんなは無言のままだ。「さあ」ミハルが声をあげた。「また乾杯しよう。コカ・コーラによる分断のない未来へ」ミハルはグラスを手に取ったけれど、とても大切なことを思いだしたように、口をつける前に手を止めた。「約束しなきゃいけない。家族のことであんな馬鹿げた考えを抱くことがまたあったら、わたしのところへ話しにきなさい。ほかのだれでもなく、ドニカおばさんでもなくて、わたしのところにだよ。わかったね？」

# 6 同志マムアゼル

Comrade Mamuazel

「同志マムアゼル、ただちに止まれ、逮捕する！」

フラムールが腕と脚を大きくひらいて立ちはだかった。左手には身長の三倍もの長さがある鞭を持っていて、右手には小さな何かを握っているけれど、わたしには見えない。

「ジューシー・フルーツを渡せ」フラムールは命じる。

「ちょっと待って」わたしは髪をまとめていた光沢のある赤いリボンを外し、通学用かばんへ手をのばした。「見てみる。でもジューシー・フルーツはあるかな。リグレー・スペアミントかハバ・ババならあるかもだけど」

「あるにきまってるだろ」フラムールは言う。「昨日マルシダからもらってるのを見たぞ」

「ジューシー・フルーツはないよ」わたしは言い張った。「ハバ・ババならあげる。似てるし」

平たくのばしたカラフルな包み紙をワンピースのポケットから出し、鼻の下に数秒かざして、新鮮だとアピールする。その紙は、古い包み紙におきまりのゴムと汗が混じり合った匂いよりずっといい香りがした。本物の中身が頭に浮かぶほどだ。フラムールは持っていた鞭を放りだして右手の拳をひらき、自分の包装紙コレクションを見せて、何があるか確かめる。

「すごく新鮮なんだから」わたしは念を押した。フラムールはわたしの包み紙をひっつかんで匂いを嗅いだ。

「すげーいー匂い」フラムールは言う。「どれくらい前のやつだ?」

「わかんない。三か月も経ってないと思う。それか四か月か。前の持ち主が何人いたかによるし、それに――」

「ああ、だな、そんなことわかりきってる」フラムールはわたしのことばを乱暴に遮った。「フランス語をしゃべれるからって、おまえだけが知ってると思ってんのか?」

こういう挑発にのらないことをわたしは学んでいた。懇願するような表情でそのままフラムールをじっと見る。いまにも泣きそうだけれど、リボンをつけた女子よりフラムールがいやがるのが泣き虫だ。泣いたら包装紙コレクションをすべて取り上げられるにきまっている。

「合言葉を言ったら釈放してやる」フラムールはハバ・ババの包み紙をひったくる。「リボンを外したのはちゃんと見てたぞ、マムアゼル」

「合言葉」わたしはささやいた。「合言葉は「ファシズムに死を、人民に自由を」」

これはわたしの最も古い記憶のひとつだ。これほど正確に憶えているのは、ほとんど毎日同じようなことがあったからだと思う。フラムールは近所で二番目に危険ないじめっ子だった。いちばん危険なアリアンは少し年上で、わたしたちが遊んでいるときはめったに通りに出てこなかった。姿を現すのは、だれかのなわとびを没収したり、暗くなってきたから家に帰れと言って子どもたちの石蹴り遊びをやめさせたり、ボールのぶつけあいをやめて「ファシストとパルチザン」ごっこをしろと命じたりするときだ。みんなが従うと、アリアンは家に戻る。わたしたちは指示されたことをつづける。命令に従わなかったらどうなるのか、だれも知らなかった。試してみようとする子はいなかった。

フラムールはまた別のタイプのいじめっ子だった。いつも放課後は通りにいて、暗くなってからも遅くまでパトロールしている。五人家族の末っ子で、唯一の男の子だった。三人の姉は実家暮らしで、近くのたばこ工場で働いている。姉はみんな名字がちがい、どれもBからはじまる。バリウ、ビルビリ、バッリ。フラムールの名字だけはBからはじまらず、母親と同じだった。メク。お父さんは出征中で、ローマ帝国とオスマン帝国と戦っているとフラムールは言い張っていた。アルバニアはとっくの昔にその帝国と戦うのをやめたんだよと、マルシダが向こう見ずにも言ったときには、ポニーテールをはさみでちょん切られた。

フラムールがひとりのときは、だれかの玄関前の段に座って平鍋を叩き、ジプシーの憂鬱なラブソングをがなりたてる。するとほかの子たちが家から出てきて遊び場に集まり、フラムールがいろいろなことを決める。最初に何をして遊ぶのか、だれが最初にやっていいのか、ズルをしてしばらく参加できないのはだれか、幼い妹や弟に配慮してどんな例外を設けるのか――フラムールは目のところに穴をあけた古い茶色の袋をかぶっておばけに扮し、幼い子に不意につかみかかって怯えさせてもいたけれど。たいていいつもブラジル国旗がついた黄色と緑のだぶだぶのトップスを身につけ、ブラジル代表チームの有名サッカー選手にちなんで名づけた野良犬の一団を従えていた。ソクラテス、ジーコ、リベリーノ。お気に入りの犬ペレはなかば目が見えず、何かの皮膚病を患っていた。フラムールは猫が大嫌いで、野良の子猫を見つけると、たいてい道の突きあたりのごみの山に捨てて燃やす。リボンをつけた女子も大嫌いだった。みんなにわたしを同志マムアゼルと呼ばせ、合言葉を尋ねさせるようにしたのもフラムールだ。

フラムールの姉のひとりが、党によって地方評議会のオフィスに呼び出されたことがある。フラムールの背中を椅子で思い切り殴ったからだ。椅子が壊れるほどの激しさだった。それを知ると祖母は怒りで我を忘れんばかりになって、子どもへの暴力は国家による暴力と変わらないとわめきたてた。

子ども時代、わたしの何かがみんなとちがうのはわかっていたけれど、それが何かはわからなかった。フラムールの家族とちがい、うちの家族はわたしを叩かなかった。母はたいてい口を挟まず、目に見えない権威によってお仕置きをした。父にとってお仕置きとは、父と母の寝室でわたしを数時間「反省」させることだった――その部屋にはおもちゃがなかったので、わたしは子どもっぽく大げさに「刑務所」と呼んでいた。たまに本を持ち込むことを許された。傷ついて怒っているときは、『レ・ミゼラブル』『家なき子』『デイヴィッド・コパフィールド』のような孤児を主人公にした小説を選ぶ。ただ、主人公の苦しみによって自分の怒りが消えることはなかったたし、不当な仕打ちだと思う気持ちも変わらなかった。こういう物語を読むと、自分の家族についての突飛な空想がいっそうふくらんだ。ほかの子どもの人生に数時間浸ったあとは、自分は何者かという疑問がさらに募った。本の登場人物のように運命が変わったり、見知らぬやさしい人が思いがけず現れたり、遠い親戚が見つかって慰めを得たりすることを夢見た。

わたしは父と母の寝室からココットへ長い手紙を何通も書いた。ココットは祖母のいとこだ。首都ティラナにひとりで暮らしていて、冬はよくわたしたちのうちで過ごした。わたしはその手紙を「獄中書簡」と呼び、番号を振って、話題ごとに分けて書くことも多かった。手紙ではさまざまな不満を述べる。父と母が厳しいこと。友だちに聞かれるのも気にせず、通りでふたりがフランス語で話しかけてくること。まったく才能がない体育のような科目も含めて、学校でいちばんになることをいつも期待されること。

ココットの本名はシキリというけれど、本人はそれを嫌っていた。平凡すぎるという。祖母の家族には、みんな本名とフランス語のニックネームがあった。ココットと祖母はサロニカ〔現在のギリシャのテッサロニキ〕でともに育った。オスマントルコは帝国内のアルバニア人マイノリティを「アーナウト」と呼んでいて、ふたりはそのアーナウトだったけれど、ニニがわたしにするように、互いにフランス語で話した。ココットが訪ねてくると、いつもわたしたちの部屋に泊まった。ココットと祖母は夜遅くまでおしゃべりし、遠く離れた場所やそこにいる人たちの思い出を語る。イスタンブールのパシャ〔オスマン帝国の軍司令官や高官などの称号〕、サンクトペテルブルクからの移民たち、ザグレブのパスポート、スコピエの食料市場、マドリードの闘士たち、トリエステの船、アテネの銀行口座、アルプス山脈のスキー場、ベオグラードの犬たち、パリの集会、ミラノのオペラ劇場の特別席《ストール》。

凍てつく冬の夜、わたしたちの小さな寝室は大陸になる。国境線がしきりに変わる大陸。もはや存在しない軍の英雄たちがいて、恐ろしい火事、活気ある舞踏会、土地争い、結婚式、死、新しい命の誕生があった大陸。わたしはふたりの話を理解したくてたまらなかった。自分の子ども時代とニニとココットの子ども時代を結びつけたかった。ふたりの世界を心に思い描きたかった。いつのことかわからない出来事を年代順に並びかえたかった。知らない登場人物たちを記憶にとどめ、目撃しなかった出来事に意味を与えたかった。聞こえてくる話はあまりにも混沌としていて、わたしは混乱し、ときに怯えた。音信不通になった大人たち、出帆しなかった船、生きることのなかった子どもたち。でも、理解しようとする努力がようやく実を結びそうになると、ニニとココットはフランス語で話すのをやめ、突然ギリシャ語に切り替えた。

ふたりは互いのことが大好きだったけれど、このうえなくかけ離れた人間だった。ふたりとも大人になってから初めてアルバニアへやってきた。ニニは政府で働くため、ココットは夫を探すためだ。ココットはギリシャ人もトルコ人も嫌いで、ユダヤ人の男も好きではなかった——ユダヤ人は「サロニカに残っている最後の知性ある人間」だったと、のちにしぶしぶ認めてはいたけれど。結局アルバニア人も好きではなかったのか、あるいはだれそれは教養がない、財産が足りない、政治的に信用できないと両親が反対しつづけたのか、ココットは一度も結婚しなかった。想像上の夫レジェップ、フランス名レミーがいた。「あなたのおじいさんとはちがって」祖母の前でココットはよくわたしに言った。「レミーには一度も迷惑をかけられたことがなかった」

ココットが訪ねてきている数週間だけ、わたしはすすんでフランス語を話した。それ以外のときはいやでたまらなかった。フランス語はわたしのことばではない。祖母はフランス人ではない。どうしてそれがわたしに押しつけられているのか、どうしてアルバニア語より先にフランス語を教えられたのか、わたしにはわからなかった。フラムールにけしかけられた近所の子たちに、ブロークンなアルバニア語をからかわれるのもいやでたまらなかった。たとえば、おやつに食べたリンゴのスライスを「des morceaux de pommes（リンゴのかけら）」と呼んだときのように。その子たちの親はたいていもっと理解があったけれど、それでも一日の終わりに祖母が迎えにきて、わたしがその日の出来事をみんなにわからないことばで報告するのを聞くと、怪訝そうな顔をした。「どうしてフランス語？」ある日、ひとりの親が祖母に尋ねるのを耳にした。「ロシア語でも英語でもギリシャ語でもなく？　いくらでも選択肢はあるのに」。「わたしはギリシャ人が嫌いなんですよ」祖母は答えた。「それにロシア語も英語も話せないの」そう付け加えたのは、おそらく帝国主義への敵意を示すためだろう。

いつにもましてフランス語がいやだと思ったのは、特別教育委員会に出て、学校に通いはじめる準備ができているのを証明しなければならなかったときだ。普通は学校へ通うのに試験を受ける必要はない――教育は義務で、六歳から七歳のあいだにはじまる。新学年がはじまる数週間前、教師が三、四人のチームに分かれて街をまわり、家のドアを一軒一軒ノックして子どもがみんな入学手続きをすませているのを確かめる。党は読み書きできない人を記録的なスピードでなくしたことを誇っていて、北部の僻村で暮らす高齢女性たちが字を読めるようになり、ただの「X」ではなく自分の名前で書類に署名できるようになったことがよくテレビで報じられていた。新学年開始前の数週間は、みんな期待に胸をふくらませている。うれしそうな子どもたちがピオネールの店に行列をつくり、親たちは教科書が販売される教室で噂話に興じる。初日にはみんなぴかぴかの色鮮やかな制服を身につけ、新しい髪型を見せびらかして、花束を手に群れをなして通りへ向かう。ノラ先生は言っていた。「帝国主義諸国では、こんなに盛りあがるのはセールの時期ぐらいです」。「セール」が何かはだれも知らなかったけれど、そんなことを尋ねるのは馬鹿みたいな気がした。

一九八五年夏の終わりには、わたしは学校へ行きたくてたまらなかった。すでに母から読み書きを教わっていた。ひとつにはアルバニア語上達の手段としてだ。うちではみんなフランス語で話しかけてくるから、わたしのアルバニア語はまだブロークンだった。またひとつには、ロシアのおとぎ話を翻訳した母の古い本をひとりで読めるようになるためでもあった。わたしの六歳の誕生日は学年が正式にはじまる一週間後ではあったけれど、父と母はわたしに赤い革のリュックサックを買ってくれた。最初はそれを気に入っていたけれど、やがて気づいた。ほかの子はみんな茶色か黒の通学用かばんを与えられていて、そのほとんどが手提げかばんだ。リュックサックの子は少ししかいない。茶色と黒のかばんは、新学年がはじまる直前に黒い制服、赤いスカーフ、さまざまなおきまりの学用品といっしょにピオネールの店で売られる――ノート、ペン、鉛筆、定規、コンパス、分度器、体操着セット。赤のリュックサックは限定品だった。二、三日だけ倉庫に姿を現し、たいてい店にたどり着くまでに売り切れる。わたしはこのリュックサックのことも釈明しなければならなくなった。メーデーや日曜の散歩のときに着る、刺繍がほどこされてレースで縁どりされたワンピースや、靴職人をしているマルシダのお父さんに手作りしてもらったオーダーメイドの白い革靴、こっそり持ち込まれた西側の子ども向けファッション雑誌から破りとった写真をまねてデザインした手編みのコートと同じように。

赤のリュックサックのせいでまたいじめられると気づいてから、わたしは学校へ行きたくなくなった。はじめの数日は運が味方についていた。規則を曲げて一年早くわたしを入学させようとする学校は、街にひとつもなかったのだ。家族はあきらめなかった。もう学校へ通う準備ができていて、保育園では退屈すると思っていたからだ。そして、党中央委員会の教育部から特別許可をもらうように勧められた。八月終わりの夕方、委員会の公務の最後に、わたしたちは党幹部の委員団の前に出て言い分を述べた。

父と母は数日前から面接の準備をしていた。話すことをリハーサルし、質問を予想していた。わたしは党とエンヴェルおじさんについての知っている詩と、保育園で習った新しいパルチザンの歌をすべて暗誦させられた。緊張しながらみんなで党中央委員会の建物へ向かったのを憶えている。父と母が先を行き、祖母とわたしが手をつないで数メートルうしろを歩いた。わたしは明るい赤のワンピースを身につけ、右腕には茶色のフォルダーをしっかり抱えていた。なかには、字の読み方を学ぶのに使った本と、初歩的な算数の計算と練習問題の本が入っている。

道のりを半分ほどすすんだところで、わたしたちがちゃんとついてきているか確かめようと母が振り向いた。そしていきなり遠ぼえとも悲鳴ともつかない大声を出した。「白!」母は言う。「白じゃないの!」恐れおののいた表情で、わたしのポニーテールをまとめているリボンを指さす。父は何も言うことなく、次の指示を待たずにまわれ右して、全力疾走で家へ帰っていった。十五分後に息を切らして戻ってきたときには、片手に赤のリボン、もう片方の手にぜんそくの吸入器を持っていた。吸入器なんか使っている時間はないと父は言われ、教育部のオフィスへつづく階段をみんなであがった。わたしは、その日に憶えたばかりの新しいパルチザンの歌を口笛で吹いて叱られた。

面接では父が最初に話した。この子の誕生日が新学年開始日の一週間後だからといって、まる一年も入学を待つのは理不尽だとは言わなかった。共産主義社会は何より教育を重視しているのを知っていますと言い、こう力説した。これほど意欲的な新世代の革命家の代表が忠実に党に尽くすことになるのですし、この子はあまりにも熱心で、できるだけ早く学校に通いはじめたいと何度も口にしていたのです。最終的な決定が党に委ねられることはもちろん承知していますし、いずれにせよ党は公正に判断してくださるとわかっています。けれども僭越ながら、この子の熱意だけは聞いていただくに値すると思ったのです。

部屋にいる人ではなく指導者に向かって話すように、父は壁にかかったエンヴェルおじさんの肖像写真をまっすぐ見据えて語った。委員のひとりは机を指で叩きながら宙を見つめ、ふたり目はメモをとりながらときどき母のリネンのワンピースに目をやり、三人目は以前どこかで会ったことがあるかのように祖母を見ていた。四人目は質素なチャコールグレーのスーツを着たショートカットの女性で、机の上の赤旗を見つめながら謎めいた笑みを浮かべている。

すべてのスピーチが終わり、音読と計算の試験、詩の暗誦も終えた時点で、委員団の反応はいまいちだった。ため息をついて目をぐるりとまわし、眉をあげて互いの顔を見やった。三本の指でテーブルをそっと叩いていた男性は、両手の指を使って高速で叩きだし、雨のような音をたてている。みんな気づかないわけにはいかない。メモをとったり母のワンピースを見たりしていた人は、ペンを置いてその男性に視線を注ぎはじめた。

沈黙を破ったのは祖母だった。ようやく祖母もだれだかわかったらしい三人目の委員を見ながら、口をひらいた。

「同志メフメトはフランス語を話しますね。レアもフランス語を読めるのです。何かフランス語で書かれたものを読ませてはどうでしょう」

「その試験はできません」ずっと笑みを浮かべていた女性が答える。「ここには子ども向けの本がありませんから。当然、フランス語《アン・フランセ》の児童書なんてありません」なかばからかうように彼女は付け足した。

「同志エンヴェルの著作をどれか読ませてもいいのでは」ニニは申し出た。「棚に選集の翻訳がありますね」そう言い添えると、メフメトという男がうなずいた。本が一冊持ってこられて無作為にひらかれ、わたしは何行か音読した。そして、あることばでつまずいた。いまでもそのことばだけは思いだせる。「コレクティヴィザシオン（collectivisation）」。わたしは何度も必死に発音しようとした。

「コレヴィザシオン」わたしは口に出した。「コレクティヴィヴァシオン」と言い直した。「コレクティヴィズ――」もう最後まで言えなかった。完全に行きづまって、目は涙でいっぱいになった。

そのとき、委員たちが拍手しはじめた。みんな同時に、自然と。「きみはとてもかしこい子だ！」同志メフメトが声をあげた。「アルバニア語でも読むのがとてもむずかしい本なのに。きみは友だちに教えてあげられるね。フランス語での読み方まで教えられるんだ。エンヴェルおじさんが若いころ、学校でフランス語の先生をしていたのは知っているかい？　きみもエンヴェルおじさんのようになりたいのかな？」

わたしはうなずいた。「エンヴェルおじさんが子ども向けに書いた本はぜんぶ読みました」昼についた涙と鼻水を舐めながら言う。「〝コレクティズム〟の意味は知ってます。分かち合ったらみんなよく働くって意味だけど、発音できなかっただけです」

その夜、委員団は就学年齢の制限を取り払う決定を認め、その決定を下した例外的な事情を説明する手紙とともにわたしたちを送り出した。うちまで歩くあいだ父と母は大よろこびで、同志メフメトがいて運がよかったと興奮して話した。メフメトは、祖母がずっと昔にフランス語を教えたことのある人だった。わたしが生まれる前に父の家族が暮らしていたカヴァヤという小さな町でのことだ。父と母はビールを買って祝福しようとしたけれど、店ではもうその週の配給分は品切れだったから、家にあった自家製ラキを出してきてパパス夫妻をメゼに招いた。

党ではなくわたしの教育に乾杯し、次から次へとラキを飲みほして、日付が変わってもずっと冗談を言って大声で笑っていた。

わたしは誇らしくもあり気恥ずかしくもあった。誇らしかったのはもうすぐ学校に通いはじめるからで、気恥ずかしかったのは「コレクティヴィザシオン」をいまだに発音できなかったからだ。中央委員会の建物を出てから何度も発音しようとしてみたけれど、そのたびにまちがえた。フランス語で歌をうたってほしいとミハルに言われたときには、みんなの期待に背き、フランス語なんて大嫌いだときっぱり言った。保育園《クレーシュ》の初日からフランス語がいやでたまらなかったと。フランス語しか話さないから、わたしはほかの子たちからみんなとちがうと言われた。学校に通いはじめるいま、また同じことが起こるのではないかと不安だった。フランス語を話すがゆえに新しい友だちをつくれないのではないか。そもそも、どうしてほかのだれも理解できないことばを話さなければならないのか。訪れたことがなく、知り合いもいない国のことばなのに。

「教育委員の同志が言ったことを聞いた?」わたしを説得しようとしてニニが尋ねる。「エンヴェルおじさんもフランス語を話したんですよ。長年フランス語を勉強したの。それにあなたのような子どもに教えもした。フランス語は重要なことばで、啓蒙主義の偉大な作家や哲学者のことばだし、フランスは自由、平等、友愛の理念を広げたフランス革命の国でもあって、それについてはこれから学校で習うでしょう」。わたしは首を横に振って抗議した。

「フランス革命のことはもう知っているでしょう。人形劇場で〔『レ・ミゼラブル』の〕『コゼット』を観て、とっても好きだと言っていたじゃない、憶えているでしょう」ニニは食い下がった。

わたしはまだ保育園のことを考えていたけれど、『コゼット』の話が出たことで、勇気がなくて話せなかったことを詳しく告白する決心がついた。ほかの子たちにワンピースの裾をめくられてリボンを引っぱられ、同志マムアゼルと呼ばれること。歩き方を馬鹿にされて表情をからかわれること。ぜんぶフランス語のせいだ。その日二度目の涙がどっとあふれてきた。

「いやな気持ちになるのなら、フランス語を話す必要はありませんよ」ニニは言った。パパス夫妻もそうだとうなずく。

その日から、ココットが訪ねてきているときを例外として、フランス語は正式に廃止された。祖母は三つの場合のどれかのときだけわたしにフランス語で話しかけた。わたしが遅くまで友だちと遊んでいて、やめるようにそっと促したいとき。猛烈に怒っていて憂さを晴らしたいとき。それに、わたしを叱りつける手段として使うときだ。

# 7 日焼け止めクリームの匂い

They Smell of Sun Cream

わたしはいまでも、外の世界から学ぼうとするわたしたちの奮闘をすべてダイティと結びつけている。ダイティはひときわ切り立つ山脈の名で、アルバニアの首都を囲み、まるで首都をとらえて人質に取っているかのように街を睥睨《へいげい》している。物理的には離れた場所にあるのだけれど、いつでも身近にあった。わたしは足を運んだことがない。「ダイティから受信する」というのがどういう意味か、わたしにはいまだにわからない。だれが何を受信するのか、だれからどのように受信するのか。山の上に衛星放送かテレビの受信機でもあったのかもしれない。どの家にも、どの会話にも、だれの考えにもダイティがあった。「昨夜、ダイティを通じてそれを見た」というのは、「わたしは生きていた。わたしは法律を破った。わたしは自分の頭でものを考えていた」という意味だ。五分間。一時間。まる一日。長さはまちまちでも、ダイティはそこにあった。

アルバニアのテレビ番組にいら立つと、父は言い放つ。「ダイティを捕まえられないか試しにいくぞ」。それから屋根に登ってアンテナをあちこちにひねくりまわし、窓ごしに大声をあげる。「これでどうだ、よくなったか?」わたしは答える。「前と同じだよ」。二、三分後、父がまた叫ぶ。「これでどうだ?」わたしは叫び返す。「消えた! 完全に消えちゃったよ! 前のほうがマシだった」。悪態をつく父の声が聞こえ、あとにつづく金属音から、アンテナをいじりつづけているのがわかる。辛抱強く作業すればするほど、電波が戻る可能性は低くなる。

夏には状況がましになる——少なくとも理屈のうえでは。天気がいい季節には、選択肢がふたつあった。ダイティかディレクティか。アドリア海に近いおかげで、ディレクティ、つまりダイレクトの電波をイタリアからそのまま受信できたのだ。わたしの頭のなかでは、ダイティは山の神、ディレクティは海の神だった。でもディレクティはダイティよりずっと気まぐれだ。ダイティの場合、アンテナさえうまく調節できれば、「テレジョルナーレ(telegiornale)」ことイタリアのニュース番組の時間以外は電波が届く。ディレクティはあてにならない。うまくいけばテレジョルナーレさえ最初から最後まで観られる。かと思えば、父が満足げに「鏡」と呼ぶきれいな受信状態だったのに、まったく何も見えなくなり、震える蜘蛛の巣でいっぱいの灰色の画面になる日もある。したがって、たとえばセリエAのシーズン最後にユヴェントスがプレイするような重要なサッカーの中継があるとき、父はジレンマに陥る。電波が安定しているけれど完璧とまではいかないダイティを選ぶか、それともディレクティの移り気な「鏡」に賭けるか。後者を選ぶことも多かったけれど、判断を誤るとその結果は自分に降りかかってくるので、父はこのうえなく気をもんでいた。判断を誤った日は、負け戦に向かう人のように悲しげに屋根に登る。「アンテナを見てくるよ」声にはあきらめの響きがあり、ときには絶望さえ感じられた。教皇ヨハネ・パウロ二世の暗殺未遂から、直近のサンレモ音楽祭のあとにアル・バーノとロミナ・パワー〔一九七五年から九九年まで活動した夫婦によるポピュラー・ミュージックのデュオ〕が破局したという噂まで、わが家が受け取る外国からの重要情報はすべて、父とアンテナの関係――心理ドラマ、そこから生まれる引力と斥力の力学、勝利と敗北の微妙なバランス――にかかっていた。

ダイティとディレクティがなければ、テレビで観るものはほとんどなかった。平日午後六時の読み聞かせの時間とそのあとのアニメ映画の時間は、どちらも闘いになる。ユーゴスラビアのバスケットボールの放送時間と重なっていたからだ。父との唯一の妥協策は、五分ごとにチャンネルを変えること。日曜にはもっとたくさん観るものがあった。午前十時に人形劇があり、その直後に子ども向け映画があって、マケドニアのテレビ局で『みつばちマーヤの冒険』が放送される。そのあとは流れてくるものをなんでも観るしかない。国内のいろいろな地域の民謡や踊り、五か年計画の目標を上まわった協同組合についての報告、水泳のトーナメント、天気予報。

午後五時に『自宅で学ぶ外国語』の放送がはじまると、事態は好転する。この番組は毎日アルバニアのテレビ局で放送されるから、アンテナの気まぐれに左右されずにすむ。英語のほかにフランス語とイタリア語もあり、「自宅でできる体操」まであった。体操は一度もやろうとしなかった。運動は毎朝授業がはじまる前にたっぷりやっていたからだ。教師と児童が全員校庭に集まり、前屈、腕まわし、大腿四頭筋《クワッド》ストレッチをして、党への忠誠を誓う。でも語学のプログラム、なかでもイタリア語は熱心にすべて観た。内容がわかれば、ライ・ウーノ〔イタリアのテレビ局《》で放送されるアニメをいままよりずっと楽しめるはずだと自分に言い聞かせた。

『自宅で学ぶ外国語』は、遊び場で激しい議論の的になった。外国語だけでなく、外国文化についてもいつも学ぶことがあった。イギリスでの買い物について、激しい議論がくり広げられたことがある。スーパーマーケットの場面で、お母さんが買い物リストを読みあげ、子どもたちがその商品を棚から見つける。パスタ、チェック。パン、チェック。歯みがき粉、チェック。ソフトドリンク、チェック。ビール、チェック。

そうしてわたしたちは、行列に並ぶ必要がないことを知った。だれもが好きな食べ物を選べることを知った。店の棚には商品があふれるほどあるのに、客は抱えきれないほどたくさんものを買うことを知った。だれも食料引換券を出さないし、買えるものの種類と量に制限がないらしいことも知った。好きなときにいつでも食べ物を買えるのなら、どうして買いだめなんてするのだろうと不思議だった。

何より不可解だったのが、一つひとつの食料品に独自のラベルがついていることだ。「歯みがき粉」「パスタ」「ビール」といった総称ではなく、ラベルには人の名前や名字らしきものが記されていた。〈バリラ〉のパスタ、〈ハイネケン〉のビール、〈コルゲート〉の歯みがき粉。スーパーマーケット自体の名前も同じようだった。どうして単純に「パン屋」「肉屋」「服屋」「コーヒー屋」ではいけないの？

「想像してみて」ベサが言う。「〈イピの精肉店〉とか〈マルシダのコーヒー店〉とか〈ベサのパン屋〉とかいうお店があるって」

「たぶんつくった人の名前じゃないかな」わたしは指摘した。「ほら、五月一日隊がつくったプラスチックみたいな」

ほかの子たちはその解釈に異を唱えた。ノラ先生が説明してたでしょ。アルバニア以外の場所では、ものをつくった人の名前、つまり労働者の名前はだれも知らないって。西側では、それがつくられた工場の名前と、工場の所有者たち、その子どもたち、その子どもの子どもたちの名前しか人は知らないんだよ。ディケンズの『ドンビー父子』みたいに。

次なる謎は、ショッピングカートの役割だった。

「あのカートは子どもを運ぶためのものだよ」わたしは言った。

「食べ物でしょ」マルシダがわたしの誤りを正す。

「子どもだよ」わたしは言い張った。

「ていうか、両方だよね」ベサが言う。「子どもたちがショッピングカートにこっそり入れてたものを見た？」自分には重要なことと些細なことのちがいがわかるとでもいうかのように、ベサは付け加えた。「最後にお金を払うときまで、お母さんは気づかなかった。コカ・コーラの缶だったと思う」

「うん、だよね」マルシダが言う。「でもお母さんはそのまま買ってあげてた。子どもたちは喉が渇いたって言ってたのに。お店には水がなかったんじゃないかな。なんでも売ってるわけじゃないのかも」

「それって飲み物だと思う」秘密を明かすかのように、小声でわたしは口を挟んだ。「棚の上でときどき見かけるあの缶は、飲み物を入れておくものなんだよ」

　すると、お気に入りの犬ペレに残り物の骨をやっていたフラムールが割って入ってきた。

「とかなんとか、エラそうに」馬鹿にした調子で言う。「コカ・コーラは飲み物にきまってんだろ、だれだって知ってるぞ。おれは飲んだことがある。観光客の子が缶をごみ箱に捨てたから、それを拾ったんだ。半分残ってたから飲んでみた。ビーチで売ってる赤のアランジャータ〔炭酸飲料〕にちょっと似てるけど、観光客向けだな」

　みんな疑わしげな目でフラムールを見た。

「そのとき、そいつがこっちに気づいたんだ。怒ってぎらついた目で見てきやがった」フラムールは話をつづけた。声が少し大きくなる。お父さんがオスマン帝国と戦っている話をはじめたときと同じだ。「そいつは怒ってた。すごく怒ってた」フラムールはくり返した。「でも殴ってはこなかった。泣きだしたから、おれは缶を返してやったんだ。すぐに返してやった。そしたらそいつ、もっと泣いてさ、缶を蹴って、その上に跳びのって潰しちまった。缶はそこに放ってきた。役に立たないし、棚の上に立ちもしないしな」

　ほんとうの出来事だろうか。ノラ先生の話だと、アルバニアを訪れる観光客の子は、たいていブルジョワ階級らしい。その子たちは卑劣なことで知られている。あまりにも卑劣だから、フラムールやアリアンの卑劣さでさえ見劣りする。缶にどんなひどいことをしたっておかしくない。

「フラムールはほんとうに観光客の子から缶を取ったと思う?」フラムールがいなくなると、

マルシダがみんなに問いかけた。

「わからない」ベサが答える。「たしかによくごみ箱をあさって、犬にあげる残り物を探してるよね。盗んだわけじゃないよ。その子がごみ箱に捨てたんだから」

「ほんとうの話じゃないと思う」わたしは言った。「観光客の子なんて、わたしはひとりも会ったことないし」

　学校では、よそ者っぽい人とはかかわらないように言われていた。観光客に出くわしたらちがう道で帰るように忠告されていたし、どんな状況でも差し出されたものを受け取ってはいけないと警告されていた。とくにチューインガムはいけない。「何よりチューインガムを持った観光客には注意しましょう」とノラ先生は強調していた。

　外国人向けのホテル、アドリアティックのそばで、夏にビーチを訪れる観光客の子をときどき遠目に見かけた。長い溝が砂に掘られ、地元住民のビーチと外国人のビーチは隔てられていたけれど、海に溝はない。観光客の子どもを見かけると、いとこたちとわたしは観光客用のビーチの近くまで泳いでいって、飛び込み、ジャンプ、宙返りの練習をして注意をひこうとした。知っている英語の童謡「バー・バー・ブラック・シープ」を歌うこともあった。「バン・バン・バックシップ、エニ・エニ・ユー」〔正しくは「バー・バー・ブラック・シープ、ハヴ・ユー・エニー・ウール？（めえめえ黒ひつじ、羊毛はある？）」〕。相手の子たちは、混乱と恐怖が入り混じった表情で見つめ返してきて、いとこたちはフランス語であいさつしろとせっついてくる。はじめは拒んだ。観光客と話すなとノラ先生に言われていたからではなく——わたしの考えではそのルールは浅瀬には適用されなかった、だってチューインガムの受け渡しはできないから――、やはりフランス語で話すのがいやでたまらなかったからだ。フランス語を話せるのがすごいことだというのなら、そのせいでからかわれるべきではないと思った。観光客がいるときだけ話すように求められるのはおかしい。

「あいさつなんかしたくない」わたしは言い返した。「知らない子だし。返事してもらえないよ。それにあの子たちがフランス語を話すって、どうしてわかるの？ ほかのことばを話すかもしれないでしょ」。でも意気地なしで臆病者だと言われ、臆病者でないことを証明するために、しぶしぶ口をひらいた。「サ・ヴァ？（Ça va?）」観光客の子たちはじっとこちらを見たままだ。わたしはことばを変えた。「チャオ！（Ciao!）」子どもたちは目をぐるりとまわす。わたしはドイツ語で知っている唯一のセンテンスを加えた。「ヴォヘーア・コメン・ジー？（Woher kommen Sie?）」「どこからきたの？」という意味だけれど、「どこへ行くの？」と尋ねるべきだった。すでに子どもたちは立ち去ろうとしていたからだ。いとこたちは言った。「ほら、怖がらせちゃった。にっこり笑っとかなきゃ」。「戻ってきて」カラフルで大きなタオルに子どもたちが姿を消すのを目で追い、わたしはひとりつぶやいた。その子たちが姿を消すのがいやだった。返事が返ってこないのがいやだった。いとこたちの圧力に屈したのが何よりいやだった。

観光客の子たちは、色鮮やかでめずらしいおもちゃを持っていた。わたしたちのおもちゃとあまりにもちがいすぎて、それはそもそもおもちゃなのか、よくわからないこともあった。観光客の子たちは、見たこともないキャラクターがついたマットレスで水に浮かんで遊び、おかしな形のバケツやスコップ、アルバニア語では言い表せない風変わりなプラスチック製品を持っていた。その子たちは匂いもちがっていた。癖になる魅惑的な匂いがして、あとについていきたくなり、抱擁《ハグ》してもっと匂いを嗅ぎたくなる。観光客の子がそばにいると、花とバターを混ぜ合わせた不思議な匂いがビーチに漂うから、いつもわかった。

なんの匂いなのかと祖母に尋ねた。日焼け止めクリームだという。どろっとした白い液体で、太陽から身を守るために使うらしい。「ここにはありませんね。わたしたちはオリーブオイルを使うの。そのほうが健康にいいんですよ」

その日から、あの匂いには名前がついた。「あの子たち、日焼け止めクリームの匂いがする」ある日、わたしはビーチでいとこたちに言った。「いま匂うね」ひとりが答える。「日焼け止めクリームの匂いがする。あっちに行ったよ。行こう。追いかけよう」

追いかけていくと、その子たちはやがて親といっしょに観光バスやわたしたちが入れないレストランに姿を消す。あとに残るのは疑問だけ。みんなどんな本を読むの？『不思議の国のアリス』や『ジム・ボタンの機関車大旅行』や『チポリーノの冒険』は好き？　みんなも、工場でつくるメディカルハーブのためにカモミールの花を摘まなきゃいけないの？　ギリシア神話の神の名前をだれがたくさん知っているか競い合うの？　古代ローマの戦場をだれがいちばんたくさん憶えているかも？　スパルタクスを尊敬してる？　数学オリンピックに参加してる？　宇宙を征服したい？　お菓子のバクラヴァは好き？

わたしは好奇心をひかれ、ときには羨望を覚えながら外国の子たちのことを考えたけれど、気の毒に感じることも多かった。六月一日の子どもの日には、とくにかわいそうだと思った。わたしは父と母からプレゼントをもらい、海辺にアイスクリームを食べにいって、移動遊園地に足を運ぶ。その日には、子ども向け雑誌も何冊か年間購読してもらえる。それらの雑誌を通じて、わたしは世界中の子どもたちの運命を知った。『小さな星々』という六歳から八歳の子ども向けの雑誌では、子どもの日に「わたしたちとほかの国の子たちの六月一日」という漫画が掲載される。片側のページでは、シルクハットをかぶった太った資本家が太った息子にアイスクリームを買っていて、店の入り口の横でみすぼらしい子どもがふたり地べたに座っている。キャプションにはこうある。「わたしたちに六月一日はやってこない」。その反対側のページでは社会主義の旗がいくつも掲げられ、しあわせそうな子どもたちが花とプレゼントを持って親と手をつなぎ、店の前でアイスクリームを買うのを待っている。「わたしたちは六月一日が大好きです」とキャプションにはある。列はとても短い。

一九八〇年代後半には、『地平』というティーン向け雑誌も届くようになった。わたしはそれを読むにはまだ幼すぎたけれど、父はその雑誌が大好きだった。数学と物理の問題のコーナーや、科学と天文学の連載コラムがあったからだ。その雑誌はわたしのために買ったのだから、ちゃんと渡しなさいと父が注意されることもたまにあった。『地平』では西側の子どもたちが頻繁に取り上げられた。その子たちの生活についての疑問がすっかり解消されるほど詳しく描かれていたわけではないけれど、わたしたちとのちがいを知るにはじゅうぶんだった。わたしの世界とは異なり、その子たちの世界は分断されている。豊かな人と貧しい人、ブルジョワジーとプロレタリアート、希望のある人とない人、自由な人と足枷をかけられた人がいる。特権を持つ恵まれた子がいて、ブルジョワの親と同じく、ほしいものはなんでも持っているのに、恵まれない子と分かち合うことはなく、恵まれない子の苦しみは無視する。野宿しなければならない貧しく虐げられた子たちもいて、親は月末の支払いができず、その子たちはレストランや駅で食べ物の施しを受けなければならない。働かされるから学校には毎日通えず、鉱山でダイヤモンドを採掘して、掘っ立て小屋ばかりの町で暮らしている。アフリカや南米などの子どもの運命を報じる記事もよく掲載されたし、アメリカの黒人の子たちへの人種差別やアパルトヘイトについての書籍紹介もあった。

資本家に自尊心を傷つけられ、虐げられた貧しい子に会うことがないのはわかっていた。その子たちは旅行ができないからだ。その子たちの境遇には同情したけれど、わたしたちも同じ運命を分かち合っているとは思っていなかった。わたしたちがなかなか外国へ旅行できないのは、敵に囲まれているからだ。それに休暇旅行は党が助成してくれた。いつか党が力をつけてすべての敵を打ち負かし、みんなが外国へ旅をできるように費用も払ってくれるかもしれない。いずれにせよ、わたしたちはすでにいちばんすばらしい国にいる。西側の子たちには何もない。たしかに、わたしたちにすべてがあるわけではない。けれどもじゅうぶんなものがあり、だれもが同じものを持っていて、何より重要なものを持っていた。本物の自由だ。

資本主義のもとでは自由で平等だとみんな主張するけれど、それは名目上のものにすぎない。豊かな人は権利を悪用できるからだ。資本家は世界中で土地を盗んで資源を略奪し、黒人を奴隷として売ってお金を稼いだ。「『ブラック・ボーイ』を憶えていますか?」学校でリチャード・ライト〔一九〇八―六〇、アメリカの黒人作家。『ブラック・ボーイ』(一九四五)は自伝的小説〕の自伝を読んだとき、ノラ先生が尋ねた。「ブルジョワジーによる独裁のもとでは、貧しい黒人は自由になれないの。警察にも狙われる。法律は守ってくれない」

　わたしたちの国では、搾取する者だけでなく、だれもが自由だった。資本家のためでなく自分たちのために働いて、仕事の成果物を分かち合う。欲を知らず、人を嫉む必要もない。みんなのニーズは満たされ、党が才能を伸ばす手助けをしてくれる。数学でもダンスでも詩でもなんでも、ひときわ才能に恵まれていたら、ピオネールの家へ行って、科学クラブ、ダンスグループ、文学サークルでスキルを磨ける。

「想像できますか、みなさんのお父さんやお母さんが資本主義のもとで暮らしていたら、これらのすべてにお金を払わなければいけません」ノラ先生は言う。「人は犬のように働いて、資本家はそれに見合うものを与えることすらしないの。与えてしまったら利益を得られないでしょう? つまり、資本家の利益になるぶんの時間は、ただで働かされているということ。古代ローマの奴隷みたいですね。子どもの才能を伸ばしたければ、お金を払って個人レッスンを受けさせなければならないけれど、もちろんそんな余裕はありません。これのどこが自由といえるのでしょう」

　でも観光客はなんでも買えた。やってきた観光客は、必要なものをすべて「外貨店」で手に入れられる。外国の通貨だけが使える店だ。外貨店は夢がかなう場所だった――ノラ先生に言わせれば、夢ではなくたんなる資本家の野心にすぎないのだけれど。外貨店はレジスタンス英雄博物館のすぐ隣にあった。学校で博物館を訪れるたびに、エロナとわたしは店をのぞきにいった。一月十一日の共和国記念日に。二月十日に若者による反ファシストのレジスタンスを記念して。四月二十二日のレーニンの誕生日に。五月一日、五月五日、七月十日に人民軍の創設を祝うときに。十月十六日のエンヴェル・ホッジャの誕生日に。十一月八日の党の記念日に。十一月二十八日と二十九日の独立記念日に。わたしたちは店のカウンターに座っている女性を「メドゥーサ」と呼んでいた。カールして乱れた髪と敵意むき出しの視線にちなんだあだ名だ。その視線を向けられると戸口の段で固まり、店に入るのを躊躇する。メドゥーサはいつもカウンターでゼリ・イ・ポプリット紙の同じページをひらきっぱなしにしていて、入り口をじっと見つめながらヒマワリの種を食べていた。新聞の左側にまだ食べていない種の山があって、右側に食べ終えたあとの殻がある。種を見ずに殻をむいては食べ、目は店の入り口から離さない。

わたしたちがなかに入ると、何も言わないけれど口の動きが止まる。こちらを無言で数分見つめる。そして冬だったらこう言う。「なんの用だい？　ドルは持ってるのかい？　ない。なら出ていきな。ドアを閉めな。寒いからね」。夏だったらこう言う。「なんの用だい？　ドルは持ってるのかい？　ない。なら出ていきな。ドアはあけておきな。暑いからね」。そしてまたヒマワリの種をもぐもぐ嚙みはじめる。

わたしたちはすぐに立ち去りはしなかった。陳列されている品々をじっと見つめた。本棚は本がすべてどけられ、コカ・コーラの缶が埋め尽くしている。ローストした塩味のピーナッツは、ローストした塩味のヒマワリの種よりおいしいにちがいない。でなければ、ドルでしか買えないはずがない。〈フィリップス〉のカラーテレビは、近所で唯一カラーテレビがあるメタ家のものとまったく同じだ。毎年一月一日に四十人ほどの子どもが集まり、フィリップスのテレビの前に座ってトルコ語版『白雪姫』を観る。そのときメタ家の人たちは、「チケットはお持ちですか?」と冗談を言う。店のまんなかには、黒のMZバイクが堂々と展示されていた。それが空間をほとんど占領していて、バイクをよけて歩かなければカウンターにたどり着けない。モスクワでレーニンの墓をよけて歩かなければ廟の出口にたどり着けないのと同じだ。赤いブラもあって、エロナはまだ大人の胸ではなかったけれど、それに心を奪われた。わたしは日よけ帽が気に入った。

外貨店の商品のなかには、トラック運転手や船員が妻や子どもに、あるいは親類や近所の人の妻や子どもに外国から持ち帰るお土産に似たものもあった。〈ビック〉のボールペン、〈ラックス〉のせっけん、ナイロンのストッキング。まれにもっと高価なものを持ち帰ることもある。Tシャツ、ショートパンツ、水着。夏にビーチで見せびらかされ、それを身につけた人は、記されたブランド名のせいで注目を浴びる。「あの緑の〈スピード〉の男の人」「赤の〈ドルフィン〉の女の子」。「あなたは観光客みたいだね」と友だちに言う。たいていは褒めことばとして。ときに警告として。ごくまれに脅しとして。

観光客は見た目がちがった。わたしたちと同じにはけっしてなれない。観光客はめったに姿を現さないけれど、見つけるのは簡単だった。服装がちがう。髪型が普通でなく、おかしな形にカットされているか、まったくカットされていないか、国境で国に命じられてカットされたばかりかだ――国を訪れるために世界の旅行者が払うささやかな代償。その国では、市民が世界を旅できるのは想像のなかだけだ。

観光客は夏の数か月間にやってくる。コオロギの鳴き声と、昼寝時間を逃すまいとぼうっとした顔で家路を急ぐ地元住民を背景に、シエスタの時間に通りを歩きまわる。カラフルなリュックサックに小さな水のペットボトルを入れているけれど、ひどい暑さだからそれでは小さすぎる。その暑さのせいで、断交後もいまだに残るソ連との連想はすべて消え去り、この国は中東を彷彿とさせる。観光客はあらゆるものに興味を示す。古代ローマの円形劇場、ヴェネツィア共和国の塔、港、昔の城壁、たばこ工場、ゴム工場、学校、党本部、ドライクリーニング店、収集を待つごみの山、行列、路上のネズミ、結婚式、葬式、起こったこと、起こらなかったこと、起こったかもしれないこと、起こらなかったかもしれないこと。観光客は〈ニコン〉のカメラを構え、過去の偉大さと現在の惨めさを、あるいは現在の偉大さと過去の惨めさをとらえようとする。どちらを選ぶかは、その人の視点による。観光客は、写真撮影の成功はおおむね地元ガイドの厚意に左右されることを知っていたけれど、ガイドの多くが秘密警察の新人であることは知らなかった。写真撮影の可否が完全にガイドの手に握られていることも知らなかった。

観光客がひとりでやってくることはない。かならずグループの一員として姿を現す。ずっとあとになって知ったのだけれど、グループにはふたつの種類があった。現実主義者と夢想家だ。

夢想家は非主流派のマルクス＝レーニン主義グループの人たちだった。ほとんどが北欧の人で、社会民主主義という社会主義の成れの果てに怒りを燃やす人たちだ。お菓子を持ってきて地元の人にあげようとするけれど、受け取ってもらえることはめったにない。信念を持った妥協なしの社会主義社会を築いた世界唯一の国として、アルバニアを崇拝していた。すべてを褒めたたえる。スローガンのわかりやすさ、工場の秩序、子どもたちの純粋さ、馬車を引く馬の規律、その馬車に乗って移動する農民の信念。蚊までもがどこか独特で勇ましかった――観光客自身を含め、だれであっても容赦しない血の吸い方。こういう観光客グループは国外の同志だ。どうすればわたしたちのモデルを輸出できるかと考えていた人。遠くからでも、いつも手を振ってにっこりほほ笑みかけてきた。世界革命を信じていた。

ふたつ目のグループは、じっとしていられない欧米人だ。バラトン湖畔やバリ島のビーチに飽き、メキシコやモスクワに観光客が殺到しているのを嘆いて、ニッチなクラブに加わり、高級旅行会社から究極のエキゾティックな冒険を購入した人たち。ヨーロッパの中心に位置し、飛行機でローマからわずか一時間強、パリから二時間。それにもかかわらずとても辺鄙な場所で、峻厳な山々があり、夢のようなビーチがあって、人びとは謎に包まれ、歴史は混沌としていて、政治は複雑。わざわざ足を運ぶのは、ひときわ精力的な旅行者だけだ。暗号を解き真実を知ろうとやってくる。ただしそれはあらかじめ受け入れられた真実であり、その観光客たちがバリ島でカクテルを飲み、モスクワでウオッカを飲みほしながら語り合った真実だ。この真実は政治的な真実である。その人たちの政治的見解はひとつしかない。社会主義は人間本性と相容れず、それはいかなる場所のいかなる形態のものでも同じである。ずっとそう思っていたけれど、いまはそれがはっきりわかったという。その人たちもときどき手を振る。にっこり笑うことはあまりない。同じくお菓子を持っていて話そうとする。ときどき成功する。次に試してみたときには、だれも手を振り返さず、お菓子にも興味を示さない。自分の考えを話してくれる地元の人がただの通行人なのか、それとも秘密警察のスパイなのかはわからなかっただろう。どちらもありえた。見分けるのがむずかしいことは、その人たちも知っていた。それでもいつも試してみた。

母が教える学校の遠足に加わってレジャの島〔レジャはアルバニア北西部の歴史ある街〕へ行ったとき、そこで会った観光客がどちらのグループだったのかはわからない。一九八八年秋の異様に暑い日で、わたしが通りを渡ろうとしていたら、数人の声が聞こえてきた。フランス語で話している。「Attention! Petite fille, attention!（気をつけて！　お嬢ちゃん、気をつけて！）」「Ça va（だいじょうぶ）」わたしはやや憤慨して反射的に答えた。その人たちを迎えにきたバスがとまろうとしているのは見えていたし、西側の通りとちがってここの通りは車がまばらだから、渡り方を指図される必要はない。わたしはたちまち十数人の人間に囲まれた。動物園でようやくお気に入りの動物を見つけたかのようにわたしを見る。そこらじゅうで日焼け止めクリームの匂いがする。耐えられない。あとについていきたいとも抱擁したいとも思わなかった。

どうしてフランス語を話せるの？　観光客たちは尋ねてきた。年はいくつ？　どこに住んでいるの？　わたしたちはフランス人なの。フランスがどこにあるか知っている？　わたしはうなずいた。フランスのことは何か知っている？　それを聞いてわたしはにっこり笑った。それからむっとした。そもそもどうしてそんな質問ができるわけ？　フランスがどこにあるか知らないとでも？　その人たちとは話したくなかった。けれども、向こうが思っているよりも物知りであることを示したかった。だから祖母のお気に入りの歌をひとつうたった。

'Je suis tombé par terre,
C'est la faute à Voltaire,
Le nez dans le ruisseau,
C'est la faute à Rousseau.'
「ぼくは地面《テール》に倒れた
ヴォルテールのせいだ
鼻をドブ《リュイソー》に突っ込んだ
ルソーのせいだ」〔ヴィクトル・ユゴー『レ・ミゼラブル』下巻、永山篤一訳、角川文庫、二〇一二年、二八〇‐二八一頁、訳は一部改変した〕

「ガヴローシュ！」ひとりが驚きの声をあげた。「ガヴローシュの歌を知っているのね！『レ・ミゼラブル』を知っているのね！」ほかの人たちはまごついていた。ガヴローシュや防塞のことを聞いたことがなかったのか、あるいはいま目にしたばかりのことが信じられなかったのか。

わたしは肩をすくめた。観光客がかばんからお菓子を取り出す。「お菓子はほしくない？」わたしは首を振った。女性が絵はがきを取り出す。「これは知ってる？」エッフェル塔の夜景を写したカラーの絵はがきだ。わたしは躊躇した。「あげる」観光客たちは言う。「Un petit souvenir de Paris（パリからのちょっとしたお土産）」説得するようにそう付け加えた。わたしは考えた。祖母のことを考えた。レジャからパリの絵はがきを持って帰ったら、祖母はよろこぶだろうか？　母に呼ばれて、わたしは自分たちのバスへ走って戻った。そこを去るときには、バスの窓から観光客のグループをじっと見た。絵はがきをくれようとした女性が見えた。向こうもこちらを見て、またにっこり笑った。まだ絵はがきを持っていて、ハンカチを振るみたいにエッフェル塔を振っていた。

# 8 ブリガティスタ

Brigatista

　レジャから家に帰ってきたときには、わたしはもう落ち着いていた。頭のなかでガヴローシュの歌をうたってはいたけれど、母の生徒たちがバスのうしろの席で元気よくうたっていた歌と混ざり合っていた。「こんにちは、ああ、エンヴェル・ホッジャ、偉大なること山のごとし、鋭きこと崖のごとし」。観光客との遭遇について考えれば考えるほど、憤りは収まっていった。こちらは向こうを知っているのに、向こうはこちらをぜんぜん知らないことにどこかで気を悪くしていたけれど、同じことが愉快に思えるようになった――力が湧いてくる気すらした。試験を受けたあと、合格したという確信が高まってきたときのような気分だった。

　夕食のときに家族がみんなキッチンに集まり、わたしはその出来事を詳しく語った。すっきりした記憶があるけれど、どこか気持ちの整理がついていない口調だったにちがいない。祖母が何も言わずに席を立ち、部屋を出ていったからだ。数分後に戻ってきたときには、ほこりっぽい透明のビニール袋を持っていた。袋には色褪せた写真がたくさん入っている。祖母はそのなかからエッフェル塔の白黒写真の絵はがきを取り出し、わたしに手渡した。裏にはこう書いてある。「おめでとう！　一九三四年十月」。ほかにも何か走り書きされている。署名かもしれないけれど判読できない。わざと消そうとしたように見えなくもなかった。

「ほら」祖母が言った。「もうエッフェル塔はある。心配いりませんよ」

母はディナープレートを並べていて、わたしの手元の写真に目をやりながら言った。

「訪ねてくる観光客、あの人たちはエッフェル塔のてっぺんぐらいの役にしか立たないんだから」

わたしは興味をそそられた。訪ねてくる観光客が何かの役に立つだなんて、考えてもみなかった。観光客が望むのは、自分の国についてこちらの知識を試すことだけだ。

「エッフェル塔のてっぺんはなんの役に立つの？」わたしは尋ねた。

「なんの役にも立たないの」母は答える。「まさにそれがポイントよ」

「おそらく景色を見るんだろう」父が口をひらいた。

「そのとおり」母が言う。「観光客と同じね」

「その観光客に、わたしはガヴローシュみたいなときがあるんですって話したか？」父が話題を変えた。

わたしは顔をほころばせて首を横に振った。父はよくわたしをガヴローシュと呼んだ。わたしがあまり食べなくなり、「肉詰めピーマン」の名にふさわしくなくなると、父はそれを取り下げてわたしにふたつのあだ名をつけた。そのひとつがガヴローシュだ。「いったいなんのゲームに参加して、防塞のガヴローシュみたいになったんだ？」外で一日遊んで家に帰ると、父に声をかけられる。わたしは何時間も全力疾走してファシストを捕まえたり、鞭でローマの征服者を防いだり、木に登ってオスマンの包囲を監視したりしたあと、顔をまっ赤にして息を切らし、汗まみれになって帰宅した。のちにティーンエイジャーになり、自己主張したくなると、髪を短く切ってリボンと決別する。手作りのレースのワンピースも、やや大きめの男物の服とフリジア帽に取り替える。するともはや質問ではなく、確かなこととしてこう言われるようになる。「やっぱりガヴローシュみたいだな」。父の口調は、咎めているのか褒めているのかわからなかった。

わたしは祖母に見せられた絵はがきから目を離せなかった。「よければあなたが持っていなさい」祖母は言った。「安全に持っておけるのならね」

わたしは絵はがきを手に取った。汗をかいているのを感じる。「小さいころに観光客からもらったの？」わたしは尋ねた。

ニニはにっこり笑った。それは祖父が受け取ったものだという。祖父はフランスのラ・ソルボンヌというところで勉強した。卒業するとき、いちばんの親友がその絵はがきをくれたのだけれど、その友だちはもういない。

「フランスで！　フランスで勉強したんだ！　エンヴェルおじさんみたいに！　おじいちゃんも自然科学を勉強したの？　友だち同士だって言ってたよね！　ふたりはそこで出会ったの？」

「いいえ、おじいさんは法律を学んだんですよ」ニニは答える。「エンヴェルとはすでに学校時代から知り合いだったの。コルチャ〔アルバニア南東部にある都市〕にあるフランス学園《リセ》での学友だった。でもそうですね、ふたりはフランスで何度も会っている。ふたりとも人民戦線に参加していましたからね」

「人民戦線って？」

「愚か者たちの戦線」母が口を挟んだ。父が顔をあげて眉をひそめる。祖母は何も聞かなかったかのように話をつづけた。祖母の説明によると、人民戦線はファシズムとの戦いに力を注ぐ大きな組織だった。会合をひらいたり抗議をしたりして、ヨーロッパで大規模な抵抗運動を築こうとした。スペインで戦争があり、ファシストと戦う共和派のグループを手助けしようと志願した国際旅団がいくつもあって、祖父はそこに加わりたいと思っていた。

「エンヴェルおじさんといっしょに、反ファシストの大きなグループにいたってこと？」興奮を隠せずにわたしは言った。「一度も教えてくれなかったじゃない！　おじいちゃんがファシストと戦ったって、一度も教えてくれなかった！　五月五日におじいちゃんの写真を学校に持っていけたのに！　写真はあるの？　手紙は？　持っていって友だちに見せられるものはある？」

「ええとね、おじいさんはスペインへたどり着けなかったの」祖母は話をつづけた。「国境にいて国際旅団に加わろうとしていることを、おじいさんのお父さんが知った。それでアルバニア大使に手紙を書いて、本国へ送還するように頼んだんですよ」

「どうしてそんなことしたの？」わけがわからなかった。

祖母はわたしの質問を聞いていないようだった。あるいは無視したかったのかもしれない。

「おじいさんは、反ファシストのリーフレットをアルバニアへ持ち帰って、さらに会合をひらこうとしたの。でも警察に見つかってしまった」祖母はつづけた。

「どうしておじいちゃんのお父さんは、おじいちゃんをファシストと戦わせたくなかったの?」

ファシストとの戦いに反対する理由が理解できなかった。スペインでもフランスでもアルバニアでも――どこであろうとも。祖父の父親が元首相と同姓同名だっただけでなく、同じくファシストでもあったことにいら立ちを覚えた。

「さあ、なぜでしょうね。おそらく少し考えが古い人だったんでしょう」ややためらいながら祖母は答えた。「政治について、ふたりの考えはちがいましたからね」

「おじいちゃんはそのあとまたエンヴェルおじさんに会ったの?」

祖母はしばらく口を閉ざしていた。目を細め、少し考えてから言った。「ふたりは……ふたりは……お互いを見失ってしまったの。ともかくわたしたちにはエッフェル塔がある」祖母は声高に言った。「それが大切なの」

「それでおじいちゃんは大学へ研究しにいったの?」話を終わらせたくなくて、わたしは尋ねた。

執拗に尋ねるわたしに、ニニは困惑の表情を浮かべた。助けを求めるように父を見る。助けはこない。

「最初はお酒を売る店をひらいたの」祖母は話をつづけた。「弁護士として働こうとしたけれど、免許の取得を拒まれたから。ファシストに反対していて、当時は国王ゾグの時代でしたからね。大学での研究は……ええと、ちがう、それはその数年後のこと」祖母は付け加えた。

「戦争が終わったときです」

「そのあとおじいちゃんは何をしたの？」

「特別なことは何も。ロシア語と英語を学んで、ことばの仕事をしたんですよ。翻訳とか、そういったことです。レウシュカ」祖母はわたしに言った。「夕食で使うカトラリーを持ってきてちょうだい」

「バビ*、おじいちゃんが家を出てずっと帰ってこなかったのって、そのころの話？」父のほうを向いてわたしは尋ねた。「大学で研究するために？　だからニニがひとりでバビを育てたの？」

「ああ」父が答える。「おじいちゃんはヴォルテールの『カンディード』を翻訳したんだ」

「ヴォルテール！　ヴォルテール！　ヴォルテールとルソーってだれだろうって思ってた。ふたりのことは何も知らなくて、フランス革命を手助けしたってことしかわからなかったから」

祖母は熱心にうなずいた。話題が変わってほっとしたようだ。おそらく祖母は祖父がそんなふうに家族を置き去りにし、何年も言語を学んで翻訳ばかりしていたのがいやだったのだろう。

「それだけ知っていればじゅうぶんです」祖母はつづけた。フランス革命の話になると、祖母はいつも上機嫌になる。疲れを知らずにいくらでも話しつづける。フランス革命について知っていることは、すべてわたしに語ってくれた。どんなふうにはじまったのか、だれが関係していたのか、ルイ十六世、マリー・アントワネット、さらにはかわいそうな王太子《ドーファン》の身に何が起こったのか。ロベスピエールの演説の一節をよくくり返した。自由の秘訣は人びとを教育することにあり、専制の秘訣は人びとを無知にとどめておくことにある。ナポレオンの有名な戦いの数々を物語り、参加した将軍の名をすべて知っていた。わたしにも教えようとしたけれど、全員を憶えるのはとてもも無理だった。三部会召集からナポレオン戦争終結まで、フランス革命に関係した人物について、まるで親類のことでも話すかのように細部までいきいきと、きわめて正確に語った。勝者、敗者、そのあいだにいたすべての人たちのこと。

「おばあちゃんは、フランス革命が世界に自由をもたらしたと考えているんだ」祖母の熱意について父は解説した。「理念としてはよかったけど、ほんとうの意味では根づかなかったがね」

「ヴォルテールとルソーは啓蒙の哲学者なんですよ」祖母は話をつづけた。「だからガヴローシュは彼らのせいだと言うの。革命で人びとが目指して戦った理念を最初に示したのが彼らですからね。だれもが自由で平等に生まれ、人間は自分で考えて自分の決断を下すことができると考えた。無知、迷信、権力者による支配に反対したのです」

「わかった。マルクスとヘンゲルみたいってことだよね。ヴォルテールとルソーもギロチンを使ったの?」わたしは尋ねた。

「いいえ」祖母は答える。「それはもっとあとの話」

＊ アルバニア語で「お父さん」を意味する愛称。

「マルクスとヘンゲルは使ったの？」

「ヘーゲルですよ」ニニが正す。「それともマルクスとエンゲルスのこと？　マルクスとエンゲルス、そうね……いえ、彼らは使っていませんよ。本を書いたり会合をひらいたり、そういうことをしたの。だれもが自由で平等に生まれたと考えてもいて……まあ、マルクスが何を考えていたかは知っているでしょう」

「資本主義には自由がないって考えてた。労働者は資本家ができることを何も許されていないから」わたしは自分の発言に満足した。

「そのとおり」父が言う。「マルクスは正しかった。社会主義では……」父はことばを止めて少し考え、センテンスの最初からまたはじめた。「資本主義では、貧しい人は豊かな人ができることをすべて許されていないわけじゃない。許されていてもできないんだ。たとえば休暇旅行は許されているけど、働きつづけなきゃいけない。でなければお金を稼げないからな。資本主義のもとでは、お金がなければ旅行できない。革命が必要だ」

「旅行するために？」

「世界を変えるために」

父が革命一般について語るときは、祖母が具体的にフランス革命について語るときと同じぐらい興奮する。わが家ではみんなにお気に入りの夏の果物があり、お気に入りの革命があった。母のお気に入りの果物はスイカで、お気に入りの革命はイギリスの革命だった。わたしのお気に入りはイチジクとロシア革命。父はすべての革命に賛同すると力説していたけれど、お気に入りはまだ起こっていない革命だった。果物ではマルメロが好きだった——でも熟していないと喉に詰まって窒息してしまうこともあるから、いつも食べたがったわけではない。デーツが祖母のお気に入りの果物だった。なかなか手に入らなかったけれど、祖母は幼いころそれが大好きだった。お気に入りの革命はもちろんフランス革命で、父はそれにとてもいら立っていた。「フランス革命は何も成し遂げなかった」その夕食の場で父は言った。「いまでもすさまじく金持ちであらゆる決定を下す人がいて、すさまじく貧しくて生活を変えられない人がいる」父は首を振った。「囚われの身だよ、このハエと同じだ」ブンブン音を立ててキッチンの窓ガラスにぶつかっているハエを指さす。さらに少し考えてから、いつもと同じことを付け足した。思いついたばかりのような口ぶりだけれど、お気に入りの革命が存在しない理由を語るときにはいつもこう言う。「世界を見てごらん、ブリガティスタ、世界に目を向けるんだ」

お気に入りの革命はなかったけれど、父にはお気に入りの革命家たちがいた。「ブリガティスタ」と呼ばれる人たちだ。わたしを「肉詰めピーマン」と呼ぶのをやめたあと、父がわたしにくれたもうひとつのあだ名がブリガティスタだった。ずっとあとまでその意味はわからなかったけれど、何かのルールを破ったときにそう呼ばれることが多かった。やがてそのことばは「トラブルメーカー」と同じ意味ではないかと考えるようになった。既存の権威に異議を申し立てる人に使われることばではないか。父はこんなふうに言う。「こっちへ来なさい、ブリガティスタ、自分が何をしたのか見てみろ」「遅刻だぞ、ブリガティスタ」「ブリガティスタ、しょうがない子だな。まだ宿題をやっていないじゃないか」

このことばは暴力とも関係があるらしかった。父がわたし以外の子にそのレッテルを使ったことが一度だけある。フラムールに命じられて、犬の食べ物を盗った猫を殺す手伝いをさせられそうになったときだ。わたしはそれを拒み、父に話した。通りにある遊び場にフラムールが現れ、抱きかかえていた猫の首にロープを巻いて、息ができなくなるまで引っぱれとほかの子たちに命じた。ロープを引っぱりたくなかったとわたしが言うと、父は答えた。「ということは、実はおまえはブリガティスタじゃないんだな」。そのときの口ぶりから、「ブリガティスタ」は褒めことばでないことがわかった。

父が自分自身も含めてブリガティスタということばを使ったこともある。いつも訪れていた墓地では、ジクという物乞いによく出くわした。中年のロマで脚がなく、いつもショートパンツを穿いていて、太ももの先にある二本の長い縫いあとが見えるようにしていた。地面を這うように移動し、遠くから父を見かけると、いつもスピードをあげながらこちらへやってきて行く手を遮る。ジクはわたしよりも背が低いと思ったのを憶えている。「同志、同志!」ジクは声をあげる。「今日は何かお持ちです?」父はいつもポケットの中身をすべて渡した。文字どおり、持っているものは何もかも与えた。ジクに会ったあと、ときどきパティスリーの前を通ることがあって、わたしは父の袖を引っぱる。人が並びはじめていて、もうすぐアイスクリームが店に出てくるかもしれない。父はポケットの内側の布を外に出し、空っぽだと示してわたしに言う。「何も残ってないよ」そしてこう付け加える。「ジクに会っただろう? ほら落ち着け、母さんのようにけちけちするな。おいおい、われわれはブリガティスタじゃないか」

このやりとりから、わたしはこんなふうに推し測った。ブリガティスタとは、持っているお金をすべて分かち合いたい人のことで、父が自分もそうだと言ったのは、持っているお金を人にあげてもかまわないからだ。ニニといっしょのときにジクに会うと、ニニも小銭をいくらか渡したけれど、父ほどたくさんはあげなかった。アイスクリームを買う小銭は残していて、列に並んでいるあいだに言う。「ジクはかわいそうですね。おそらく学校に行くのがいやで教育がないから、いまになって人にお金をねだらなければならないのでしょう。あなたのように宿題をして本を読んでおくべきだったのに」

母はジクに何もあげなかった。「ジクは働かなきゃ！」と言う。「でも脚がないでしょ！」とわたしが言い返すと、「腕があるじゃない！」と母は反論し、「でも教育を受けてないでしょ！」とわたしが異を唱える。「それは本人のせいでしょう！」母は答える。「勉強しておくべきだったの。勉強したい人は勉強するんだから。わたしが子どものときは、だれも小銭を恵んでなんかくれなかった」

学校へ行かなかったり、勉強が嫌いだったりしたのはジクのせいなのに、どうして小銭をぜんぶあげなきゃいけないの？　父に尋ねると、だれかのせいではないこともあるのだと言われた。いまはロマの子どもは学校へ通ってアパートで暮らすことを義務づけられているが、ジクがどこかの遊牧民キャンプで過ごした子ども時代には、おそらくそうではなかった。「母さんの言うことを聞くんじゃない。ジクが博士号を持っていたって、母さんは何もあげないだろう。なんでも節約したいんだ」

父はいつも、なんでも節約したがる母をからかった。「こちらの投資はいかにすすめましょう？」新しい冬物コートを買うべきかといった相談をするとき、父は母が資本家であるかのように皮肉をこめておうかがいを立てる。自分が笑いものにされていなくても、母が父の冗談に笑うことはないし、言い返すこともない。肩をすくめて指示を出すだけだ。「古いコートを出してちょうだい。襟をひっくり返すから。そうすれば新品も同然よ」

父には、お金を軽蔑することが名誉の証しだった。節約は取り除くべき重荷であり、自由な人間としての地位を脅かすと考えていた。家族に少しでも余分なお金ができると、父とニニはたちまちパニックに陥った。余計なお金を貯め込むという大惨事を防ごうと、ほかに何か買えないか、だれかにお金をあげられないか考える。誕生日のお祝いに大金をかける。みんなプレゼントを少なくともひとつは受け取り、もっとたくさんもらうこともあった。つねに負債を抱えていることでおおいに安心を得ていて、わたしがいるあいだ家族にはずっと借金があった。まれに月々の返済と生活費の支払いができたときには、残りをすべて使おうとして、ほかに何か込み入ったものが必要でないか検討しはじめる。

毎月末、祖母は空の戸棚を見つめて声をあげた。「きれいに使い終えた！　何も残っていませんよ！　来月の引換券を待たなければ！」声には多少の心配も含まれていたけれど、わたしには理解できないよろこびも感じられた。これから立ち向かう困難だけでなく、誇るべき目標を達成したことも知らせるかのような調子だった。わたしは、これがわが家の伝統なのだと思っていた。お金の代わりに豆を賭けてココットとポーカーをしているとき、こんな話を聞いたことがあったからだ。昔、ココットとニニは本物のお金を賭けてポーカーをしていて、どちらもたくさん負けても平気だったのだと。ある夜遅く、ココットとニニが寝る前におしゃべりしていて、ココットがこう言うのも聞こえた。パシャだったふたりの祖父が、家族の財産を宝石、旅行、オペラのバルコニー席に使わせたのは正解だった。結局すべて消えてしまったのだから。

母と父とそれぞれの家族、ヴェリ家とイピ家は価値観が大きく異なり、ほぼすべてにおいて考えが根本から衝突した。新しい服を買うまでにどれだけ繕うべきか、『死刑台のメロディ』は『風と共に去りぬ』よりもすぐれた映画か、泣き疲れて眠るほうが子どもはよく休めるのか、少し傷みかけた牛乳を飲んでも平気か、会合に遅刻してもいいとしたらどれくらいまでか、残り物を何日食卓に出してから負けを認めるのか。イピ家はお金をひどく嫌っていて、ヴェリ家は崇拝していた。イピ家は古い行動規範を尊重していて、ヴェリ家はそれを無視することに誇りを持っていた。父の側は遠い場所のものも含めて政治にとても興味があり、母の側は直接関係がある場合しか気にかけなかった。こんなふたつの家族が結婚したのはとても皮肉だ。時代や場所が異なれば、おそらく宿敵だっただろう。歴史がふたつの家族を結びつけた。どちらもこの関係から生じる日々の軋轢を楽しんでいるようには見えなかったけれど、どちらも対処法を見つけていた。互いの道徳観を認めていないことに驚くほど正直だった。結婚するしか選択肢がなかったとみんな言う。すべては「経歴」のせいだ。

お金に対する父の軽蔑は、義理の家族の倹約癖に対する嫌悪感にとどまらなかった。それは資本主義体制への敵意につながっていた。父に言わせれば、資本主義体制の目的は、もっぱら体制そのものを維持するためにモノを売買し、利益を生みつづけることにある。たくさんお金を稼いだのなら、おそらくそれに見合う働きをしたのだと母は言う。貧しい人を搾取しなければお金は稼げないと父は譲らない。お金がたくさんある人には権力もたくさんあり、重要な決定への影響力があるのだから、同じ所持金から出発できなかった人が同じ地位につくのはとてもむずかしい。「自分ができることをするしかないんだ、ブリガティスタ」父はそう締めくくった。「でも結局のところ、状況を変えるには革命が必要だ。強制されなければだれも特権を手放さないからな」

何年もあとに大学へ通いだしてから、わたしのニックネームが「赤い旅団」に由来することを知ってショックを受けた。赤い旅団はイタリアの極左テロリスト運動で、一九七〇年代に西欧諸国で台頭していたほかのゲリラ運動に似た組織だ。一九六八年夏、父はティラナ大学の卒業を間近に控えていて、四月のマーティン・ルーサー・キング暗殺、五月のフランスにおける大学占拠とド・ゴールのドイツへの逃亡、八月のソビエト軍のプラハ侵攻、およびそれに抗議したアルバニアのワルシャワ条約機構脱退を記憶にとどめていた。これらの出来事から、世界のあらゆる場所で不正に苦しむ人がすべて自由にならないかぎり、唯一かつ永久の勝利は獲得できないと確信した。その夏、父はしばしのあいだこう思っていた。自由は可能であり、自由にはあらゆる権威への抵抗が求められるのだと。でも学生運動は失敗に終わり、広場の若者たちは職業政治家になって、かつての自由の理想を漠然とした民主主義のレトリックに変えてしまった。その時点で父は気づいたという。「民主主義」は国家による暴力の別名にすぎない。その暴力の大部分は抽象的な脅威にとどまっているけれど、権力者が特権を失いそうになると具体化する。

イタリアかユーゴスラビアのテレビでしか見ることがかなわなかったこれらの出来事の結果、父は革命集団に魅せられていった。革命集団は法律上の権利と議会制民主主義をすべて斥け、人民による暴力がなければ国家の暴力に打ち勝つことはできないと信じていた。父はジャンジャコモ・フェルトリネッリに魅了されていた。出版社を立ちあげた人物で、資本家としての一族の利益にも、自由主義《リベラル》国家による民主主義のレトリックにも迎合しない彼の姿勢を父は尊敬していたという。革命集団パルチザン活動グループ（Gruppi di Azione Partigiana）の作戦中に、フェルトリネッリが自分で持っていた爆弾のせいで死んだ話を聞かせてくれた。緻密な話術と繊細な心理描写によって彼の死を語るので、父もその場にいて間一髪で死を免れたのではと思えるほどだった。話を聞いたときには、それがどんな作戦だったのか、革命を起こすためにどうして送電塔を爆破する必要があったのか、まだわかっていなかった。

赤い旅団は、一九七〇年代と八〇年代のアルバニアのテレビではほとんど取り上げられなかった。父はひそかにイタリアのラジオを聴いてその動向を追いはじめていた。のちにわたしは、革命暴力への父のこだわりを理解しようとしてみた。父は抑圧的な国家への批判と自分の境遇を重ね合わせていたのにちがいない。普通の軍隊が使える武器をすべて使って革命集団が国家と戦えるのなら、テロの暴力は必要ないと言っていた。父は一切の戦争を嫌う平和主義者だった。にもかかわらず革命闘争を理想化していた。厳格な政治秩序に閉じ込められた自由な人間で、自分で選んだわけではない経歴によって世界での居場所を決められていた。自分を理解する術《すべ》を探していて、他人の解釈を押しつけられないところでみずからの道徳的責任を果たそうとしていたのだろう——当時わたしにはまったく無意味と思えた事実、つまり元首相とたまたま同じ名字であることに意味を見いだそうとする人がいないところで。

それでも、ほかの人が理解し共感できるようにこれを言語化する段になると、父のことばは底をつく。国家の抑圧的装置と市場の搾取から逃れて自由を実現するとはどういうことか、父は説明できなかった。何に反対しているかはわかっていたけれど、自分が支持するものをうまく擁護できなかった。頭のなかにはセンテンス、理論、理想がぎっしり詰まっていて、それをなんとか整理する術を見つけ、自分が大切にしていることを説明して考えを分かち合おうと苦心していた。結局、すべては爆発して幾千ものかけらと化した——父が知っていたこと、なっていたもの、なろうとしたもの、実現を望んでいたこと。英雄的な死を遂げ、父が尊敬していた革命家たちの人生のように。起こることのなかった父のお気に入りの革命のように。

# 9 アフメトは学位を取った

Ahmet Got His Degree

一九八九年九月終わり、学校がはじまって数週間後にエリオンという男子がクラスに加わった。エリオンの家族はカヴァヤから引っ越してきたばかりだった。わたしが生まれる前に家族が暮らしていた町だ。エリオンはわたしの隣の席になり、自己紹介してきた。「きみがレアか！」わたしの名前を知ると、うれしそうに声をあげた。「レア・イピ！　親にきみを探せって言われてたんだ。ぼくら親戚なんだよ。うちのおじいちゃんがきみのおばあちゃんのいとこなんだ。いっしょに育ったんだって。伝言を預かってるから、おばあちゃんにかならず伝えて。アフメトは学位を取って戻ってきたって。アフメトっていうのはぼくのおじいちゃん。いつでも訪ねてきてよ」

新しいいとこに会ったことを話すと、家族は驚いたようだ。「いまさら新しい親戚が見つかったっていうのか？」父が冗談を言う。わたしは伝言を伝えた。「アフメト……」考えにふけりながらニニがつぶやく。「アフメトが戻ってきた。それで訪ねてきてほしいと言っている」ニニは考え込む。「行くべき？　学位を取ったことをお祝いするべき？　プレゼントを持っていくべき？」父はうなずく。母は首を振る。「気をつけなきゃ」と母は言う。アフメトの亡き妻ソニアは教師だったし、アフメト自身もすでに仕事を見つけているにちがいない。「働くには年を取りすぎている」父が反論した。ニニはぼうっと壁を見つめたままだ。「そう、たしかにいまさらですね」ようやくニニは口にした。「もう年だから。でもどうでしょう」

まったくわけのわからない話し合いだった。どうして妻が教師だった人を訪ねたらいけないの？　卒業したばかりの親戚を祝ったらいけないのはなぜ？

「エリオンと遊びたい」わたしは言った。「感じのいい子だから、エリオンに会いたいよ」。長い話し合いののち、家族はゴーサインを出した。ロクム〔トルコの伝統的な菓子。ターキッシュ・ディライト〕をひと箱持って家を訪ね、いとこ同士が再会した。

その後、アフメトはよくうちに訪ねてくるようになった。歩くときにつくサクラ材のステッキでドアをこつこつ叩く。絵が描かれた凧や厚紙の帽子のようなちょっとしたプレゼントを持ってきて、ときどきエリオンも連れてきたから、わたしたちは人形で先生ごっこをして遊んだ。アフメトはゆっくりぎこちなく話した。たばこの臭いを漂わせ、管のように丸めた新聞を持ち歩いていて、それを使ってわたしのあごの下をくすぐった。コーヒーカップのソーサーを持ちあげると手が震えた。カップに入れたスプーンが鈴のような音を立て、右手を見ると親指がない。指は長く、色を塗ったように明るい黄色に染まっている。どうやら巻きたばこのせいらしい。

アフメトの訪問とココットの滞在が重なると、みんな子ども時代のようにフランス語で話した。豆でポーカーをしようとアフメトを誘ったことがあるけれど、ポーカーはブルジョワがやるものだとココットに言われた。わけがわからなかったけれど、ココットの言うことを否定したくなかったから、いつも豆を賭けてポーカーをしていることも、これまでブルジョワのゲームだなんてだれも言わなかったことも、アフメトには話さなかった。アフメトはソファで祖母の隣に座り、自分がいないあいだにいかに状況が変わったかを語った。「いまはいいものがたくさんある。どこにでもものがたっぷりあるだろう。店は品物でいっぱいだ。人民は幸福だ。何もかもがとても落ち着いていて尊く思える」。ニニは無言でうなずいた。

その数か月後、父は職場から通知を受けて、街の中心から数キロメートルのオフィスを離れ、ルラッシュカルという辺鄙な村の部局へ異動することになった。朝はずっと早く起きなければならないし、暗いうちから村まで通勤しなければならない。まずバスに乗り、そのあとは延々と歩くか、運よく農場労働者に出くわしたら荷馬車に乗せてもらう。冬はぜんそくが悪化するのではないかとニニは心配した。みんなの意見は一致した。アフメトを祝ってコーヒーに招いたのはまちがいだった。「ほらね」と母は言う。「ほらね、彼には仕事があるってわかってたのよ。勉強しているあいだからもう働いてたのかも。連絡を取らないほうがいいって言ったでしょ。あの人の妻は教師だったんだから。彼女のせいで卒業に時間がかかった人がたくさんいたのよ。ひとりは中退してしまった」

アフメトとの再会と父の異動を結びつけるのは、アフメトの学位取得を祝うかどうかの話し合いよりもいっそう馬鹿げているとわたしには思えた。それでも家族の話し合いでは、ふたつの出来事がしきりに結びつけられた。アフメトの訪問のせいで、母が働く学校の場所すらいまや危ういと思われていた。「ドアをあけるのはやめましょう」ある時点でニニがはっきり言った。「そうしなければ、ドリは近いうちに異動させられてしまう」

わたしたちはニニの言う通りにした。アフメトとエリオンが訪ねてくると居留守を使った。ラジオとテレビのスイッチを切る。数分間みんな黙っている。坂の下にいるふたりを見つけ、ドニカが窓に駆けつけて母に知らせることもあった。「ダラアー！　ダラアー！　あの人が来るよ。あんたのいとこが来るよ」。アフメトがドアをステッキでこつこつ叩いて待つ。エリオンが拳でバンバン叩く。わたしは窓の隅から顔を半分突き出して外を見た。ふたりはさらにしばらく待ち、地面に置いていた帽子と凧の入ったバッグを取って、ドアに背を向けた。エリオンが前を走り、そのあとにアフメトがゆっくりつづく。他人のもののように脚を引きずり、他人の考えを考えているかのようにどこか冷めた表情をしていた。ふたりが去っていくのは悲しかった。わたしが動揺しているのに父が気づいた。「心配しなくていい、ブリガティスタ」父はわたしを元気づけようとした。「悲しがるんじゃない。大きくなればわかる。アフメトは勉強を終えたが、まだ働いているんだ」

父は大学を卒業した人たちにいつも強い関心を寄せていた。誕生日パーティーや親類の集まりでひときわ頻繁に語られる話題がそれだった。一九九〇年十二月に先立つ数か月には、ただそれだけが注目に値する話題になった。うちの家族はどうやら政治に興味を失っていくようで、それにつれて高等教育のことをいっそう熱心に語るようになった。親戚が訪ねてくるたびに、コーヒーが出てだいたいこんな会話が交わされる。「ナズミが学位を取ったのは聞いた？」「えっ、彼はとっくに卒業していると思っていたよ」「いえ、つい最近のことなの」。それから中退者と成績優秀者のことが語られ、昔はいまより大学を卒業するのがずっとむずかしかったという話になる。「当時イスフは落第しましたけど、妻が入学したときにはとてもよい成績を収めたんですよ」祖母が説明する。「ええそうね」と答えが返ってくる。「彼女は優秀だった。そのまま残って教えたのよ」。ほかよりはるかに卒業がむずかしい大学もあるようだった。「ファティメは結局Bに行ったけど、残念ながら卒業できなかったな」とか、「彼女の夫はVにいて、それからTに移ったの。そこで楽々と試験に及第した」とか、「学長が変わったいまとなっては、どうなるかわからんぞ」とか。あるいは、「落第者は減っているみたいね」という発言に慎重な答えがつづく。「ええ、でも入学者の数がわからないでしょう？」

いろいろな専攻の比較や、それぞれの専攻の相対的な卒業難易度が話題になることも何度かあった。たとえば「ヨシフは国際関係論を学んだけど、ベラは哲学に興味があったでしょう」というように。卒業した大学だけでなく、学んだ中身も難易度によって分類された。よく知られていたように、たとえば国際関係論を学びに大学へ行くと、卒業は不可能だ。一方で経済学を学べば、比較的早く卒業できるかもしれない。取得がむずかしいと思われている学位を効率よく取った人は、そこにとどまって教えることを求められるらしかった。なんらかの理由で、それは問題視されていた。教員の評判もさまざまだった。恐ろしかったり、何がなんでも避けるべきだったりする厳しい教員もいれば、教え方が緩くて近づきやすい教員もいた。

大人たちは大学の名前を口にせず、頭文字だけで話した。たとえば「アヴニはBを卒業した」とか、「エミネはSで勉強をはじめたけど、そのあとMに移った」とか。わたしはリビングのローテーブルでおとなしく人形で遊んでいて、聞いたばかりの文字をいろいろな大学街と結びつけようとした。推測が正しいと思ったら尋ねてみる。「Sはシュコダルの大学のこと？」大人たちはわたしが話を聞いているのに気づき、自分の部屋で遊んできなさいと言った。

祖父の研究についての話は、とくにわけがわからなかった。元首相と同姓同名だった祖父の父親のことさえなければ、祖父はあれほど長く勉強せずにすんだだろうと言う親類もいた。ふたりの経歴は関係なく、祖父は「知識人」だったし、たいていの知識人は勉強しなければならないのだから、いずれにせよ大学へ行っていただろうと言う人もいた。祖父がパリで最初の学位を取ったと知り、わたしはそのあとで研究をした場所を知りたくなった。その時期に祖父は英語とロシア語を学び、十五年かけてヴォルテールの『カンディード』を翻訳したのだ。でも、ふたつ目の学位は謎に包まれていた。わたしはこう聞かされた。「おじいちゃんはBで勉強して、そのあとSへ行ったの」。「BとSって？」わたしは尋ねた。「文学」とみんなは答える。「文学を学んだんだよ」。「何を勉強したかじゃなくて」わたしは食い下がった。「どこでそれを勉強したかってこと」。「ああ、そうね、ここやあそこよ」と答えが返ってくる。「ここからそう遠くない場所」。「ここってどこで、どうしてそこなの？」最後にもう一度尋ねた。「どうしてかって？　まあ、経歴だよ」みんなくり返す。「それがおじいちゃんの経歴の一部だった」

長年のあいだに聞いた数多くの会話のなかで、最もはっきり憶えているのが、祖父を教えたハキという年輩教師の話だ。祖父と同じ大学に通った親類の多くがハキを知っていた。ハキのコースに行きつくと、卒業できない可能性が極端に高くなるとみんな言う。それどころか、除籍される可能性がとても高い。だれかが放校になったという知らせは、たいてい暗い表情と震える声でそっとささやかれる。「かわいそうに」知らせを受けた人は言う。「ひどい話ね。ほんとうに、ほんとうにお気の毒さま」。ただひとつ落第の報告以上に劇的な反応を呼んだのが、だれかが退学したという知らせ、つまり自分の意思でやめたという知らせだった。「ハキのせいだ」という声が聞こえてくる。「彼女はハキに耐えられなかったんだ」。それからこんなコメントも。「いや、ハキだけじゃなくて、コース全体だよ」。「ええ、でもハキがいなければ卒業していたかも」。ハキはとても教育熱心だと評判だった。ひときわ厳しい教師で、過酷な罰を科すことと、それによって屈辱を与えることで有名だった。

ハキが出てくる話で、何度も耳にした出来事がある。一九六四年夏、祖父が文学を学び終えたときの出来事だ。祖父アスランは大学を卒業したばかりで無職だった。仕事を探してたくさんのドアをノックしたけれど、就職は思っていたよりむずかしかった。経歴が妨げになったからだ。祖父は学校時代の旧友で党の上層部にいる人物に思い切って手紙を書くことにした。手紙の複写はいまも残っている。例のエッフェル塔のものも含め、色褪せた絵はがきがたくさん入ったほこりっぽいビニール袋のなかにある。最初の行にはこう書かれている。「親愛なる同志エンヴェルへ」。そのあとは憲法の冒頭のようにつづく。「人間の尊厳は侵すことができません。社会主義の土台は仕事によって与えられる尊厳にあります」。次の段落では、この一年のあいだに受けた高等教育に感謝を示し、社会主義者による統治のもとで国がすばらしい進歩を遂げたと党を祝福している。そのあとに、仕事がほしいという依頼がつづく。できれば自分のスキルに合った仕事を。

手紙を送った数日後、党本部から返事が届いた。法律家としての職が与えられたのだ。次の月曜にアスランは一着だけ持っていたスーツを着て職場へ行った。黒のピンストライプのスーツで、祖父は同じものを大学卒業の日、わたしの父と母の結婚式、わたしが産科病院から退院した日にも着て、それを身につけて埋葬された。仕事をはじめて数か月経ったころ、ハキがオフィスのドアをノックし、法律で定められた証明書を求めてきた。

はじめはスーツ姿のアスランに気づかなかった。

「これに署名が必要なんだが」ハキは持ってきた書類を指さした。

「おかけになってください」アスランは答えた。「たばこはいかがです?」

その時点でハキは祖父に会ったことがあるのに気づき、気まずそうな態度になった。「わたしのことに気づいていないようだが」ハキは言った。アスランは笑顔のままだ。「ようこそ、ハキ。お目にかかれてうれしいです」

ハキはたじろいだ。「別の日に出直してもいい」。「ご心配は無用です」と祖父は答えた。「すぐに片づけますよ」

ハキがオフィスに座って無言でたばこを吸っているあいだに、アスランは事務処理を終えた。最後にハキは料金を払おうとしたけれど、祖父は断った。「すでにたくさんお世話になっていますから。これはわたしが払います」。ハキはしきりに礼を言い、別れ際にふたりは握手した。

大学についてのさまざまな話のなかでこれが印象に残ったのは、長年のあいだに何度もくり返し聞いたからではない。それが話されるときの調子と、語られるたびに異なる反応のためだ。「アスランはえらいね」ハキに会ったことのある親類のなかには、この話を聞いてそう口にする人もいた。なかには訝しむ人もいた。いったいどうしてアスランはハキと握手なんてできたの？　いちばんの親友がハキのせいで退学したのを忘れたの？　のちに知ったのだけれど、お祝いのことばが書かれたエッフェル塔の絵はがきを送ってきたのは、その友人だった。「ハキは一介の教師にすぎなかった。守らせるように言われたルールを彼がつくったわけじゃありませんよ」夫の振る舞いを正当化しようと、ニニは説明した。「そんなことを言ったら、だれも責められなくなるじゃない」親類たちは反論する。「教師にはいつだってある程度の裁量があって、職務で求められるほど厳しくはしないものでしょう。命令系統を上へたどっていって、過ちを教育省や大臣のせいにするのはたやすい。でも実際には、たくさんの人がいっしょになってルールを適用していたんだから」。どのレベルでも、一つひとつの段階で裁量があると親類たちは言う。ハキはあんなに厳しくする必要はなかった。彼の残酷さは、握手によって報いられるべきではなかった。

わたしはよく不思議に思った。どうして祖母は親類が訪ねてくるたびにこの話をして、ハキが教えていたB大学での祖父たちの時間を振り返るのだろう。大学で出会ったハキに祖父がたばこを勧めたことを長々と分析するのがなぜ重要なのか、理解できなかった。祖父がハキを昔の友だちのように扱ったからといって、どうして大騒ぎする必要があるのだろう。祖母がロベスピエールの一文を暗誦するのも聞いたことがある。「人類の抑圧者を罰するのは情け深く、赦すのは野蛮である」。ハキの名前はこれと同じコンテクストで口にされていた。ハキを人類の抑圧者として扱うのは大げさに思えた。でも祖父は大学で何を学んだの？　どうして親戚はみんな、償いの責任がだれにあるかにそれほどこだわるのだろう？

子ども時代に解けなかったさまざまな謎を振り返り、強く印象に残っているアフメトとハキの話に立ち戻るとき、それらはずっとそこにあり、発見されるのを待っていた真実の一部のように思える。目を向ける先さえわかっていれば、見つけられたもののように。だれも何も隠していなかった。すべてが手の届く範囲にあった。それでも、教えてもらわなければわからなかった。

B大学、S大学、M大学が正確にどこにあるかではなく、大学が何を意味しているのかを家族に尋ねようとは、思いつきもしなかった。正しい答えにたどり着けなかったのは、正しい質問をする術《すべ》を知らなかったからだ。でもほかにどうすればよかったのだろう？　わたしは家族を愛していた。信頼していた。わたしの好奇心を満たすために家族が提供してくれるものは、すべて受け入れていた。確実な知識を探し求めるなかで、わたしは家族を頼りに世界を理解した。一九九〇年十二月のその日、雨のなかでスターリンと遭遇するまで、家族があらゆる確かさの源であるだけでなく、疑いの源でもあるとは思ってもみなかった。

# 10 歴史の終わり

The End of History

スターリンを抱きしめる数か月前、五月一日の労働者の日に首都の通りをパレードする彼の胸像を見た。年に一度のいつものパレードだ。テレビ番組はいつもより早くはじまり、ユーゴスラビアのテレビでスポーツは放映されていなかったから、父とチャンネル争いをすることはなかった。パレードを見守り、そのあとは人形劇と子ども向け映画を観て、新しい服を着て散歩に出かけ、アイスクリームを買い、最後は文化宮殿近くの噴水脇にいつも立っている街で唯一の写真家に写真を撮ってもらった。

一九九〇年五月一日、わたしたちが祝った最後のメーデーは、それまででいちばんしあわせだった。最後だったからそう感じただけかもしれない。客観的には、いちばんしあわせではありえなかった。生活必需品の行列はどんどん長くなり、店の棚にはだんだんものがなくなっていた。でもわたしは平気だった。昔は食べ物を選り好みしていたけれど、大きくなったいまは気にしない。黄色いチーズでなく安いフェタチーズでも文句は言わないし、はちみつでなく古いジャムでもかまわない。「道徳がいちばん大事で、食べ物はその次」祖母が元気よく言っていて、わたしも同じ気持ちになっていた。

一九九〇年五月五日、ザグレブでひらかれたユーロヴィジョン・ソング・コンテストで、トト・クトゥーニョ〔一九四三－二〇二三。イタリアの歌手〕が「インシエメ1992」〔「一九九二年をともに」の意〕を歌って優勝した。『自宅で学ぶ外国語』の勉強がかなりすすんでいたから、わたしは歌詞を理解できたし、コーラスを頭のなかで歌えた。「Sempre più liberi noi/Non è più un sogno e non siamo più soli/Sempre più uniti noi/Dammi una mano e vedrai che voli/Insieme . . . unite, unite Europe」* 二年ほどあとにようやく気づいた。これは社会主義の理念がヨーロッパ中に広がり、自由と統一が訪れるのを祝福する歌だとずっと思い込んでいたけれど、実はやがて自由市場を確立するマーストリヒト条約についての歌だった。

一方、ヨーロッパにはあらゆる種類の「フーリガン」がはびこっていて、公共の秩序が脅かされていた。同じ一九九〇年には、ポーランドがワルシャワ条約機構を脱退した。ブルガリアとユーゴスラビアの共産党は、権力独占の放棄を可決する。リトアニアとラトビアはソビエト連邦からの独立を宣言した。ソビエト軍がバクーに入ってアゼルバイジャン人の抗議者たちを抑圧した。東ドイツの「自由」選挙について父と母が話しているのを耳にして、わたしは父に尋ねた。「自由じゃない選挙では何を選ぶの?」この質問が気に入らなかったらしく、父は話題を変えようとした。「ネルソン・マンデラが釈放されたのはうれしくないか?」

わが家への訪問者は倍増した。ディレクティで放送されるサッカーの試合やソング・フェスティバルがないときも人が訪ねてきた。父と母はわたしを早く寝かしつけるようになった。夜には、リビングを覆うもうもうとした煙の向こうに、たばこの葉を紙で巻く人たちが影のように見えるようになった。

訪問者が家に入ってくるときのひそひそ声のあいさつには、驚きが感じられた。けれども脅威を感じている様子はなかった。みんな笑顔のままで、わたしの肩をぽんぽん叩いて尋ねる。学校の調子はどう？　クラスであなたより成績がいい子はいた？　いまも党の誇りになる成績を収めている？

わたしはうなずいて、いい知らせを伝える。

わたしは同級生より一年早くピオネールになったばかりだった。学校の代表に選ばれて第二次世界大戦の英雄の墓に花輪を捧げたし、党に忠誠を誓う宣誓のことばを述べる役も任されていた。授業がはじまる前に全校生徒の前に立ち、厳かに呼びかける。「エンヴェルのピオネールのみなさん！　党の大義の名のもとに闘う準備はできていますか？」「準備はいつでもできています！」ピオネールは大声で応える。父と母はわたしの功績を誇り、そのご褒美として、休暇には家族でビーチへ旅行した。

その夏、わたしはピオネールのキャンプで二週間過ごした。毎朝七時にベルが鳴って起こされる。朝食のロールパンはゴムみたいな味だったけれど、食堂でそれを配る女性たちはとんでもなく親切で、愛情深くすらあった。午前中はビーチで過ごし、日光浴をしたり、泳いだり、

＊　「われわれはこれまでになく自由だ／もう夢ではなく、もう独りぼっちじゃない／われわれはこれまでになくひとつだ／手を差し出してほしい、飛び方がわかるだろう／ともに……ひとつの、ひとつのヨーロッパ」

サッカーをしたりする。ランチの時間には列をつくってライス、ヨーグルト、ブドウのボウルを受け取り、シエスタの時間には部屋に戻されて、眠ったり眠るふりをしたりして、午後五時にまたベルが鳴る。午後は卓球やチェスをして、いろいろな教育グループに分かれる。数学、自然科学、音楽、美術、文芸。夕食の野菜スープを飲みほし、外へ急いで野外シネマの席につく。夜は遅くまでおしゃべりして新しい友だちをつくる。ひときわ勇気ある年長の子たちは恋に落ちる。

日中は競い合う。だれがいちばんきれいにベッドを整えるか、食事をはやく食べ終えるか、長い距離を泳げるか、世界各国の首都を知っているか、小説をたくさん読んでいるか、複雑な三次方程式を解けるか、楽器をたくさん演奏できるか。学期中、先生たちに懸命に教え込まれた社会主義者の連帯の絆は、この二週間でほぼ消え去る。キャンプがはじまって数日後には、競争はもはや妨げられなくなり、上から管理されて年齢集団によって調整される。レース、模擬オリンピック、詩の賞が本部によって催され、キャンプの生活に欠かせなくなって、参加を拒む子はプチ・ブルジョワジー、反動分子にちがいないと見なされる。二週間の終わりには、ほとんどの子が最低でもひとつの赤い星か小さな旗、表彰状、メダルを持って家に帰った。個人としてもらえなくても、チームの一員として。わたしもそれぞれひとつずつ手に入れた。

ピオネールのキャンプで過ごした二週間が、この種のものとしては最後になった。ありえないほど努力して手に入れ、得意になって毎日学校に着けていったピオネールの赤いスカーフは、やがて本棚を拭いて埃を落とすぼろ切れになる。星、メダル、賞状、「ピオネール」という称号そのものも、やがて博物館の展示物になり、異なる時代の思い出になって、だれかがどこかで生きていた過去の人生の断片になる。

それに先立つビーチへの旅行は、家族で過ごした最初で最後の休暇になった。国がパック旅行を支給したのはそれが最後だ。自由と民主主義を祝福して労働者階級がパレードするのは、その五月一日が最後になった。

一九九〇年十二月十二日、わたしの国は、自由選挙がひらかれる複数政党制の国家であると正式に宣言された。ルーマニアでチャウシェスク〔一九一八-八九。ルーマニア共産党書記長〕が「インターナショナル」を歌いながら銃殺されてから、ほぼ十二か月が経っていた。湾岸戦争がすでにはじまっていた。統一されたばかりのベルリンでは、壁のかけらがもう土産物店で売られていた。一年以上ものあいだ、わたしたちの国はこうした出来事から影響を受けていなかった――あるいはほとんど受けていなかった。ミネルヴァの梟《ふくろう》は飛び去り、いつものようにわたしたちのことは忘れていったようだった。けれどもその後、思いだして戻ってきた。

どうして社会主義は終わったのだろう？　わずか数か月前には、道徳の授業でノラ先生が説明していた。社会主義は完璧ではなく、やがて実現する共産主義とはちがいます。社会主義は独裁です。プロレタリアートによる独裁。これは西側の帝国主義諸国を支配するブルジョワジーによる独裁とはちがうし、当然、それよりもいいものです。社会主義では国家は資本ではなく労働者に支配されていて、法律は利益を増やしたい人の関心ではなく労働者の関心に役立つようになっています。でも社会主義にも問題があります、とノラ先生ははっきり言っていた。

階級闘争は終わっていない。外には敵がたくさんいるの。たとえば、ずっと昔に共産主義の理想を捨て、戦車を送って小国を潰す抑圧的な帝国主義国家になったソビエト連邦。国内にも敵がたくさんいる。かつては裕福だったのに特権と財産をすべて失った人たちが、労働者による支配を脅かそうと絶えず企んでいるの。そういう人たちは当然罰せられるべきです。それでも、時間が経てばプロレタリアートの闘いは勝利を収めるでしょう。人びとが慈悲深い体制のもとで育ち、子どもたちが正しい考えを学んだら、みんなそれを自分のなかに取り込むの。階級の敵は減り、階級闘争はまず緩和されて、それから消滅します。そのときにこそ共産主義がほんとうにはじまるのです。共産主義が社会主義よりもすぐれている所以《ゆえん》がそこにあります。人を罰する法律を必要とせず、人間を完全に解放するのですから。敵のプロパガンダがほのめかすのとは反対で、共産主義は個人を抑圧するのではなく、人類史上初めて人間が完全に自由になれる体制なのです。

わたしはずっと、共産主義よりいいものはないと思っていた。毎朝、それを早く実現するために何かしたいと思って目を覚ました。それなのに一九九〇年十二月には、社会主義を称賛し、共産主義へ向かう進歩を祝福して行進していた人たちが、路上へ出てその廃止を求めるようになった。人民の代表たちは、社会主義のもとに自由と民主主義はなく、専制と強制しかなかったと断言した。

わたしは大人になったら何になるのだろう。社会主義がなくなったいま、どうやって共産主義を実現すればいいの？　政治的多元主義はもはや処罰の対象になる犯罪ではない。政治局書記による発表のテレビ画面を信じられない気持ちで見つめていると、父と母は言い切った。党を支持したことなど一度もないし、その権威もまったく信じていなかったと――ふたりはいつもわたしの目の前で党に投票していたのに。父と母はただスローガンを憶え、ほかのみんなと同じように、それを唱えていただけだった。毎朝わたしが学校で忠誠の誓いを述べていたのと同じように。でも、ふたりとわたしはちがった。わたしは信じていた。ほかに何も知らなかった。わたしにはもはや何も残っていない。残ったのは、謎めいた過去の小さな断片だけだ。ずっと昔に失われたオペラのさみしい調べのような断片だけだった。

その後の数日で最初の野党が結成され、父と母が真実を明かした。自分たちの真実だ。半世紀近くものあいだ、この国は野外刑務所だったとふたりは言う。わが家に絶えずつきまとっていた大学は、たしかに教育機関ではあったけれど、特殊な教育機関だった。親類が卒業したというのは、実は刑務所から最近釈放されたという意味だった。学位を取ったというのは、刑期を終えたという隠語だった。大学街の頭文字は、実はさまざまな刑務所と流刑地の頭文字だった。Bはブレル、Mはマリク、Sはスパチ。専攻科目名は正式な罪名に対応していた。国際関係論は反逆罪、文学は「煽動とプロパガンダ」、経済学は「金の隠匿」などの軽犯罪。教師になった学生というのはスパイになった元囚人のことで、いとこのアフメトやその亡き妻ソニアなどがそれにあたる。厳しい教師は多くの人の命を奪った役人のことで、たとえば刑期を終えた祖父が握手したハキなどだ。「優秀な成績を収めた」とは、刑期を短く無事に終えたということ、「退学処分を受けた」とは、死刑判決を受けたということ、パリでの祖父の親友のように「自主退学した」とは、自殺したということだった。

父と同じ名前で、子ども時代にわたしが軽蔑していた元首相は、たまたま同じ姓名だったのではなかった。その人こそが曾祖父だったのだ。父はその名の重圧に希望を潰されて生きていた。学びたいことを学べなかった。経歴について釈明しなければならなかった。犯していない過ちを償い、賛成できない考えのために謝罪しなければならなかった。祖父はその父親とあまりにも考えがちがい、闘争の反対側であるスペインの共和派に加わろうとしたのに、その血縁関係の代償として刑務所で十五年間を過ごした。父と母はわたしに言った。どんなふうにかはわからないけれど、おまえもその代償を払うことになっていたかもしれないんだよ。家族が嘘をついて秘密を守っていなければ、おまえも代償を払うことになっていただろう。

「でもわたしはピオネールだったんだよ」わたしは反論した。「ほかの子たちよりも先にピオネールになったんだから」

「ピオネールにはだれだってなれるの」母が答える。「青年団には入れてもらえなかったでしょうね。党に加わることはできなかったはず」

「お母さんは止められたの？」わたしは尋ねた。

「わたし？」母は声をあげて笑った。「加わろうなんてしなかった。新しい同僚に推薦されたことが一度あるけど、あとでわたしが何者なのかばれたし」

母の家族の代償もわたしは払わされていただろうという。母がヒュセンおじさんと紙で模型をつくったボートや、子ども時代に描いた土地、工場、フラットは、母が生まれる前、社会主義がやってくる前、所有権を取り上げられる前は母の家族のものだった。党本部が入っていて、その前で母と父が初めてわたしにイスラム教の説明をしてくれた建物も、かつては母の家族が所有する不動産だった。「あの建物の前で、イスラム教の話をしたのを憶えている?」母に尋ねられて、わたしはうなずいた。その建物の前を通るたびに、植木鉢がないほうの五階の窓を見あげた。そのことを、母はあらためて持ち出した。人民の敵だと申し立てられた人物がかつてそこに立ち、「アッラーフ・アクバル!」と叫んで身を投げた。その男は拷問から逃れようとしていた。一九四七年。母の祖父だ。

祖母も人生をすっかりわたしに語ってくれた。祖母とココットの会話を盗み聞きして、何度もくり返し想像したのと同じ話だ。祖母は一九一八年にパシャの姪、オスマン帝国の有力州総督一家の次女として生まれた。十三歳のとき、サロニカ・フランス学園(Lycée Français de Salonique)でただひとりの女子生徒になった。十五歳で初めてのウイスキーを味わい、初めての葉巻を吸う。十八歳で学校の成績最優秀者として金メダルをもらった。十九歳のときに初めてアルバニアを訪れる。二十歳で首相の顧問になり、国の行政機関で働く最初の女性になった。二十一歳のときに国王ゾグの結婚式で祖父と出会う。ふたりでシャンパンを飲んでワルツを踊り、新婦を憐れんだ。どちらもロイヤル・ウエディングに反感を抱いていて、それ以上に君主制を軽蔑していることがわかった。二十三歳で祖母は祖父と結婚する。祖父は社会主義者だったけれど、革命家ではなかった。祖母はどちらかというと進歩派だった。どちらも数世代にわたってオスマン帝国各地に散らばっていた有名な保守派の家系の出だった。二十四歳で母親になる。二十五歳で戦争が終わり、サロニカの親類と会うのはこの年が最後になった。二十六歳で憲法制定会議の選挙に参加する。女性が男性と平等に投票できるようになった最初の選挙で、共産主義者でない左派の候補が出馬できた最後の選挙だ。二十七歳のとき、その候補者たちが逮捕されて処刑される。ほとんどが家族の友人だった。戦争中に出会い、帰国しようとしていたイギリス人将校たちの助けを借りて国を出ようと祖父は持ちかけた。祖母はそれを拒む。幼子の面倒を見るためにギリシャからアルバニアへ来ていた祖母の母親が体調を崩したばかりで、置き去りにしたくなかったからだ。二十八歳のときに祖父が逮捕されて煽動とプロパガンダの嫌疑を受け、まず絞首刑、その後、終身刑の判決を受けて、のちに十五年に減刑された。二十九歳のときに母親をがんで亡くす。三十歳で首都を去って別の街へ移ることを余儀なくされた。三十二歳のときに強制労働収容所で働きはじめる。四十歳になるころには親類の多くがすでに処刑されたり自殺したりしていて、生き延びた者たちも精神科病院に入ったり亡命したり刑務所に行きついたりしていた。五十五歳のときに胸膜炎で危うく死にかける。六十一歳でわたしが生まれて祖母になった。そのあとはわたしが知っているとおりだ。

わたしにフランス語を教えたかったのは、フランス語がかつての人生を思いださせてくれたからだという。まわりでみんながフランス語を話していたこと、それにフランス革命のことも。フランス語でわたしに話しかけることは、アイデンティティの問題というよりは反逆の行為だった。不服従のささやかな意思表明であり、いずれわたしもそれを大切に思うときがくると祖母は考えていた。祖母がいなくなり、わたしの出自、わが家を取り巻く奇妙な政治、自分の望みと関係なく自分が自分であるがゆえに払わなければならなかった代償について伝えられなくなったとき、わたしがそれを考えられるように。人生に大きく振りまわされかねないこと、すべてを持って生まれたのちにすべてを失いかねないことを思い起こせるように。

祖母は過去を懐かしんでいたわけではない。貴族である家族がフランス語を話してオペラを観にいく一方で、料理や洗濯をする使用人は読み書きができない、そんな世界に戻りたいとは思っていなかった。祖母は共産主義者ではなかったけれど、旧体制《アンシャン・レジーム》に恋いこがれてもいなかったという。子ども時代に特権を享受していたことに気づいていて、それを正当化するレトリックに疑いの目を向けていた。階級意識と階級への帰属は同じではないと考えていた。政治的見解は親から受け継ぐものではなく、自由に選ぶものだと強調した――最も都合のいいものや自分たちの利益にかなうものではなく、正しいと思うものを選ぶのだと。「わたしたちはすべてを失った」と祖母は言う。「それでも自分自身は失わなかった。尊厳は失わなかった。なぜなら尊厳はお金や名誉や肩書とはなんの関係もないから。わたしはずっと同じ人間なの」祖母はきっぱりと言う。「それにいまでもウイスキーが好き」

祖母はこれをすべて冷静に語った。人生の一つひとつの段階を次の段階とはっきり分け、それらを区別しようと苦心して、わたしが話についてきているかときどき確かめた。祖母は人生の軌跡をわたしが記憶にとどめておくことを望んでいた。祖母が自分の人生の著者であったことを理解してもらいたがっていた。途中でありとあらゆる障害に出くわしたにもかかわらず、運命を自分の手に握りつづけたのだと。責任を放棄したことは一度もなかった。自由とは必然を意識していることだと祖母は言う。

わたしはその数週間に祖母と両親から聞いたことをすべて理解し、記憶にとどめておこうとして、わたしたちはその後、何度もそうした会話に立ち戻った。わたしは混乱した。うちの家族が普通なのか例外なのかわからなかったし、自分自身について知ったことで、わたしはほかの子に近づくのか、それともはみだし者のままなのかもわからなかった。友人たちも大人のむずかしい話し合いを解読しようとしていて、よく理解できないことについてしきりに話していた。その大人たちも、夜にダイティやディレクティでほかの場所の暮らしが映ったとき、社会主義や党について語っていたのかもしれないし、実は刑務所だった大学について意見交換していたのかもしれない。あるいはその子たちの親類はハキのような人だったのかもしれない。つまり祖母が言う筋金入りの信奉者で、ルールを厳しく適用するときと手加減するときをわかっていない人だったのかもしれない。

わたしが真実を知ったのは、もはや危険ではなくなったときだ。でもわたしは、どうして家族はそれほど長いあいだ嘘をついていたのだろうと疑問を抱くぐらいの年齢にもなっていた。わたしのことを信用していなかったのかもしれない。だとしたら、どうしてわたしが家族を信用しなきゃいけないの？　政治と教育が生活のあらゆる側面に浸透した社会で育ったわたしは、家族と国家、その両方の産物だった。そのふたつの衝突が明るみに出たとき、わたしは困惑した。何を頼ればいいのか、だれを信じればいいのかわからなかった。法律は不条理でルールは過酷だと思うこともあった。うちの家族は罰を受けて当然だったのかもしれないと思うこともあった。そもそも自由を大切にしていたのなら、使用人を置くべきではなかったはずだ。でも祖母は、自分たちも変化を望んでいたという。祖父は社会主義者だった。自分の家族が享受する特権に憤慨していた。「じゃあどうして刑務所に入れられたの?」わたしは食い下がった。「何かしたんでしょう。何もしなかったら刑務所なんて行かないよ」。「階級闘争ですよ」祖母は言う。「階級闘争はいつでも血にまみれている。何を信じているかは関係ないの」

党にとって個人の選択を犠牲にするのは歴史上の必然であり、よりよい未来への移行にともなう代償だった。どの革命も恐怖政治の段階を経ると学校で教わった。うちの家族には、説明できることも、コンテクストに位置づけられることも、擁護できることもなかった。あったのは無意味な死だけだ。わたしが生まれたときには、恐怖政治は終わっていたのかもしれない。あるいは、まだはじまっていなかったのかもしれない。わたしは新しい状況によって救われたのだろうか。それとも自分で自分の出自に気づけなかったせいで、やはりどこか呪われたままなのか。

家族が望まないものにわたしがなってしまわないように、家族が信じないものをわたしが信じてしまわないように、家族は一族のことをわたしに明かすつもりだったのだろうか。「いや、でも自分で気づいただろうね」みんなは答えた。

「気づかなかったら?」

「気づいていたはず」家族は断言した。

その後の数週間、わたしは疑いの気持ちに襲われた。そのときまでに家族が言い、やっていたことがすべて嘘だったという事実を消化できなかった。家族はその嘘をくり返し、わたしがほかの人から聞くことを信じつづけるようにしていた。経歴のせいでわたしも階級の敵になるしかないことをよくわかっていたのに、わたしがよき市民になるように背中を押していた。家族の努力が成功していたら、わたしは体制に自分を重ね合わせていただろう。家族はわたしがそうなることを受け入れただろうか？　わたしはアフメトのようになっていただろう。恐怖心から、あるいは信念から、あるいは刑務所での教育の影響から、あるいはその他の同じくらい不可解な動機から、向こう側へ寝返ったうさんくさい親類のひとりになっていたはずだ。あるいは党に加わることを許されなかったら、おそらくわたしは憤慨していただろう。真実に気づき、党が象徴するものすべてに敵意を抱いて、わたしもまた沈黙する敵になっていただろう。

ある日の午後、初めて野党が発行した新聞、『民主主義の再生』（*Rilindja Demokratike*）の創刊号を母が持って帰ってきた。同紙のモットーは、「一人ひとりの自由が全員の自由を保証しなければならない」。何日も前から、この新聞が印刷されていて、ある日の早朝に書店——新聞が売られる唯一の場所——に届くという噂があった。秘密警察シグリミに尋問されたら牛乳の列に並んでいるだけだと主張できるように、みんな空の瓶を携えて待った。父が論説を音読した。タイトルは「はじめのことば」。同紙は言論と思想の自由を守り、つねに真実を語ると約束していた。「真実のみが自由であり、そうして初めて自由が真実になる」

一九九〇年十二月には、人生のそれまでの年月をすべて合わせたよりもたくさんの変化があった。一部の人にとってそれは、歴史が終わった日々だった。終わりという感じはしなかった。新しいはじまりという感じも、少なくともその直後にはしなかった。これまで信じられていなかった預言者が台頭してきた、そんな感じに近かった。だれもが恐れるがだれも信じない災いを予告していた預言者だ。わたしたちは数十年にわたって攻撃に備え、核戦争に向けた計画を立てて、掩蔽壕《えんぺいごう》を設計し、反対派を抑えつけ、反革命のことばを予想してその顔の輪郭を想像していた。敵の力を把握し、レトリックを覆して、わたしたちを堕落させようとする企みに抵抗し、互角の武器を持とうと努めていた。けれどもいざ姿を現すと、敵はわたしたちにそっくりだった。起こったことを説明できるカテゴリーはなく、失ったものと代わりに得たものを言い表すことばもなかった。

わたしたちはずっと警告されていた。プロレタリアートによる独裁は、ブルジョワジーによる独裁によって絶えず脅かされていると。予期していなかったのは、その対立の最初の犠牲として、何より明白な勝利の印として、それらの用語そのものが消え去ったことだ。「独裁」「プロレタリアート」「ブルジョワジー」。国家が死滅する前に、その目標を明確に表現することばが死滅してしまった。社会主義、わたしたちがそのもとで暮らす社会は消えた。共産主義、わたしたちが目指していた社会、階級間の対立がなくなって一人ひとりの自由な能力が完全に発揮される社会も消えた。理想として消えただけでなく、統治体制として消えただけでもなくて、思考のカテゴリーとしても消滅した。

残ったことばはひとつだけ。「自由《フリーダム》」。それはテレビで放映されるあらゆる演説に、街頭で声高に叫ばれるあらゆるスローガンに登場した。ついに自由が訪れたとき、それはまるで冷凍のまま出された料理のようだった。ろくに噛まずに慌てて飲み込み、空腹は満たされなかった。残り物を与えられたのではないかと考える人もいた。これは前菜で、それが冷菜だっただけだと思う人もいた。

一九九〇年十二月に至るまでの月々と日々、わたしは歩いて学校へ行き、教室に座って、通りで遊び、家族と食事をして、ラジオを聴き、テレビを観た――人生のほかの日とまったく同じだった。そんなふうに生きていた人たちの行動、欲求、信念が、のちに根本的に異なる意味を与えられ、振り返られることになる。勇気ある態度、時宜を得た判断、困難な状況への分別ある反応について語られることになる。途中で不慮の出来事が起こる可能性があったとは考えられなかった。計画がうまくいかないことなど想像できなかった。それまで突拍子もない空想だと思われていたことが、のちに厳密な必然性をおびる。失敗は考えられなかった。失敗は船が出発した岸にあったのであり、たどり着いた先の港ではありえない。

とはいえ、当時のことで記憶に残っているのは、不安、混乱、ためらいだけだ。わたしたちは、過去と同じように「自由」ということばを使ってようやく実現した理想を語っていた。けれども状況があまりにも変わったので、それが同じ「わたしたち」なのか、やがてわからなくなった。半世紀ものあいだ、だれもが同じ協働と抑圧の構造のもとで暮らし、社会的な役割を担っていたのに、その役割がすべて変わってしまった。その一方で、そうした役割を演じていた男女は同じ人間のままだった。親類、隣人、同僚は互いに反目すると同時に支え合い、疑念を深めながら信頼の絆を育んでいた。互いのことを監視していた人たちが、互いを守り合ってもいた。看守はかつて囚人だった。被害者はかつて加害者だった。

五月一日にパレードしていた労働者階級の人たちは、十二月初旬に抗議していたのと同じ人たちなのだろうか。わたしには永遠にわからないだろう。わたしが別の疑問を投げかけていたら、あるいは疑問に別の答えが返ってきていたら、あるいは答えが返ってこなかったら、わたしはどんな人間になっていたのだろう。それも永遠にわからない。

かつての世界は、別の世界に変わった。かつてのわたしは、別のだれかになった。

# II

# 11 グレーの靴下　Grey Socks

「家族はだれに投票するの?」その年が終わる数日前、自由選挙がおこなわれると発表されたとき、学校でエロナが尋ねてきた。

「うちの家族は自由へ投票する」わたしは答えた。「自由と民主主義へ」

「だよね、うちのお父さんも」エロナは言う。「党はまちがってたんだって」

「何について?」

「何もかも。党は神についてもまちがってたと思う?」

わたしはためらった。エロナが答えを聞きたい理由を知っていて、動揺させたくなかったからだ。結局、嘘はつけなかった。短い沈黙のあと、神の存在は信じていないと答えた。でも後悔して、「わからない」と訂正した。「たしかに党はいろいろまちがってた。だから多元主義になったんだよね。いろんな党がたくさんあって、自由選挙がひらかれる。投票する党を選べて、だれが正しいか判断できる。パパが説明してくれたよ」

「だからノラ先生は、宗教は民衆の〝オピニオン〟だって言ってたのかもね〔「宗教は民衆のオピウム（アヘン）」のこと。マルクス『ヘーゲル法哲学批判序説』の一節〕」エロナは言った。「それについて党はまちがってなかった」

「先生がそんなことを言ってた憶えはないけど。宗教は非情な世界の心情だってとこしか憶えてないな。ニニにまた神のことを尋ねてみたんだけど、神のことは知らないって言うんだ。自分の良心だけを信じてるんだって。どういう意味かはわからないけど」

「多元主義のもとでは、神が存在するっていう党もあれば存在しないっていう党もあって、選挙で勝ったほうが正しいことを決めるのかも」エロナは考え込む。

「うーん、そんなふうに毎回変えるわけにはいかないんじゃないかな。じゃなきゃ、ゼウスとかアテナとかが実在して、古代ギリシアみたいに人間を神のいけにえにしなきゃいけないってみんなに思い込ませて選挙に勝とうとする党が出てきても止められないし」

「止められない」エロナは言った。「まさにそこがポイントなの。いまは自由なんだから。みんなが言いたいことを言えるんだよ」

わたしは信じられずに首を横に振った。「そうなったら、だれが選挙に勝つかによって、クリスマスとかニューイヤーズ・イブとかをなくしたり復活させたりしなきゃいけなくなるよね。事実がなくちゃ。社会主義では科学に頼ってた。何かをでっちあげたりはしなかった。実験して仮説を検証できるから、科学は本物なんだよ。どうやって神を検証できるのかわからない」

「でもわたしは神さまを信じてるよ、ちょっとだけね」エロナは言う。「ていうか、もちろん科学も信じてるけど、神さまも信じてる。レアはちがうの？」そう問い詰められた。

「わからない」わたしはくり返した。「どう考えればいいかよくわからない。昔は社会主義を信じてて、共産主義を待ち望んでた。搾取と闘って労働者階級に力を与えるのが正しいと思ってた。いまうちの親は、わたしたちの家族は階級闘争の悪者の側だったたって言ってる」

「社会主義なんて、もうだれも信じてないよ。労働者階級の人たちすら」

「エロナのお父さんは信じてる?」わたしは尋ねた。「信じてるとは思わない。たしかにバスの運転手だから労働者階級なんだけど。五月一日はいつも職場の仲間とパレードしてたし。いまは党書記がテレビに映るたびに悪態をついてるよ。最近すごく怒りっぽいの。お酒の量もずっと増えたし。なだめるのがたいへん。妹のミミはいまも施設にいる。六か月後には連れて帰るってパパは約束してたのに、そんな余裕はないっていまは言うし。昔は陽気な酔っぱらいだったけど、いまはいつも怒ってばかり。社会主義は一度も信じてなかったと思う」

「うちの親も変わったよ。前は停電しても怒らなかったのに、いまはなんでもないことですぐにカッとする。「畜生、畜生!」って叫びはじめるんだ。なのにわたしが学校から帰るのが遅くなっても、おばあちゃんしか気づかない。おばあちゃんだけはずっと同じで、まったく変わってない」

「うちのおじいちゃんは、神をずっと信じてたんだって、ちょっとだけね」エロナはつづけた。「宗教が廃止されてたときもクリスマスを祝ってた。おじいちゃんはパルチザンだったの。党はいいこともしたって言ってる。みんなが読み書きできるようにしたり、病院をつくったり、電気を引いたり、そういうことね。でもひどいこともした。教会を壊したり人を殺したり。自分は社会主義者でキリスト教徒で、キリスト教徒なら社会主義者になるのはとても簡単だって言ってる。おじいちゃんはいまも党員だよ――離党しなかったの」

「うちのおじいちゃんも社会主義者だったよ」わたしは言った。「刑務所で十五年過ごしたんだ。うちの親は党員になれなかった」

「それっておかしいね」エロナが言う。「うちのおじいちゃんの話だと、教会が建て直されるかもしれないんだって。政治的多元主義になったから。ママは天国にいるんだぞって、おじいちゃんはお祈りしてる。わたしもお祈りの仕方を教えてもらったの」

「うちはイスラム教徒なんだ」わたしは言った。「だからモスクへ行く、っていってもいまはモスクがないし、建て直されたとしても行くかわからないけどね。ママの側の家族はずっと神を信じてたんだって」

「クリスマスやニューイヤーズ・イブはどうでもいいよ」エロナは言う。「どっちでも好きに祝えばいい。選挙の結果しだいでどっちでもね。選挙は日曜でしょ。それは前といっしょだね。むかしキリスト教徒は日曜に教会に行ってたって知ってる?」

わたしは肩をすくめた。「うちはイスラム教徒だから」もう一度言った。「日曜は何をするのかわからない。その日になったらわかるんだろうけど」

結局、わたしたち一家はたっぷり朝寝することにした。初めての自由で公正な選挙がひらかれた日曜の朝は、ベッドに潜り込んで過ごした。ときどき父が起きあがり、キッチンでニュースを確認する。戻ってくると、「まだ時間はある」とひそひそ声で言った。声を出すと黒いカーテンごしに漏れる光が強くなり、ベッドにとどまろうとするみんなの妨げになると恐れているかのようだ。大切なメッセージを伝えるときの厳かな姿勢で、ドアの脇に立つ。そのメッセージは一語にまとめられていた。30――。

父は自分の部屋へ戻った。一時間後にも同じ行動をくり返し、キッチンでニュースを確認してドアのところで立ち止まり、新しい数字を告げる。40――。その後、50――。毎回、ベッドカバーの下から抑えた歓声のような音が漏れる。「増えてるね」わたしと同じベッドにいる祖母がささやき、まだ真夜中だというように掛け布団をほんの少し引き上げた。「100に届くとは思わない」父が答えたときには歓声は大きくなり、もはや抑えられなくなった。「眠りに戻らなければ」祖母は言った。

浅い眠りだった。楽しい夢のつづきを見ようとしたり、待ち構える現実を抑えつけたりするためにわざと眠るときのように、軽くまどろんでいただけだ。そのときは夢とニュースが混ざり合っていた。選挙の投票率の夢を見た。

わたしたちは投票率があがることを望んでいた。ただし、一気にではなくゆっくりあがる必要がある。さらに重要なことに、90パーセント未満で止まらなければならない。100パーセントに近い投票率が早々に発表されたら、選挙は以前と同じく自由でも公正でもなかったということだ。かつて投票日には、わが家はみんな午前五時に起きた。六時にはもう投票所に並んでいた。七時にはすでに投票を済ませ、九時には結果が発表される。「人民の一票一票が敵への弾丸である」公式スローガンではそう謳われていた。投票へ行くのが早ければ早いほど、弾丸の発射をしぶっているとは疑われにくくなると父と母は考えていた。

たいていわたしたちは最初のほうに到着した。投票の行列は牛乳の行列と似ている。夜中にはじまるけれど、投票者の代わりに前夜から置かれるバッグ、缶、石はない。みんな実際に列に並ぶ。大声はあがらず、知り合いを見つけようとすることもなく、あちこちでカオスに陥るような気配もない。すべてが整然としていて、静かな期待が感じられ、投票には牛乳の購入よりも本質的な価値があるのだとわたしは結論を下した。雰囲気は投票のほうが確実に明るかった。父と母の雰囲気があまりにも明るかったから、わたしはふたりの投票への意気込みに合わせて、自分にしかできないことを考え出した。選挙委員団の前で党に捧げる詩を暗誦したり、花束を用意して投票箱前のエンヴェルおじさんの写真の脇に置いたりした。

わたしの記憶にある社会主義のもとでの最後の選挙は、一九八七年にひらかれたものだ。わたしは朗読する詩を書いた。年齢が足りなくて投票できないのなら、詩がわたしの弾丸になると思ったからだ。でも、わたしがつくったミサイルは敵を破壊できるほど強力だろうかと悩んだ。祖母はいい詩だと請け合ってくれたけれど、父と母は朗読する時間があるかわからないと言って、あまり期待を持たせないようにした。行列によるだろうと。

暗いうちに家を出た。わたしは不安で父の右手を強く握った。父の手もわたしの手と同じく汗ばんでいた。投票所の外で列に並んで待ち、投票ブースがひらいて順番がくると、委員が父に白い紙を渡す。立候補を許されている唯一の組織、民主戦線〔アルバニア労働党指導下の最大の大衆組織で、党の大衆向け文化・社会活動の実施や選挙の候補者指名を担った〕の候補者リストがタイプされた紙だ。父はそれを見もせずに印をつけ、ふたつに折って赤い箱へ入れた。父の目は委員を見据えていて、委員は父の次に並んでいる母に渡す紙を準備している。父はうなずいて委員にあいさつし、委員の男は拳をあげる。だれかが拳をあげるといつもそうしたように、わたしも拳をあげた。

詩を朗読した記憶はない。直前になって、あの詩はいまいちだと考えを変えたのだろう。あるいは父と母が抜け目なくわたしを投票所から立ち退かせ、さらなる屈辱を受けずにすませたのかもしれない。

自由で公正な選挙になり、すべてが変わった。早起きする必要はなくなった。行列もない。投票しようがしまいが、だれも気にしない。投票には丸一日時間があり、投票したくなければしなくてもいい。みんなベッドでぐずぐずしていて、睡眠を中断してまで投票所へ行く値打ちがあるのか、あるとしたらだれに投票するのか迷っていた。

その前夜、みんな当日に着る服を準備した。祖母は木のトランクから白の水玉模様のブラウスを出してきた——祖母が黒い服を着ているのは、祖父の死後に喪に服していたときしか見たことがない。祖母が投票するために最後に着飾って出かけたのは、一九四六年の選挙だった。そのときは帽子もかぶり、真珠のネックレスをつけた。その帽子はいまも国立映画制作庁の衣装倉庫《ワードローブ》にかかっていることでしょうね、祖母は冗談めかして言っていた。ブルジョワの家族から没収された服は、大部分がそこへ行きついていたからだ。

早く投票を済ませるのか、あるいは待つのか、父と母は話し合った。選挙の展開はだれにも予想できない。一九四六年の選挙がしきりに話題にのぼった。その選挙は望ましい結末を迎えなかった。その後間もなくわたしの祖父はふたりとも逮捕され、残りの家族は追放された。歴史はくり返されるのか。

「当時の世界はいまとちがった」父が指摘する。「ソビエトが戦争に勝ったあとだった。いまは負けたあとだ」。「ソビエト、そうね」見るからにいら立った母が答える。「ソビエトは去年のいまごろつぶれたでしょ。あなたはどこにいたの?」答えを求めていたわけではない。声の調子を変えて最後の一撃を加えた。「五月一日のパレードの準備をしてたでしょ」

父は謎の確信をもって首を横に振った。「エンヴェルは終わった、党は終わったんだ」と、ことばに力をこめる。「もうあとには戻らない」

その数週間前、首都の中央広場でエンヴェル・ホッジャの像が倒された。そのときはまだ「エンヴェル・ホッジャ大学」と呼ばれていた大学の改名を求め、学生がハンガーストライキをはじめていた。党幹部たちが対応にためらい、全学生による投票を提案するうちに、対立はどんどんエスカレートしていった。

でも、労働党は終わっていなかった。唯一の党は、やがてひとつの党になる。たくさんのうちのひとつになる。アルバニア社会党という名になり、ほかの集団と議席を争う。それぞれの集団に候補者がいて、機関紙、綱領、名簿があった。かつて労働党員だったけれど、鞍替えしたばかりの人もいた。忠実なアルバニア社会党員になった人もいた。このように労働党が分裂して増えることが可能になり、党は治療薬でも病でもあり、諸悪の根源でも希望の源でもあると考えられるようになった。その結果、党は神話じみた性質を身にまとい、長年にわたってあらゆる不幸の原因と見なされるようになる――自由を専制のように、必然を選択のように見せかける暗黒の呪縛と見なされるようになったのだ。すべてを包み込むその存在から逃れるのは、歯と歯の隙間にロープがあることに突然気づき、それを嚙み切ろうとするようなものだった。労働党はなくなったけれど、やはりまだ存在した。党はわたしたちの上にあったけれど、内面の奥深くにも存在した。すべての人、すべてのものがそこに由来していた。党の声は変わり、形も変化して、新しいことばを話すようになった。でもその魂の色は？　ずっとなろうとしていたものに実際になった？　その答えを教えてくれるのは歴史だけだが、歴史はまだつくられていなかった。新しい選挙がひらかれただけだ。

「投票は義務ですよ」投票日の前夜に祖母は言っていた。「投票しなければ、ほかの人たちに決めさせることになる。結局、前と同じことになって、目を通しもせずにひとつきりの候補者リストを投票箱へ入れるのと同じになってしまう」

投票日の朝、わたしは祖母のことばについて考えた。どうして父と母は投票をためらっているのだろう。さっさと出かけて、待ち望んでいた自由をどうして味わわないのだろう？　わざとらしいあくび、寝たふり、嘘のためらい。そういったものから、こんな印象を受けた。ふたりが長年望んでいたのは、具体的な何かが起こることではない。抽象的な可能性がひらけていることだったのだ。その具体的な何かに手が届くようになったいま、うちの家族は状況が手に負えなくなることを恐れていた。選挙がもたらすと思われていた選択の自由を行使する代わりに、その選択をきれいなまま取っておこうとしていた。特定の人物や政策に肩入れし、あとで失望させられるのを避けたかったのかもしれない。あるいは、異なる主義や動機を持つ何百万もの有権者の行動によってこれまでと同じ結果がもたらされたら、希望が幻になってしまうと心配していたのかもしれない。

さらに少し待ってから、弟とわたしは父と母の部屋へ突入した。ふたりとも頑なにベッドにしがみついていて、身を硬くして毛布にくるまり、現実と向き合うのを拒んでいた。頭からつま先まで白いシーツをかぶり、手術のために連れてこられた入院患者みたいだ。そばへ行き、戸惑いを覚えながらふたりをじっと見た。わたしたちに気づくと、ふたりは寝返りを打ってそっぽを向いた。シーツの下から声がする。「あっちへ行きなさい。まだ時間じゃない」

部屋へ戻って、わたしはラジオを聴きはじめた。ニュースによると、南部各地の僻村では人びとが集団で通りを占拠しているらしい。エンヴェル・ホッジャの写真を掲げ、共産主義擁護のスローガンを叫んで、すぐに国はこの日を後悔すると投票者に警告しているという。ジャーナリストたちは、過去にすがりつこうとするこうした抗議を「対抗抗議《カウンタープロテスト》」と呼び、それに先立つ数週間の本物の抗議と区別していた。「小作農が。あの人たちに何がわかるというの？」祖母はそう口にした。

農民、労働者、戦闘的な共産主義青年団員からなるこれらの集団は「エンヴェル・ホッジャの記憶を守る義勇団」という正式名称で呼ばれ、選挙の数週間前、ホッジャ像が破壊されたときに集結しはじめた。それを受けて党本部は、「胸像が撤去されてもエンヴェル・ホッジャの偉大さは潰えない」と声明を出した。けれども対抗抗議の人たちも、ことの成り行きに抗うことはできなかった。崖にぶら下がっている人のように、わずかに残った共産主義時代の国の遺産にしがみついていた。その人たちは未来を恐れてもいた。でもうちの家族とは異なり、その多くはいまだに過去と自分を重ね合わせていた。過去にはいつも党がその人たちの名のもとに語り、行動していた。うちの家族は国家による暴力の被害者だった。産婆役を担っていたのはその人たちだ。

対抗抗議は数か月しかつづかなかった。一連の改革としてはじまっていたものが、しだいに革命と呼ばれるようになる。ほかの革命では、被抑圧者と抑圧者、勝者と敗者、被害者と加害者が生まれる。アルバニアでは責任の所在があまりにも複雑で、陣営はひとつしかありえなかった。指導者たちの処刑、スパイの投獄、元党員への制裁が対立に油を注ぎ、復讐心を強め、さらなる流血を招いた。責任をすべて帳消しにし、全員がずっと無実だったふりをするほうが理にかなっているように思えた。名指ししていい悪者は、すでに死んでいて釈明も無罪の証明もできない人だけ。ほかはみんな被害者になった。生存者はみんな勝者だ。加害者はおらず、責めを負うのは思想だけ。共産主義はある人にはあまりにも絶望的で、ある人にはあまりにも残忍だったから、そのことばを口にするだけで軽蔑や憎しみを向けられる。ビロード革命〔一九八九年十一月から十二月にかけてチェコスロバキアで起こった民主化革命〕というこの革命は、観念に対する人びとの革命だった。

うちの家族が投票に行く覚悟を決めたときには、投票所は閉まる直前だった。急いで外に出ると、多くの人が指を二本立ててVの形にし、あいさつを交わしていた。自由と民主主義の新しいシンボルだ。弟とわたしは、驚くほど簡単に拳を二本の指に代えられた。母は明らかにあらかじめ練習していた。父は最初はためらいがちだった。上流階級の物腰が抜けなかった祖母は、そんなことをするのは品位にかかわると思っていたのだろう。あるいはそれを生み出した連合軍と同じく、Vサインも一九四六年にアルバニアへたどり着かなかったのかもしれない。

街頭の選挙運動員たちが、野党のロゴがついたステッカーをくれた。党（Party）を意味する青のPが、民主（Democratic）を意味するDのなかに隠れるように縮こまって収まっている。ステッカーというものを見たのは、そのときが初めてだ。胸にいくつかつけ、賑やかしに店のウィンドウにも何枚か貼って、店に売り物があるかのように見せかけた。道端にとまっていた数少ない車のドアにも一、二枚貼った。投票所に入ると、弟が投票箱の近くにステッカーを貼ろうとした。注意されたから、テーブルの下にこっそり貼るだけで我慢していた。

翌朝、結果が出た。野党は壊滅的な敗北を喫した。社会党が60パーセントを超える票を獲得して勝利を収めたのだ。選挙は自由でも公正でもなかったと母は断言した。選挙戦の段取りはすべて社会党が仕切っていたと母は言う。選挙に勝とうとしながら、同時に他の党との競争を調整するなんてことを社会党に期待するのは馬鹿げていた。すべていんちきだ。

この評価は厳しすぎた――少なくともノートとテレビカメラを携えてやってくる観光客の基準では。いまや「国際社会」と呼ばれるようになったその観光客たちの公式見解は、母の考えとは異なった。その人たちの見解が先例となって公式見解ができ、国際社会から出てきたものだけが権威ある公式見解と見なされた。その主張によると、野党には準備時間がほとんどなく、地方で候補者を立てるのがむずかしかった。それに、投獄されていたかつての反体制派は釈放されたばかりで、出馬に間に合わなかった。

その後の数か月で、抗議の声と社会不安があらゆる場所で高まった。北部では数多くのデモがあり、そのうちのひとつで犯人不明の銃撃により反政権活動家が四人殺害された。自由主義への移行は血の封印をほどこされたのだ。民主主義にも殉難者がいた。数週間後、独立したばかりの労働組合に結集した鉱山労働者がハンガーストライキを呼びかけた。その要求は、政治的ではなく経済的なものだった。社会党と野党は改革が必要という点ですでに意見が一致していた。考えが異なったのは、それを実行に移す方法だけだ。かつての社会主義のスローガンに代わって新しい公式が登場した。その目的は、説明を提供し安心を与えることと、警告し指示を出すこと、元気を掻きたて傷を癒やすことにあった。食料不足や工場閉鎖の悲惨な現実から、政治改革と市場自由主義の必要性の認識まで、すべてをとらえたのがその公式だ。ふたつのことばからなる公式、すなわち「ショック療法」である。

これはもともと精神医学の用語だ。ショック療法では、患者の脳に電流を流すことで重篤な精神疾患の症状を緩和させる。ここでは計画経済が精神疾患に相当するものと考えられていた。治療薬は変革的金融政策だ――財政均衡、価格自由化、政府補助金の廃止、国有部門の民営化、対外貿易と直接投資への経済の開放。そうすれば市場行動は自然と調整され、新たに登場する資本主義の諸制度は、中央政府の統制をあまり必要とせずに効率的なものになる。危機に直面するのはわかっていたけれど、すでに人びとはよりよい未来のために生涯を費やして犠牲を払っていた。これが最後の我慢のしどころだ。思い切った処置と強い意志によって患者はやがてショックから回復し、この治療法の恩恵にあずかるだろう。スピードが欠かせない。ほぼ一夜にして、ミルトン・フリードマンとフリードリヒ・フォン・ハイエクがカール・マルクスとフリードリヒ・エンゲルスに取って代わった。

「自由はうまく機能する」当時のアメリカ国務長官ジェイムズ・ベイカーが、三十万を超える群集に語りかけた。人びとはアメリカ高官の初訪問を歓迎し、みずからの意思で首都に集まっていた。アメリカは自由への移行を支援すると発表したうえで、ベイカーはこう強調した。新しい法律の精神は、その文言と同じくらい重要だ。うまくいくように、アメリカの政府と民間組織が手を貸す。「民主主義、市場、憲法秩序」を築く手助けをするつもりだ。

新政府は長くつづかなかった。国際社会からの圧力、街頭での略奪と暴力の増加、経済状態の悪化によって、社会党は新しい選挙の実施を余儀なくされる。一年も経たないうちに、国はふたたび選挙モードに入った。迅速な変化を主張する勢力にも、今度は前回よりも長い準備時間があった。

ある午後、バシュキム・スパヒアがわが家のドアをノックした。元党員から野党候補に転じた地元の医師だ。明らかに動揺している。レオニード・ブレジネフ〔一九〇六－八二。一九六四年から八二年までソ連共産党中央委員会書記長を務めた〕がよく着ていたスタイルのチャコールグレーのジャケットを身につけていて、その下の紫のTシャツには、まんなかにピンクの文字が書かれている。ズボンも同じく紫だ。Tシャツの文字は英語で、「いい夢を、すてきな友人たち（Sweet dreams, my lovely friends）」。

バシュキムは、グレーの靴下を持っていたら数か月借りられないかと父に尋ねた。一軒一軒、家をまわっているらしい。バシュキムの説明によると、アメリカ国務省が選挙キャンペーン用のパンフレットを配っていて、そこには議員を目指す人の服装について重要なアドバイスが記されているという。「黒っぽい靴下でなければいけないらしい。グレーか黒で、グレーのほうがいい」見るからに弱り切っている。「うちには白の靴下しかなくてね。それに選挙戦には〝スポンサワー〟が必要だっていう。〝スポンサワー〟っていったいなんだ？　うちには靴下すらないのに！」バシュキムは絶望の声をあげた。

父と母は彼を招き入れてコーヒーを振る舞った。そして、そのアドバイスは国務省のものではありえないと説いて聞かせようとした。おそらくアメリカ大使館のものだろう。仮にそうだとしても、大使館はうるさいことは言わないはずだ。バシュキムは首を横に振る。慰めのことばは通じなかった。息子がパンフレットを翻訳してくれて、たしかに国務省の印章がついているると言っていたと譲らない。正しい色の靴下がなければ、汚い共産主義者の野郎どもから議席を奪い返すことはできないのだと。

当選が発表された夜、テレビの討論番組で見かけたバシュキムは、祖母が父のために編んだグレーのウールの靴下を履いていた。バシュキムの勝利に貢献でき、家族はとても誇らしかった。恨みは抱いていなかった。父と母が日曜に通りを掃除したがらないとバシュキムの妻ヴェラが地方評議会に訴えたことがあったけれど、そんなことは気にしなかった。父の靴下をバシュキムが返さなかったことも責めなかった。あっという間にわたしたちの地元医師はカリスマ的な政治家になり、ビジネスマンとしても大成功を収めた。「いい夢を」のTシャツはロレックスの腕時計に、ブレジネフのジャケットはヒューゴ・ボスに代わった。シルクの靴下も履きはじめたにちがいない。その後はめったに姿を見なかった。屈強なボディーガードに囲まれて、光り輝く黒のメルセデス・ベンツのドアを閉めるのを、遠くから見かけただけだ。そばへ行って父の靴下を不法に着服したのを責めるのは、無謀だし無茶だっただろう。

# 12 アテネからの手紙

A Letter from Athens

一九九一年一月、最初の自由で公正な選挙がひらかれる少し前、祖母のもとにアテネから手紙が届いた。差出人はカテリナ・スタマティスという女性で、祖母も聞いたことのない人だった。開封する前に、近所の人たちに封筒を見せにいった。パパス夫妻の家にちょっとした人だかりができた。ずっと郵便局で働いていたドニカに手紙が渡される。リビングのまんなかに立つドニカは好奇心でいっぱいの顔に取り囲まれ、みんなの視線はクリーム色の薄い紙に釘づけだ。インクで書かれたギリシャ文字が、未来の象形文字のように並んでいる。

ドニカがギリシャ語を読めないのはわかっていた。数週間前には、黄色い液体が入ったボトルの裏の原材料リストを祖母に頼んで訳してもらっていた。アテネへ旅したばかりのいとこのお土産だった。外国のレモン・シャンプーだと思い、ドニカはそれで髪を洗ったのだけれど、その後、異様にひりひりして頭が痒くなったらしい。祖母の翻訳によって原因が判明した。ボトルの中身は、それまで知られていなかっためずらしい物質、食器洗浄機用洗剤だったのだ。ドニカは数分間無言で封筒を凝視し、表と裏を調べていた。そのしかつめらしい態度のせいで、部屋は期待のこもった沈黙に包まれた。聞こえるのはストーブでパチパチ燃える木の音だけ。ドニカは封筒を鼻の下に当ててあちこち嗅いでまわり、鼻から空気を吸っては深く息を吐いた。首を横に振り、不満そうに舌を鳴らした。そしてフラップの外側を親指で押さえ、人さし指をその下に差し込んだ。封筒の縁に沿って両方の指を滑らせていく。動きは緩慢で、眉間に皺を寄せて集中している。まるで指を滑らすことで痛みが生じ、我慢を強いられているかのようだ。封筒の検査を終えてあげた顔には狼狽の表情が浮かんでいて、話しはじめると徐々に怒りの表情に変わっていった。

「開封されてる」ドアのほうを見ながらドニカは告げた。「あいつらが開封したんだ」

部屋の沈黙がざわめきに変わる。

「あのろくでなしども」母が口走った。

「一度あけただけじゃない。何度か開封してるね」ドニカが説明を加える。

「ああ、当然だろう」夫のミハルがつづけた。「新しい人を雇って郵便局で働かせているわけではないからな。前からやっていたことをやっているだけだ」

うなずく近所の人もいる。異を唱える人もいる。「郵便局員には手紙を開封するのはやめろって指示が必要だね」ドニカが答えた。「プライバシーよ」母が言う。「プライバシーはとても重要なの。以前はプライバシーがまったくなかった」そして、郵便局が民営化されなければ何も変わらないだろうと言った。プライバシーを尊重できるのは民営化だけだ。

プライバシーが重要であることには、みんな賛成だった。「重要なだけじゃなくて権利だよ。

権利なんだから」ドニカが説明する。その声は、長年にわたって封筒を開封して過ごすあいだに培われた知恵と権威に満ちていた。

その後、祖母が招かれて、手紙を一語一語翻訳しながら音読した。差出人のカテリナ・スタマティスは、わたしの曾祖父の仕事仲間だったニコスの娘だという。一九五〇年代なかばに曾祖父がサロニカで死んだとき、ニコスはその場にいたらしい。差出人の女性は、ギリシャにあった一家の財産と土地を取り戻すために法的措置をとる気はないかと祖母に尋ね、手助けをすると申し出ていた。名字になんとなく聞き憶えがあると祖母は言う。詐欺ではなかった。

ニニが最後に父親と会ったのは、一九四一年六月にティラナでひらかれた自分の結婚式の場だ。戦後は「道が閉ざされた」と言い、アテネから電報で訃報が届いた記憶はあるけれど、パスポートの発行を認められず葬儀には出られなかったし、死んだときの状況もわからなかった。四十年近く前に死を知ったときのことを祖母は振り返った。そのころ祖母は日中は畑で働き、夜は党の高官の若い息子にフランス語を教えていた。父親の訃報が届いた日、フランス語のレッスンでは所有格を復習していた。「あなたの」を使って文をつくるように指示すると、少年は言った。「あなたの目は赤く見えます」その少年ものちに党の高官になる。わたしがくり上げで学校に通いはじめるのを許可した委員団の一員、あの同志メフメトだ。

その手紙にカテリナは、彼女の父ニコスがわたしの曾祖父にとても忠実だったことを心をこめて記していた。アルバニアの状況が変わったら祖母と連絡を取る——ニコスの死の床で彼女はそう約束したのだという。そして、この一件はどちらの家族にとっても非常に実入りがいい話になるだろうと、冷静に付け加えていた。アテネで祖母を迎え入れ、関係する文書館に付き添って、調査の手助けをする弁護士とつないでくれるという。

この知らせへの祖母の反応は、いつかこの役を演じことになると知っていて、ずっとリハーサルしていた役者のようだった。祖母の心は、別の金銭上の問題へと向かった。党の許可を得てわたしが育った通りに家を建てて以来、父と母は多額の負債を抱えていた。あらゆる人からお金を借りていた。わたしのおじ、母の同僚たち、ほかの町で暮らす遠い親戚たち。その日、ニニと父と母は近所の人たちと話し合い、祖母がビザを取れるか検討して、さまざまな計算をした。わが家にどれだけ借金があるのか、毎月末にどれほどの額が手元に残るのか、祖母の年金はいくらなのか、祖母はギリシャへ行けるのか。可能なかぎり詳しい情報を洗い出し、やがてはっきりした。わが家の貯えではアテネで一日過ごせるかどうかで、ビザの申請費用や二週間の旅行費はとてもまかなえない。

アルバニアが王国だったころの書類を祖母が見せてくれたことがある。祖母の白黒写真が厚紙にステープラでとめられていて、その下に祖母の身長、髪と目の色、出生地と誕生日、生まれつきの特徴といった情報が数行記されていた。このパスポートが保管されていたのは、エッフェル塔の絵はがきや、刑務所からの釈放後に祖父がエンヴェル・ホッジャに書いた手紙がしまってあるのと同じ引き出しだ。写真の祖母は真剣な表情で、十七歳だとわからなければ尊大だと思われただろう。髪は極端に短く、いかなるスタイルの印象も与えまいとしたスタイルだ。唇は固く結ばれ、ほほ笑みをわざと押し殺しているように見える。祖母のポーズ全体から伝わってくるのは、ジェンダーが「女性」になっているのがまったくの偶然か、事務手続き上のミスだと納得させせようという意志だ。

「わたしたちにはこれが必要なの」祖母はよく言っていた。「これがパスポートというものですよ」祖母の説明では、パスポートによって道は開かれ閉ざされる。パスポートがあれば移動できる。なければ身動きが取れない。アルバニアではパスポートを申請できる人はごくわずかで、たいてい仕事のためだった。何が仕事にあたるかは党が決めるから、ただ待つしかない。「子どもの写真を付け加えることもできるの」祖母は言っていた。「わたしがパスポートを取って旅することがあったら、いっしょに連れていってあげましょうね」

一九九〇年十二月にはっきりした。わたしたち家族が待っていたのは、結局のところ党がパスポートの発行を許可してくれることではなかった。王の追放後にパスポートが残ったように、党の衰退後もパスポートの存在が残るかどうかが問題だった。でもアテネから手紙が届き、ドニカのリビングに集まった大人たちが辛抱強く計算して、祖母とわたしが旅をできるか検討しているのを耳にして、わたしは新たな混乱に襲われた。パスポートがあるだけでは不十分で、パスポートは最初の差し迫った障害でしかなかったのだ。ほかにもさまざまな障害があり、それらはどんどん複雑になり、わたしたちから離れていく。道がほんとうにひらけるにはビザが必要だけれど、破綻しかけているかつての党も、結成されたばかりのさまざまな新党も、その発行は保証してくれない。さらにつらいのは、仮にパスポートとビザを取得できても、旅行の費用はついてこないことだ。だとしたら、どうやって国外へ旅すればいいのか。驚くほど長い時間をかけて、ようやく論理的な結論にたどり着いた。旅はできない。

数日が経ち、アテネからの手紙はていねいに折りたたまれて封筒に戻され、わが家のリビングのローテーブルに居場所を見いだした。来客用のたばこの箱と花瓶の隣だ。だれも引き出しに入れる勇気はなかった。その引き出しには過去しかなく、アテネからの手紙は過去ではなく現在と未来のものだと思いたかったからだ——たとえ遠い未来であっても。母が手紙の世話をし、家畜になったばかりで嚙みつく力を保っている動物のようにそれを扱った。慎重にテーブルの埃を払い落とし、花瓶から手紙に水滴が落ちないように気を配った。手紙は差出人の愛称にちなんで「ケティ」と呼ばれるようになる。母のほかは手紙に近づかなかった。そっと避けて通り、たまにこっそり目をやることはあっても、たいてい存在を無視するふりをしていた。一度か二度、その手紙をきっかけに家族のあいだで口論になった。将来訪問する可能性をすぐに閉ざさないようにするには、どう返信すればいいのか。もっときちんと家計を管理できたはずだと非難し合うこともあった。まだお金を借りていなくて、借金できる人がいるのではと想像をめぐらせもした。

希望を捨てたとき、もうひとりの祖母ノナ・フォジから解決策がやってきた。わたしの弟の誕生日を祝いにきていて、テーブルの上のケティに気づき、アテネへの旅の準備について尋ねた。ニニはため息をついた。

「われわれがアテネへ行くのは、ガガーリンが地球の軌道に入るのよりむずかしいんだ」父が冗談を言った。

「同志スタマティスがチケット代を払ってくれるって約束してる」わたしは割って入り、必死に説明した。「ビザのお金は工面できそうなの。でも念のために予備のお金がなきゃ、はるばるギリシャまでは行けない」

「スタマティスさん」母がわたしを訂正した。「同志じゃなくて。彼女はあなたの同志じゃないから。ほかはそのとおりだけど」そう言って自分の母親のほうを向いた。

ノナ・フォジはコーヒーも飲み終えず、誕生日ケーキも食べずに、急いで家を出ていった。三十分後に戻ってきたときには右手の拳に何かをしっかり握り締めていて、共産主義者の敬礼のようにその拳を遠くから振っていた。ケティが置かれたテーブルにたどり着くと手をひらき、誇らしげな目つきと非の打ちどころのない正確さで、五枚のナポレオン金貨を封筒の上に落とした。金貨は軽やかな音を立ててテーブルに落ちた。床に落とすと鈍い音がするアルバニアのレク硬貨とは大ちがいだ。わたしたちの世界からかけ離れたなじみのない音で、金貨の出所も同じく謎めいていた。ノナ・フォジがいまだに金《きん》を持っているなんて、だれも知らなかった。家族の持ち物が没収される前に親は金を隠したのではないかと母はときどき考えたけれど、おそらくそんなことはなかったのだろうと思っていた。すさまじく空腹なときでさえ、金の貯えは純粋に空想上の話としてしか口にされなかったからだ――貯えがあると考えるだけで空腹が満たされるとでもいうかのように。ノナ・フォジは没収されないように金をいくらか残していて、道がひらける日のために大切に保管していたのだという。「ほらね」予見の正しさが証明され、明らかに満足した表情でノナ・フォジはニニに言った。「これで旅ができるでしょう。

アッラーの思し召しなら、金《きん》はさらに増えますよ」

紙幣に替えようと、父が金貨を持って銀行へ行った。間もなく、両替して受け取った百ドル札を一枚持って帰ってきた。それにつづいて、お札をどこへ隠せば使ってしまったりなくしたりしないか、激しい議論がくり広げられた。リビングに近所の人が十五人もひしめき合い、さまざまな時代やサイズの財布を貸すと申し出てくれたけれど、慎重に検討したのち、どれも安全でないと判断された。「西側はスリだらけだってみんな知っている」からだ。スーツケースの底、本のページのあいだ、お守りのなか——いろいろな選択肢が除外されたあと、祖母のスカートの縁にお札を縫い込むことに全員一致で決まった。寝るとき以外はスカートを脱がず、絶対に洗濯してはならないという勧告つきだ。

出発の日には同じ通りの人がみんな見送りにきて、それぞれの家族が旅行に必要になりそうなものをくれた。新聞に包まれたブレク、幸運をもたらす球のままのニンニク、スタマティス一家が出迎えにこなかったときに頼れる親類たちの名前（音信不通で住所不明）。車のなかで祖母はしきりにスカートをいじり、百ドル札がちゃんとあるのを確かめていた。凜とした表情にかすかにつくり笑いを浮かべ、顔でこう語っていた。「淑女がスカートをいじりながら空港へ足を踏み入れたりしないことぐらい、よくよく承知していますよ」。出発ロビーで、最大の不安が現実になったかと思う出来事があった。「触れても感触がないの」ニニが怯えた声で口にした。ふたりでトイレに急ぎ、ニニはかがめなかったから縁の小さな穴をのぞけずに、わたしが床に腹ばいになってお札を確かめなければならなかった。お札はちゃんとあった。外貨店を去って祖母のスカートに行きついたことに失望を表明するかのように、少しだけ皺が寄っていた。

空港の出発ラウンジには、ほとんど人がいなかった。フライトを待つ外国人が数人いるだけで、入り口の小さな売店で買い物をしていた。店は外貨店に似ていたけれど、棚から自分で商品を取れるところがちがった。店員の笑顔がスパイのようだと祖母は言う。「スパイはどんなふうに笑うの？」わたしは尋ねた。「こんなふうに」祖母は歯を見せずに顔を歪めた。「普通の笑顔みたいだけど」わたしは言った。「まさに」祖母は答える。「それがポイントなの」

ところどころに青い制服姿の警官がいた。ひとりがパスポートのステッカーを見てスタンプを押した。そのステッカーがビザだとわたしは聞いていた。ほかの警官たちは、わたしたちがバッグを預けて検査を受けるあいだ待っていた。「このろくでなしども！」わたしはひそひそ声で口にした。アテネからの手紙が開封されていたのを知ったときの母の反応を思いだしたからだ。ニニはまごついていた。

「この国ではだれもプライバシーのことなんて気にしない、だよね？」検査が終わるとわたしは言った。「新しい人を雇って空港で働かせてないんだと思う」

飛行機では、生まれて初めて色つきのビニール袋を見た。飛行機は初めてかと客室乗務員に尋ねられ、吐きたくなったら使ってと手渡されたのだ。そのあとはずっと吐きそうかと自分に問いかけて過ごし、結局、吐かずじまいで心配になった。プラスチック容器に入った昼食が出たけれど、わたしたちは持ってきたブレクを食べた。ランチボックスはとっておいた。あとでお腹が空いたときのためでもあったけれど、これまで見たこともないようなプラスチックのカトラリーやお皿を家に持ち帰って、特別な機会に使いたかったからだ。「とてもきれい」祖母は口にした。「戦前はこんなふうではなかった。この素材は記憶にありませんね」

アテネに着くと、日記を書くように祖母に勧められた。わたしは初めて目にした新しいものをすべて書き出し、丹念に記録した。初めて手のひらでエアコンの風を感じたときのこと。初めてバナナを味わったときのこと。初めて信号機を見たときのこと。初めてジーンズを穿いたときのこと。初めて並ばずに店に入ったときのこと。初めて出入国管理を通過したときのこと。初めて人間ではなく車の行列を見たときのこと。初めてトイレでしゃがまずに座ったときのこと。野良犬が人についてくるのではなく、紐につないだ犬に人がついていくのを初めて見たときのこと。包み紙だけでなく、本物のチューインガムを初めてもらったときのこと。いろいろなお店と、おもちゃではち切れそうなショーウィンドウがたくさんあるビルを初めて見たときのこと。墓地の十字架を初めて見たときのこと。反帝国主義のスローガンではなく、広告に覆われた壁を初めて見つめたときのこと。アクロポリスを初めてうっとり眺めたときのこと――入場券を買えずに外からだったけれど。わたし自身が観光客の子として初めて観光客の子どもたちに出会ったときのことも長々と書いている。その子たちがアテナとオデュッセウスを知らないことにわたしは驚き、どうやら有名らしいミッキーというネズミの絵をわたしが知らないことをその子たちは笑った。

ホストのカテリナと夫は、エカリというアテネ北部の裕福な郊外でフラットの最上階の部屋に暮らしていた。周囲には大邸宅がいくつもあり、敷地と外の世界を隔てる門の向こうには広々とした庭が見えて、きれいに整えられた芝生とスイミングプールがあった。スタマティス家にはスイミングプールはなかったけれど、もっとおかしなものがあった。大きさの異なる五つの冷蔵庫がいくつかの部屋に散らばっていたのだ。ユーゴスラビアの〈オボディン〉の冷蔵庫はひとつもない。五つのうちふたつには飲み物しか入っていなくて、ひとつにはコカ・コーラなどのソフトドリンクしか入っていなかった。コカ・コーラは、わたしもよく知っている缶だけでなく、プラスチックのボトルでも出まわっていた。夜に起きて冷蔵庫をあけ、コカ・コーラを飲むのがわたしの日課になった。癖になる味だったからでもあるけれど、いちばんの理由は、缶とボトルの味のちがいがわからず、味がまったく同じならどうして両方売られているのかと不思議だったからだ。スタマティス夫妻は好きなだけ飲み食いしていいと言ってくれていたけれど、祖母に厳しく禁じられ、お菓子をねだってはいけないと言い渡された。バナナやソフトドリンクのおかわりを頼もうとすると、気づいた祖母がテーブルの下で太ももをつねってくる。わたしが離れた場所にいる場合、祖母はつくり笑いを浮かべ、食いしばった歯のうしろからアルバニア語で何かつぶやく。周囲の人にはほかのことを話していると思わせるためだ。スパイみたいだとわたしは思った。祖母自身は、ほとんどものを食べなかった。そのせいでカテリナの夫イルゴスは、食事中にいつも大声をあげた。「四十五年間もホッジャに支配されていたおかげで、胃がオリーブほどに縮んでしまったんだ！」イルゴスはわたしがそれまでに見たなかでいちばん大きな男性だった。〈ちまスポンジをつくる工場のオーナーで、本人の体型もへちまスポンジみたいになっていた。

わたしたちはサロニカを訪れ、祖母が学んだかつてのフランス学園《リセ》を見つけた。建物には企業のオフィスがいくつも入っている。西側の映画で目にした銀行のようにわたしには見えた。ニニは人気者の同級生男子たちの名前を一人ひとり憶えていた。休み時間にはその子たちといっしょに葉巻を吸ったらしい。昔の先生たち、なかでもムッシュー・ベルナールという先生のことも憶えていた。にこにこしすぎず、髪を短くしていたら、きみの未来はいつだって明るい、そう祖母の将来を予言していた先生だ。祖母はどちらの助言にもきちんと従ったというけれど、結局、ベルナール先生の予言はやや外れた。

祖母の父の墓も訪れた。祖母はつらかったにちがいないけれど、祖母ならではのストイックな威厳によって悲しみに対処した。ずっと無言だった。去るときにようやく前かがみになって墓石の写真にそっと口づけし、わたしにもそうするようにと促した。わたしは気がすすまなかった。この人には会ったことがないし、向こうもわたしに会ったことがない。でも祖母をがっかりさせたくなかったから、言われたとおりにした。祖母は戦争の終わりに会ったきりの昔の乳母、ダフネの墓も見つけたいと譲らなかった。白い十字架の横に厳かに立ち、目を細めてハンドバッグを握り締めた祖母は、これまでの歳月のせいで肉が乾いて骨だけ残ったかのように蒼白でか細く見えた。祖母の目から涙が数滴こぼれて大理石に落ち、冬の太陽がたちまちそれを乾かす。祖母もそれに気づいた。「ご覧なさい」祖母はこちらを向き、憂鬱な微笑を浮かべた。「ダフネはいつも涙をぬぐってくれたんですよ。いまでもそうしてくれる」

街のオスマン地区で祖母の昔の家を見つけた。大きな白い建物で、庭の果樹には花が咲きはじめている。ニニの最も古い記憶のひとつに、二歳のころの自宅の火事がある。焦げた毛布にくるまれて大急ぎで外に運び出された。いまでも悲鳴が聞こえるような気がするし、母親の髪に炎を見た記憶があるという。火事の痕跡はいまも家の正面に残っていて、祖母はわたしに家のなかを見せたがった。玄関ドアのそばまで行くと、女性がベランダに出てきて用件を尋ねた。祖母はここへ来た理由を説明し、なかを見せてもらえないかと頼んだ。その女性は、信用したいところだけれど、自分は家を掃除しているだけで、見知らぬ人をなかに入れるわけにはいかないという。わかりましたと祖母は言った。「近所の人たちがお互いの家のなかまで掃除するの?」わたしは尋ねた。「彼女はお金をもらって掃除しているんですよ」ニニが答える。そしてまた清掃人のほうを向き、知り合いに対するような自信たっぷりの親しみをこめて、「ありがとう」とギリシャ語で声を張りあげた。

不動産を取り戻せる見込みが薄いことは祖母もわかっていた。祖母が旅に同意したのは、希望を抱く人たちをがっかりさせたくないという義務感からであり、過去とのつながりを取り戻し、それをわたしに紹介したいという気持ちからだった。会う人にはあたたかく友好的に接し、おそらく相手が思っているほどお金に興味はなかった。いろいろな弁護士が説明してくれた。祖母の家族のものだったフラットや土地の所有権を取り戻すのはむずかしいこと。オスマン帝国崩壊後の住民の入れ替わりについて説明を受け、財産法が変わったこと、必要書類は大部分が入手困難なこと、ギリシャとアルバニアは一九四〇年代以来事実上の戦争状態にあること、ギリシャの軍事政権の影響が残っていることなどが強調された。祖母はうなずく。いろいろなオフィスに車で連れていかれ、さまざまな人に会った。スタマティス夫妻はいつもわたしたちの隣に座り、注意深く話を聴いてメモをとった。ときどきわたしにはわからないことばで答え、ときどき興奮して腕を振りあげ、指をしきりに動かして首を振った。

最終日の面会ではイルゴスが弁護士のひとりに怒りを露わにし、ギリシャ語で何やらわめきだして、主張の根拠を示すかのようにわたしを指さした。さらに声を荒らげ、こちらへ近づいてきてわたしの腕をつかみ、自分の腕と同じように振りはじめた。そのあいだずっとわめいていたけれど、何を言っているのかわからなかった。わたしは祖母を見た。祖母はずっとうなずいている。弁護士が説明するときもイルゴスが答えるときも、どちらのときもだ。わたしは腕を引っこめないほうがいいと判断した。

「遺言書という書類の話だったの」その夜、祖母が説明してくれた。「死んだあとに持ち物をだれに遺したいかを書いておく書類ね」

「うちにはそれがあるの?」わたしは尋ねた。

「遺言書?」祖母は声をあげて笑った。「もっと重要な手紙が何通もあったのに、警察に押収されてしまいましたよ」

五十年ものあいだ祖母はギリシャ国外で暮らしていて、ギリシャ語はココットと話すときしか使わなかった。政治の議論をわたしに聞かれたくないときだ。アテネでのホスト、スタマティス夫妻は、わたしよりずっと下手なブロークンのフランス語か、わたしよりずっと上手なブロークンの英語でときどき話しかけてきた。ふたりの話では、祖母はギリシャ語をまったく忘れていなかった。ただ、いまは時代遅れに聞こえるおかしな上流階級のアクセントで話すらしい。それに声の調子は、バルカン半島の普通の人よりずっと低かった。わたしに理解できないことばで人と話しつづける祖母を見ていると、ふたりの人間と旅をしている気分になった――だれより信頼し尊敬するニニと、別の時代からやってきた謎めいた女性だ。

わたしは変わっていませんよ。祖母はいつもそう主張していた。アテネへ旅する前は、わたしもそれを信じていた。祖母のことばには安心感が、祖母の存在には癒やしがあった。とくに一九九〇年の冬はまわりのすべてが不安定で、父と母の反応も不安から熱狂へと突然変わり、中間がほとんどなかった。祖母はちがった。いつでも冷静で揺らぐことがなく、最もむずかしい状況にも適応できて、さまざまな困難をやすやすと乗り越えた。そこに示されていたのは、最大の障害を生むのは自分自身であり、必要なのは成功への意志だけだという考えだ。祖母を見ていると、現在はいつでも過去とつながっていて、偶然に見える状況にも合理的な特徴と動機があるのだと思えた。その表情、佇まい、話し方――すべてがそうした印象につながっていた。

アテネへの旅行中は何かがちがった。祖母が愛し、ずっと前に亡くなった人たちの昔の写真を見ても、わたしは何も感じなかった。その人たちはわたしの親類で先祖のはずなのに、ほとんど意味を見いだせなかった。ある日、わたしの曾祖父が使っていた古いパイプをカテリナが祖母に手渡した。わたしがそれを手にとって遊ぼうとすると、ニニが突然怒りを爆発させた。

それまで見せたことのない荒々しい動きでわたしの手からそれを奪い、声をあげた。「Ce n'est pas un jouet! Tu ne penses qu'à toi-même!」*祖母がそのパイプに示した最上級の敬意をわたしは理解できず、それを取り戻したことがなぜ祖母にはそこまで重要だったのかもわからなかった。「別にいいでしょ」わたしは言った。「ただのパイプだし。ニニはもうたばこを吸わないじゃない」

祖母はいつも、人生でいちばん大切なのはわたしの弟とわたしだと言っていた。でもわたしたちは、その人生をほとんど知らなかった。祖母が感情を露わにしたときや、ダフネの墓の前に立ったとき、学校時代の友人に想いをはせていたとき、祖母の父の思い出をスタマティス夫妻と語り合うとき、祖母の安定は揺らいで見えた。わたしは距離を感じて疎外感を覚えた。わたしがこの世に生まれたのは、祖母を人生から切り離し、長年の苦難、孤立、喪失、悲嘆へ追いやった出来事の結果なのだと気づいた。祖母がサロニカにとどまっていたら、祖父に出会うことはなかったはずだ。祖父に出会っていなかったら、父は生まれていなかった。父が生まれていなかったら、わたしはここにいなかった。こうした出来事はすべて論理的につながっている。祖母はいつもそう言っていた。祖母が説明したとおりに原因と結果のつながりを理解できたら、わたしは決断に結果がともなうことを受け入れるはずだ。ほかの人には断絶しか見えないところに連続性を見いだすはずだ。そしてわたしは、必然の産物ではなく自由の産物になる

＊「これはおもちゃじゃないの！ あなたは自分のことしか考えていないのよ！」

はずだ。

　ギリシャにいるときには、祖母がみずからの決断の結果をいつでもすべて引き受けていたとは信じがたかったし、アルバニア帰国後に起こったあらゆることと折り合いをつける術《すべ》を見いだしたとも考えにくかった。終戦時にチャンスが訪れたとき、祖母が国外移住を選ばなかった理由も理解できなかった。その後の展開を知りようがなかったからかもしれない。でも、たとえ憎しみや復讐心を抱いていなかったとしても、深い憤りぐらいは感じていたはずだ。過去を帳消しにすることを強いられたあと、祖母はどのような新しい愛を経験できたのだろう？　わたしにはなじみがないけれど、祖母にはあまりにもなじみの深いその外国でわたしが感じたのは、祖母がいつもわたしに示してくれた誇りと愛情ではなかった。祖母の喪失感だった。わたしはそこを去りたかった。うちに帰りたかった。安心を感じていたかった。

# 13 みんな出ていきたがっている

## Everyone Wants to Leave

アテネでの最後の夜、わたしはアルミホイルに包まれた〈ミルカ〉チョコレート半分と偽物のたばこみたいなチューインガム、イルゴスの工場でつくられたいちご形のへちまスポンジをビニール袋に入れた。初めての外国旅行のお土産をエロナに約束していたから、それを守ったことが誇らしかった。

クラスに戻るとエロナはいなかった。病気で数日間欠席しているという。丸一週間過ぎても戻ってこない。さらに一週間が過ぎた。そして春休みに入った。

四月末に授業が再開されても、エロナはやはり戻ってこなかった。わたしはエロナの家を訪ねて健康状態を確かめることにした。ミルカのチョコレートは食べてしまったけれど、たばこ形のチューインガムといちごのようなスポンジは残していた。ドアをノックすると、エロナのお父さんが出てきた。「エロナを探してるんです」わたしは言った。「病気だって聞いて。会えますか?」

「エロナ?」お父さんは娘の名前に聞き憶えがないかのように口にした。「エロナは悪い子だ。

とても悪い子だ」そう言ってわたしの目の前で乱暴にドアを閉めた。わたしは数分間そこに立ちつくし、思案に暮れていた。お父さんは窓からわたしを見たのか、あるいはわたしがまだ戸口の段にいるのに気づいたのだろう。またドアをあけた。「これを渡してもらえますか？」わななく声でわたしは言い、手の下で震えるビニール袋を渡した。お父さんはそれをつかみ、数メートル先の道のまんなかに放り投げて大声をあげた。「あいつはここにいない。わかるか？ここにはいないんだ」

この会話を交わしたあと間もなく、エロナの名前は学校の名簿から消えた。先生たちはエロナが病気だったことを否定し、転校したという。クラスではエロナの居場所をあれこれ噂した。街の別の場所へ移っておじいちゃんとおばあちゃんと暮らしているという子もいた。妹と同じように児童養護施設へ送られたという子もいた——年長の子どものための施設が街にひとつだけあった。国を出ていったという子もいた。想像が出尽くすと、エロナは話題にのぼらなくなった。父と母に尋ねると、ふたりは肩をすくめた。「かわいそうな子」祖母が口にした。「あの子の母親はとてもいい人だった。かわいそうなあの子には、いったい何があったんでしょう」

同じ年の十月終盤のある日、ニニと散歩から帰ってくる途中でわたしは真相を知った。通りでエロナのおじいさんを見かけた。その前年の五月五日にクラスに来て、ギリシャの山岳地帯でパルチザンとして勇敢に戦った話をしてくれた人だ。名前は憶えていなかったし、エロナはいつも「おじいちゃん」と呼んでいた。わたしは大通りの反対側から声をあげた。「同志！

同志！」でも、おじいさんはこちらを向かない。「すみません！　すみません！」祖母がさらに大きな声で呼びかけると、立ち止まってわたしに気づいた。エロナがいなくてさみしいんです、どこにいるか知りたくて、とわたしは話した。おじいさんは深く息を吸い、そしてため息をついた。「エロナ。あの見下げ果てた子か。最近、手紙が届いてな。きみたちはどっちへ行くのかな？」わたしたちと横並びで歩きながら、おじいさんは説明をはじめた。

一九九一年三月六日の朝、エロナは制服を身につけ、その日の授業に必要な教科書とノートを詰めた重たいかばんを持って学校へ向かった。その数週間、エロナはいつもより早めに家を出て、知り合いになった男の子と会っていた。アリアンという十八歳ぐらいの若者だよ、とおじいさんは言う。

アリアンのことは、わたしも知っていた。同じ通りに暮らしていた。話すことはほとんどなく、フラムールすらそばへ行くのを恐れていた。エロナの妹の児童養護施設をいっしょに訪れたとき、エロナはアリアンを知っていると一度だけ口にしたことがある。でも頻繁に会っているとは思わなかった。毎朝ふたりが会っていたのは人目につかない細い路地で、エロナの家から学校へつづく表通りから逸れたところにあった。その場所はわたしも知っていた。ほかから隔てられた場所で、フラットが集まった小さな区画の裏口にあり、だれにも見られずに恋人たちが密会できる。そこへ足を運ぶのは「悪い女子」だけだった。エロナとアリアンがいっしょにいるところを想像するのは不思議だった。どうして教えてくれなかったのだろう。エロナは十三歳になったばかりだったけれど、わたしと同じで年上の男子にはまったく興味がなく、軽蔑すら抱いていると思っていた。おそらくわたしたちがギリシャへ行っているあいだに、アリアンと会いはじめたのだろう。

おじいさんの説明によると、三月六日の朝は通りに人があふれていた。エロナとアリアンの密会場所すら、おかしなアクセントで話す家族でいっぱいだった。その人たちは夜をそこで過ごし、次の旅に備えていたようだ。地元の人たちも通りへ急ぎ、群れをなして港へ向かっていた――若者、工場の制服を着た労働者、子どもを毛布にくるんで抱えた男女。

エロナがアリアンを待っていると、学校の始業ベルが聞こえた。その場を去ろうとしたとき、ようやくアリアンが現れた。「港はもう警備されてないぞ」アリアンは言う。「コンテナ船はどれも人でいっぱいだ。みんな出ていこうとしてる。兵士も銃を撃たないで、みんなといっしょにボートに乗ってるんだ。おれは行く。おまえも来るか？」

「行くって、どこへ？」エロナは尋ねた。

「イタリアだ。それか外国のどこか――わかんねえよ。ボートが行くとこに行くまでだ。行った先がいやなら戻ってくりゃいい」

そのときにはもう学校へ行くには遅すぎた。エロナはアリアンについて港へ行ったけれど、はじめは様子を見るだけのつもりだった。コンテナ船の停泊場へ近づけば近づくほど、通りの混雑が激しくなる。人をかき分けて係留所にたどり着くと、そばにパルティザニ号というひときわ大きな貨物船があった。男が大声をあげる。パルティザニ号はまさに出港するところだ。アリアンは船に飛び乗り、エロナを引っぱりあげた。船のはしごが外された。

エロナの手紙によると、船の旅は七時間だったけれど、その後、正式な上陸許可が出るまで待たされた。二十四時間後にようやく指示が出て、新来者はまず難民キャンプに姿を変えた地元の学校に収容された。そして数日後、国のさまざまな場所へ振り分けられた。エロナとアリアンはイタリア北部に腰を落ち着けた。船で出会った人たちと小さなフラットをシェアして暮らしている。エロナは年が足りずに働けないけれど、アリアンは地元の商店で冷蔵庫を配達する仕事を見つけた。稼ぎは少ないものの、なんとか生きている。その証拠に、二万イタリア・リラ分の紙幣が同封されていた。住所も書いてあったけれど、エロナはアリアンの妹のふりをしているから、手紙はアリアンに宛ててほしいという。

にわかには信じられなかった。数か月前にはいっしょにヒマワリの種を買って人形で遊んでいた友人に、国を出ていく勇気があったなんて。街の外にはほとんど出たことがなかったのに。家も学校も家族も、さらには妹まで、どうしてあとに残していけたの?

「わたしだって訪ねようとしたさ」エロナのおじいさんは祖母に言った。「あの子を見つけたかった。連れて帰りたかった。八月に出発したよ。ヴロラ号でな。犬みたいに扱われたがね」

ヴロラ号が出港した日のことは憶えていた。その朝、フラムールのお母さんが通りの家のドアを一軒一軒ノックして、息子を見なかったかと尋ねていたからだ。フラムールは母親に何も言わずにその船で旅立ったあとだった。友だちのマルシダと両親も去った。マルシダのお父さんが壊れた靴を修理していると、お客さんが店に駆け込んできて、その靴をすぐに返してほしいと求めてきた。壊れたまま履いていくのだという。港がひらかれて一刻も無駄にできない。

マルシダのお父さんはミシンのもとを離れ、学校へ走って娘を拾い、工場で働く妻を見つけた。マルシダの一家もヴロラ号へ飛び乗った。

何万もの人が港に押し寄せていた。ヴロラ号は砂糖を積んでキューバから戻ってきたばかりで、ドックでメイン・エンジンの修理を待つあいだに乗っ取られた。群衆が船内になだれこみ、イタリアへ向かえと船長に強いたのだ。命の危険を感じた船長は補助エンジンで船を動かすことにしたけれど、レーダーは使えなかった。定員は三千人なのに、その日のヴロラ号には二万人近くが乗っていた。永遠のように感じられる時間を経て、ようやくブリンディジ港にたどり着いた。三月に数千人が上陸に成功した港だ。でも今度は当局から指示があり、ブリンディジから一一〇キロメートルほど離れたバーリ港へ向かわされた。目的地にたどり着くまでにさらに七時間かかった。

バーリに到着したヴロラ号の映像は、いまも鮮明に脳裏に焼きついている。買ったばかりの小さなカラーテレビの画面には、マストに登った数十人の男性が映っていた。半裸で首に汗をしたたらせ、汚れた顔には無精ひげが生えていて、髪はうしろを長くのばしたマレット・スタイルだ。マストにしがみついて危なっかしく立っている姿は将軍気取りだったけれど、その軍は戦闘前から士気を失っていた。テレビカメラに向かって見境なく腕を振り、叫び声をあげる。「アミーコ、おれたちを船から降ろしてくれ！」「上陸させてくれ！」「腹が減った、アミーコ！」「水が必要だ！」男たちの上を二、三機のヘリコプターが飛び、下のデッキには人がひしめいている。日焼けし、狭苦しい場所で待つあいだに負傷した何千もの男性、女性、子どもが押し合い泣き叫び、船から降りようと必死だった。船室に押し込まれた人たちは窓に腰かけ、海へ飛び込めとデッキの人たちに身振りや叫び声で指示する。その声に従って捕まってしまう人もいた。うまく逃げる人もいた。ほかはそのまま叫びつづけた。積み荷の砂糖は数時間前に食べ尽くした！　深刻な脱水症状を起こして海水を飲んでいる人もたくさんいる！　妊娠中の女性もいる！

その後の出来事を最初に語ったのは生き延びた人たちで、同じ過ちをくり返さないようにとほかの人たちに警告するためだった。本来ならば七時間ほどの旅が三十六時間もかかった。ようやく上陸許可がおりると無理やりバスに乗せられ、使われていない競技場に閉じ込められて、警察が警備を固めた。出ていこうとした人は捕まって殴られた。食べ物のパッケージと水のボトルがヘリコプターから落とされる。競技場のなかでは、男性、女性、子どもがそれを奪い合った。ナイフで人が刺されるようなことも起こりはじめた。

競技場では噂が広がっていた。アルバニアはもはや厳密には共産主義国ではないから、政治亡命の申請は却下される可能性が高い。新来者は経済移民と見なされるだろう。これはなじみのない新しいカテゴリーだった。亡命者と同じ人たちに使われるけれど、やや曖昧な別の意味合いが込められている。その意味がはっきりするのはしばらくあとのことだ。二週間近く競技場で過ごしたあと、みんなバスに押し込まれた。事務手続きのためにローマへ行くと告げられたけれど、やがてバスが港へ向かっていることに気づいた。帰国用のフェリーに乗せられ、抵抗した人は殴られた。

「わたしはイタリアにとどまりたかったわけじゃない」エロナのおじいさんはニニに説明した。「エロナを見つけて連れて帰りたかっただけだ。だが説明などさせてもらえんかった。滞在用の書類は必要ない、孫娘を見つけようとしているだけだと言いたかった。話なんて聞いてはくれんよ。ひとり二万リラを渡されて、無理やり船に戻されただけだ。話なんて聞いてはくれん」おじいさんはくり返した。

「大使館でまた試してみてはどうでしょう」祖母は言った。「ビザの申請をできるのでは?」

「ビザ?」おじいさんは鼻で笑った。「大使館がどんなことになってるか見たか? ドアに近づくことすらできんぞ。いまあそこは軍事区域だ。あちこちに守衛がいる。五つの層で守りが固められててな。内側も。外側も。どこもかしこもだ」

「予約の電話はかけてみましたか?」わたしは尋ねた。ギリシャ大使館に予約を取ってビザを受け取ったのを憶えていたからだ。

「電話?」おじいさんは声をあげて笑った。「電話だって?」さらに大きな声でまた笑う。「死神から電話がかかってくるのを待つほうが早いな」

「わたしたち、ギリシャへ行ったんです」わたしは言った。「ビザをもらって。大使館に予約を取ってから」

「いつ行ったんだい?」

「今年です」祖母が答えた。

「エロナが出ていく直前」わたしは付け加えた。「帰ってきたらエロナはいなかった」

「もう事情がちがうんだ」おじいさんは答えた。「いまは道が閉ざされた。すべてが封鎖されてる。仕事のためでなければ、どこへも行けんよ」

「政府が――」祖母が何か言おうとした。

「いや、政府はあてにならん」おじいさんは祖母のことばを遮った。「みんなが出ていけば、政府はよろこぶだろう。なんなら政府が船を調達して人を追い出したのかもしれん。そうすれば、工場がことごとく閉鎖されてるいま、国民を食わせたり仕事を見つけてやったりする必要がなくなるからな。外国の大使館は、もう移民は受け入れられないと言ってる。だが、また試してみるさ。何かしら方法を見つけるつもりだ。南はどうかと思ってる」おじいさんは説明した。「陸の国境だな。ギリシャとの陸の国境を試してみるさ。危険だがね。撃たれるかもしれん。あのあたりは知っとるんだ。戦争で戦った場所だからな。だが、わたしも昔ほど軽快に動けない。もうパルチザンじゃないんだから」

おじいさんはかすかにほほ笑んだ。

「うまく出ていった人もいますよね」わたしは言った。「エロナとアリアンみたいに――ふたりはうまく脱出しましたよね」

おじいさんは首を横に振って考えにふけった。「三月の時点では、われわれはみんな被害者だと思われていた。だから受け入れてもらえたんだ。八月には、ある種の脅威と見なされていた。子どもを食おうとしてるなんてな」

祖母はうなずいた。わたしが考えていたのは、どうしてうちの親は国を出ようと思わなかったのだろうということだ。マルシダとその親がうちに立ち寄って別れを告げ、貨物船でイタリアへ向かったとき、ニニは父と母を説得して、同じリスクを冒さないように思いとどまらせようとした。「危険よ」祖母は警告した。「うまくいったとしても危険。わたしは移民として生まれたんですよ。移民の生活がどんなものか知っている」

「一族のパシャやベイ〔オスマン帝国の地方長官〕が治めるオスマン帝国にいたときだってたいへんだったろう」父がからかった。「ここよりましだと思うけど」国外脱出に乗り気だった母は言った。ニニはずっと首を横に振っていた。

　わたしも出ていきたくはなかった。祖母がつらい思いをしはじめるまでは、わたしもアテネ滞在を楽しんでいたけれど、やがてうちが恋しくなった。ことばがわからないことにいら立った。人にじっと見られ、指をさされて、何を言われているのかわからないことに怒りを覚えるようになった。アルバニアに来る観光客と、せいぜいお互いさまというところだ。向こうはこちらをじっと見て、こちらは向こうをじっと見る。世界はかつて分断されていた。いまはもう分断されていない。でも対等ではなかった。

「道がまたひらかれるかも」わたしは言った。

「そうは思わんね」エロナのおじいさんは答えて、祖母のほうを向いた。「向こうは国境を越えられんようにしようと、海上での取り締まりを強化したんだ。たどり着くまで待ってはおらん。あっちもはじめは不意をつかれた。いまはちゃんとわかってる。言っておくがね、あっちは取り締まりを緩めるどころか、もっと効率よく取り締まれるようにしとるんだ」

おじいさんは国境警備の専門家のように話し、若いときにゲリラの戦略を読み解いたようにそれを読み解けるとでもいうような口ぶりだった。「国境を越えようとして見つかったら、収容所に入れられる。永遠に身動きが取れなくなる」

「お金も必要ですね」祖母が言い添えた。

「アテネに行ったとき、何もかもがすごく高かったんです」わたしは言った。「お金がなくて。それはひどかった。お店がたくさんある。行列もない。なのに何も買えないの」

「金な」おじいさんの心はわたしたちの話ではなく自分の計画にある。「たしかに金もひとつの手だ。もちろん金があれば道は閉ざされとらん。銀行に預けて預金証明書のようなものを出してもらえば、ずっと楽になる」

「エロナは元気にちがいありませんよ」祖母は言った。「元気だと手紙を書いてきたのなら、おそらくイタリアが気に入っているんでしょう。ティーンエイジャーですからね。そのような大きな決断を下すことは、大人になるのに役立つはず。わたしの時代には、その年頃の女の子は寄宿学校に入れられて、そんな選択はできませんでしたよ」

「あるいは働かされとっただろうな」おじいさんが言う。

祖母はうなずいた。「そのうち会いに戻ってきますよ」と、おじいさんを元気づけようとする。「おそらく事務手続きが必要なんでしょう。連絡が取れているかぎりは……」

わたしにはすべてが馬鹿馬鹿しく聞こえた。故郷よりも外国にいるほうがしあわせな人なんている？　たとえイタリアでも、アリアンと暮らすことでどうしてよりよい生活が送れるのか想像できなかった。考えれば考えるほど、ありえないと感じた。
「みんな出ていきたがっている」一九九一年三月と八月の出来事について、わたしは日記に書いた。「わたしたち以外はみんな」。友人や親類のほとんどが何日も、何週間も、場合によっては何か月もかけて出国の計画を立てていた。いろいろな手段が考えられた。書類を偽造する、船を乗っ取る、陸の国境を越える、ビザを申請する、呼び寄せてくれて滞在中の保証人になってくれる西側の人を見つける、お金を借りる。目的を考える人はほとんどいなかった。どのようにどこかへ行くのかを知るほうが、どうしてそうするのかよりも重要だった。

一部の人にとって国を出ることは、「移行」と正式に呼ばれるものにともなう必然だった。アルバニアは社会主義から自由主義へ、一党支配から多元主義へ、ある場所から別の場所へと移行中の社会だという。自分で探しにいかなければチャンスは訪れない。アルバニアの昔話に出てくる縦半分に切られた雄鶏のように、アッラーの御心を知るために遠くまで旅をし、金《きん》をたくさん持って帰ってこなければならない。ほかの一部の人にとっては、国を出ることは冒険だったり、子ども時代の夢の実現だったり、親をよろこばせる手段だったりした。出ていったきり戻ってこない人もいた。すぐに戻ってくる人もいた。移動の段取りを整えることを仕事にし、旅行代理店を立ちあげたり船で密出国させたりする人もいた。生き延びて裕福になった人もいた。生き延びて苦しみつづける人もいた。国境を越えようとして死んだ人もいた。

かつては出国を望むと逮捕された。いまは出国を止める人はいないが、向こう側ではもはや歓迎されない。変わったのは警官の制服の色だけだ。自国の政府ではなく他国の政府に逮捕されるおそれがあって、その他国の政府は、かつてわたしたちに脱出を促していた政府だ。数十年ものあいだ、西側は国境を閉ざしている東側を批判し、移動の自由を求めるキャンペーンに資金を提供して、出国の権利を制限する国家の不道徳を非難していた。亡命者は英雄として受け入れられていた。いまは犯罪者のような扱いを受ける。

移動の自由など実はどうでもよかったのだろう。投獄という汚れ仕事を他人がしていたら、移動の自由を擁護するのはたやすい。でも入国の権利がなければ、出国の権利になんの価値があるだろう。国境と壁が責められるのは、人を締め出すのではなく閉じ込めるのに使われるときだけなのか。この時期にヨーロッパ南部で初めて導入された国境警備隊、監視船、移民の拘留と抑圧は、その後の数十年で標準的な手段になる。西側は当初、異なる未来を求めて何千もの人が到来する事態に備えていなかったけれど、やがて最も弱い人を排除し、技能がある人はひき寄せる体制を完成させる。その間ずっと「われわれの生活様式を守る」ために国境を守っていた。でも移住を望む人たちは、その生活様式に魅力を感じていたからこそ移住を求めたのだ。体制を脅かすどころか、だれよりも熱心な支持者だった。

わたしたちの国からすれば、国外移住は短期的には幸いであり、長期的には災いだった。それは失業という圧力を即座に緩和する安全弁の役目を果たした。けれども、ひときわ若く、能力があり、しばしば高い教育を受けた市民を奪われ、家族が引き裂かれることにもなる。普通の状況では、移動の自由には自分の場所にとどまる自由が含まれることが望ましい。でも、当時は普通の状況でなかった。何千もの工場、仕事場、国有企業が閉鎖や人員削減に直面していた。国を去ることは、すなわち解雇を突きつけられて自主退職するようなものだった。

とはいえ、だれもが出国を試みたわけではない。試みた人がみんな成功したわけでもない。とどまった人の多くは、仕事がない生活と向き合うことを迫られた。わたしの父と母も、やがてそこに加わる。

# 14 競争のゲーム

Competitive Games

複数政党による最初の選挙のあと間もなく、父が失業した。ある午後に帰宅した父は、あと数週間で職場が無期限に閉鎖されると家族に知らせた。林業技術者としての訓練を受け、ゲッケイジュをはじめとする新しい木々の計画、植林、世話に人生の前半を捧げた。でも国の優先事項は変わった。新しい木は植えられなくなり、すでにある木も伐り倒されている。一方で停電と暖房の需要のために、他方で新たに育まれた自由な個人の自主性《イニシアティブ》のせいで、森林から毎晩木がみるみる消えていった。窃盗とも呼べるけれど、共有資源を盗んでいた個人は私有財産の土台にほかならない。ボトムアップの民営化と呼ぶほうがふさわしいだろう。

父が職場の閉鎖を告げたときの口調は、別の村への異動や所長の交代といった仕事上の変化を過去に告げたときと同じだった。家族の歴史を説明する経歴書はもう提出しなくていいという。そのような歴史はもうだれも気にしない。必要なのは履歴書（Curriculum Vitae）、略してCVというラテン語の名前の文書だけだ。

「だれがそれをラテン語で書くの？」わたしは尋ねた。

「ラテン語で書く必要はないんだ、ブリガティスタ」父は答える。「ラテン語は最初の一行だけだよ。でも英語版もあると役立つだろうな。民間部門に応募するのにいいかもしれない」

父が失職したと聞いても、みんなのんびり構えているようだった。オーブンのなかで食べられるのを待つ自家製《ホームメイド》クッキーのように、はるかに望ましい仕事が何十も待っているかのような反応だった――あとはCVを提出するだけとでもいうように。

「来週には働きはじめるの?」過去の異動のときのことを考えて、わたしは尋ねた。

「とんでもない!」そんなことを口にするだけでも父の尊厳への侮辱だというように、母が声をあげた。「そんなに簡単に仕事はもらえないの!」

「まあどうなるか見てみよう」父は答えた。「これが資本主義なんだ。仕事を得るのに競争がある。でも、いまは自由の身だ!」

失職が告げられたときの自信ある雰囲気がまだ残っていたから、ある日、学校から帰ってきて父がソファに横たわっているのを見たときには混乱し、危機感すら覚えた。父はパジャマから着替え、母が古着市場で買ってきたばかりの黄色と緑のだぶだぶのスウェットスーツ姿だった。フィリップスの小さな新しいテレビのリモコンを両手で握り締め、集中した表情でそれを振りまわしている。まるで軌道上の惑星に回転を指示しているかのようだ。

「すさまじく気が滅入る」わたしを見ると父はテレビを消した。集中していた表情は、今度は悲しみに覆われている。「悲しすぎるぞ。耐えられない。どうすればいいのかわからない」

「よくなるよ」どういう意味か自分でもわからないまま、なんとなく答えた。「きっとよくなるよ」

父は首を左右に振った。「バスケの欧州選手権を観ようとしてるんだが、観ていられない。胸がはり裂ける。ユーゴスラビアが五つ目のタイトルを獲得しようとしてるんだ。去年、ワールドカップで優勝したからな」

「それっていいことでしょ?」

「このチームがいっしょにプレイするのは、これが最後かもしれない」厳しい表情で父は言った。「スロベニアはすでに独立を宣言した。クロアチアももうすぐ抜けるだろう。咽頭がんを抱えた人が歌のコンテストで優勝するのを観ているみたいだ。あまりにも悲しすぎる。おれに言わせればバスケットボールは死んだ」

母は厳密には失業しなかった。四十六歳で早期退職を勧められて受け入れたからだ。そのお祝いとして、最後の給料を受け取ったばかりの父は、新しくできた食料雑貨店でアムステル・ビールを買った。とても楽しい一家団らんの夕べだったけれど、母が引退後の計画を発表して空気が一転した。野党の党員になったというのだ。結成当日のことだった。

ニニとわたしは凍りついた。父は驚いてお皿から顔をあげたけれど、すぐに怒りを大爆発させるのはわかっていた。父の顔は、相談なしで母が大切なことを決めたときに向けるあの表情になっていた。驚きの表情につづいて、やがて問い詰めるような尋問がはじまり、叱責、逆上、攻撃の応酬のあとに沈黙がやってくる。沈黙は数週間つづくこともある。その次に控えているのは離婚の脅威だけだ。

そこまでいったことが二度あった。一度目は、協同農場で働く人から母が不法にひよこを五十羽買ったときだ。庭で育て、卵の行列に並ばずにすませることが目的だった。母がそれを知らせると父は激怒し、そんなことをしたら捕まるぞと言った。うちの庭は狭いから、ひよこが五十羽もいたら隠せない。母は、バスルームに入れておけばいいし、生き残るのはほんの少しだと言い返した。育つのはせいぜい十羽にすぎないはずだ。協同組合の男性もそう話していたという。男性も母も正しかったことがのちにわかる。けれども、その話は対立をさらに深刻化させただけだ。逮捕の危険より、ひよこの大絶滅の悲しみのほうが父には耐えがたかったのだろう。バスルームに入ってひよこが死んでいるのを見つけるたび、父は悲しみを募らせて出てきて、母にいっそうつらく当たった。数か月後、ひよこの死亡率が低下して、ふたりが仲直りしなければ介護施設に行くとニニが脅しをかけたことで、ようやく休戦にこぎつけた。

二度目は、目抜き通りの舗道でへちまスポンジを売るように母がわたしに勧めたときだ。そこはロマの少女たちがリップスティックやヘアクリップを売っている場所だった。アテネにいたとき、イルゴスは家族や親類に配るようにとスポンジをひと袋余分にくれた――プレゼントだったのか、工場の宣伝だったのかはわからない。母は自分の祖父がはるかにささやかなものから一家の富を築いたことを憶えていた。地元の村で薪を割り、それを町へ持っていって売ったのだ。わたしたちも商売をはじめられる。でも迅速に動かなければと母は言う。すぐにみんな自由市場で売買する手段を見つけ、利益を得ようとするだろう。とはいえ、母自身がロマの少女たちの隣に座るのはあまりにも気まずい。教え子たちが通って母に気づけば、教室での権威が損なわれる。そこで母は値段を一覧にし、舗道に座ってこう売り声をあげなさいとわたしに指示した。「ギリシャのすてきなへちまスポンジ！　いろんな色にいろんな形！」わたしは言われたとおりにした。午後の終わりには、在庫はすっかりなくなった。

稼いだお金を持ち帰ったとき、父があそこまで怒るとは思っていなかった。父ははじめ、わたしが自分の考えでやったのだと思っていた。反省しに部屋へ行かされそうになって、わたしは母の指示に従っただけだと説明した。父は怒りに燃えた目で母を見た。そしてわめきたてた。だれでも好きなものを売りにいけるようになったからといって、自分の子どもを搾取する権利はない。はじめ母は父を無視した。そしてわたしのほうを向いて尋ねた。「あなたも行きたかったんじゃないの？」わたしは力強くうなずいた。父は激怒して首を横に振った。「そんなわけがないだろう！」父は声を荒らげた。「同意がなかったら搾取ですらない。暴力だ」母は冷静だった。この子はもう子どもじゃなく、もうすぐ十二歳になるのだし、西側のティーンエイジャーが家業の切り盛りを手伝うのはごく普通のことだと説いた。「でもうちには家業なんてないじゃないか！」父は怒鳴り返した。「失敗した家業も切り盛りするような家業もない！」「あなたには家業なんて一生持てないでしょうね」母はぼそっと言い返した。

母があらかじめ許可を求めていたとしても、父はわたしがスポンジ販売にかかわるのを認めなかっただろう。でも、母が相談しようともしなかったことで、父はいっそう憤りを募らせた。自分の考えをわからせようとする父の決意と、それを無視しようとする母の決意は、おおむね互角だった。父と母は四六時中言い争っていた。けれども、いつでも対等な人間として言い争っていた。母が父に相談せずに何かを決めると均衡が崩れ、父は傷ついた。父と母の関係は野次り合いのうえに築かれていて、年を重ねるにつれてふざけ半分のやりとりと怒りの応酬の境界線がぼやけていった。ふたりの結婚生活は岩だらけの山脈のようだった。ふたりはベテラン登山者であり、危険な山頂に登る術《すべ》を心得ていて、多くの人が落ちる奈落を避ける方法を知っていた。でも、そんなふたりでも落ちてしまうのではと不安になることが何度かあった。その三度目が、母が政治の世界に入る決断を告げたときだ。

父は友人たちのような夫にはなれないことを知っていた。友人の妻たちは、口紅を塗るのにすら夫の許可が必要だった。母は口紅をつけなかったし、砲金《ガンメタル》の意志を持っていた。相談してほしいという父の望みと母の頑固さがぶつかり合うたびに、父はジレンマに直面した。予期されているとおり怒りの反応を示し、母の行動に支配力を持っているふりをするのか。それとも負けを認め、なんともないふりをするのか。ただし、父は母をあまりにも愛していたから、なんでもないこととしてすませることができなかった。喧嘩せずにいられなかった。母に暴力を振るうことはなく、食器を壊して怒りを発散させた。でも怒りに全身が震え、声がわないているときは、被害はソーサーやお皿にとどまらなかった。

野党への入党を母が知らせたとき、いつもと同じことが起こるのだと思った。でもそうはならなかった。父はいつもの当惑の表情を母に向けた。けれどもその後、まっ青になった。立ちあがらなかった。母のほうへ向かっていくこともなく、脅すように指を振ることもなかった。大声もあげなかった。信じられないというように母をじっと見つめつづけ、厳しい表情が凍りついて、椅子の上の身体はぴくりとも動かない。

母はそれに気づいたようだ。どこか申し訳なく感じたのにちがいない。母もいつもと異なる反応を見せた。いつもなら完全に無視し、父の脅しがまったく無意味であることを示すのだけれど、そうはしなかった。説明せざるをえないと感じたようだ。いまだに何もかもがスパイに支配されているでしょう、と母は言う。政府にも野党にも、あらゆるところに元共産主義者がいるじゃない。わたしたちみたいな経歴の人間も参加しなきゃ。だれかが勇気を振り絞らなきゃいけないの。でなければ状況は変わらない。これからもずっと、いままでと同じ人たちが代表になる。わたしたちが自分で事にあたって、自分たちを代表しなきゃ。たしかに相談していっしょに決めたほうがよかったのかも。でも賛成しないってわかってたから。あなたの政治はわたしのとはちがうからね。でも、やらなきゃいけなかった。いまあなたは失業中なんだから、コネも必要でしょう。これからチャンスを探すために。母はあらかじめ考えていたようだった。

父は黙って聞いていた。怒りを自分のなかに閉じ込めていた。あとになってこの出来事を振り返ったとき、おそらく父は自分で認めているよりも失業を気にしていたのだろうと思った。おそらく父の頭のなかでは、解雇と早期退職は大ちがいだったのだろう。おそらくふたりの女性の年金に頼って暮らしているのは男らしくないと思っていたのだろう。もはや父はほかの男がしていることはできなかった——怒鳴ったり、脅したり、怒りに打ち震えたり、食器を壁に投げつけたりはできなかった。あるいはまわりのものが何もかも大きく変わってしまったから、いつもしていた反応はすべて不適切だと感じられたのかもしれない。時代遅れと感じたのかもしれず、別の人間の振る舞い、自分ではもはやわからない昔の自分の振る舞いとしか思えなかったのかもしれない。慣れ親しんだ座標がすべて失われ、父は方向感覚を失っていた。自分が置かれた状態を理解できていなかった。解決策も持ち合わせていなかった。残ったのは無言のうなずきだけ。いつもなら職場の上司にしか見せなかった類《たぐい》のうなずきだ。

母は退職後も働くのをやめず、人生でひときわ多忙な時期に突入した。民主党に加わったあと間もなく、党の全国女性部会のリーダーのひとりになった。党の会合に出席し、選挙の候補者を選んで、集会を組織し、改革運動を展開して、全国委員会に加わり、外国の代表団と面会した。残った時間は文書館と法廷で過ごし、過去に没収された家族の財産を取り戻そうとした。「もう少し家にいて、子どもたちの面倒を見なければ」ニニは母に言った。「わたしはだいじょうぶだよ」たいていわたしはそう答えて、学期に一度の数学のチェックが母の予定表から抜け落ちたのをよろこんでいた。「マミは運転免許をとったほうがいいよ」代わりにわたしは勧めた。

「運転免許なんていらないぞ」父が口を挟んだ。すぐに反対しなければ、失業中の自分が家族専属の運転手に昇格させられるのではと心配だったからだ。「車は環境によくない」

この話題はたいてい別の議論に発展する。母はこう言う。「みんな車を買っているでしょう。必要品なの。チョルノービリのほうがずっと環境に悪いから!」「チョルノービリと車はなんの関係があるんだ?」父が言い返す。母は落ち着いた態度でつづける。「中国がつくった冶金工場、あれのどこが環境によかったわけ？　わたしたちの問題は環境じゃなくて、車を買う貯金がないことでしょ！」「人がやってるからといって正しいわけじゃない」父がチクリと刺す。

車を買うべきか否かについての一見たわいないやりとりが、たいていスケールの大きな世界史レベルの言い争いに発展する――産業革命による環境破壊から、宇宙開発競争によって可能になった知識の進歩まで。欧州共産主義《ユーロコミュニズム》から中国の責任まで。汚染する権利がだれにあるのかから、だれがどこに武器を売ったのかまで。湾岸戦争から旧ユーゴスラビアの解体まで。「それは関係ないだろう！　そんなのは関係ないだろう！」何を言えばいいかわからなくなると、父は母にそう言い返した。母はめったに考えを変えなかった。「集会の聴衆にこんなことを話してるのか？」最後にはあきらめて父が尋ねる。「これは演説《スピーチ》の準備なのか？」

母は演説の準備をしなかった。演説は何百回もした。わたしがティーンになるころには、家での夕食の時間よりも政治集会の演壇で母を見かけるほうが多くなった。高い舞台にまっすぐ立ち、何万もの人に語りかける。状況に応じて頻繁に間《ま》をとり、声の調子を変えて、聴衆を恐ろしいほどの沈黙に追いやることもあれば、雷鳴のような拍手を湧きあがらせることもある。いつもメモなしで話した。母が演説をするときは、何年も前に頭のなかで原稿を書き、毎日練習してきたセンテンスを口にしているようだった。でも、母のことばは過去からやってきたことばとは感じられなかった。新しくてやや耳慣れない響きがした。個人の主体性、移行、自由化、ショック療法、犠牲、財産、契約、西洋民主主義。「自由《フリーダム》」ということばだけは例外で、昔からあった。でも母はそれを異なる発音で口にし、いつも最後に感嘆符《エクスクラメーションマーク》をつけた。そうして、そのことばも新たな響きをおびた。

政治集会に出ていないとき、母は家族の財産を見つけようと市の文書館で資料をあさり、地図と境界線図をよく調べていた。あるいは法廷で所有権を回復しようとして、きょうだいの先頭に立って闘っていた。戦争が終わる少し前に木こりから百万長者になった母の祖父が所有していた数千平方キロメートルの土地、何百ものフラット、何十もの工場を取り戻そうとしていた。父と祖母はまったく関心を示さなかった。財産を取り戻せるとは思っていなかったし、取り戻すべきか疑問に思ってもいたからだ。

「なんて時間の無駄なんでしょう」首を左右に振りながら、祖母はときどきそうこぼした。時間の無駄というのは政治のことなのか、母方の家族の名高い財産を探すことなのか、その両方なのか、判然としないことが多かった。「過去のことは水に流すべきです」ある外国人記者に祖母はそう語った。反体制派としての過去の経験についてインタビューを受け、一家の財産のことを尋ねられたときの話だ。「いまはだれもが反体制派です。ギリシャの土地？　そんなのは取るに足りないことです」

一方の母はあきらめなかった。収入源を見つける必要があったからではなく、ものの道理の問題だった。そのふたつはどこかで結びついていた。母にとってこの世界は、私有財産を統制することでしか自然な生存競争を解決できない場所だった。男性も女性も、若者も高齢者も、いまの世代も未来の世代も、だれもが闘うのが当然だと母は信じていた。人間は生まれながらにしてよい存在だと思っていた父とは異なり、母は人間は生まれながらにして悪い存在だと考えていた。善良にしようとしても意味がない。悪のはけ口をつくり、害を最小限に抑えるしかない。それゆえ母は、たとえ最善の状況のもとでも社会主義はうまくいかないと確信していた。社会主義は人間本性に反する。人びとは所有権を知る必要があり、自分の所有物は好きに扱うことができなければならない。そうなればみんな自分の資産に気を配るようになり、もはや闘争ではなく、健全な競争になる。何にせよもともとの所有者がだれなのかさえ正しくわかれば、それにつづくすべてのやりとりを調整でき、うちの家族だけでなくほかのみんなも、かつての母の先祖と同じぐらい裕福になるチャンスに恵まれるだろう。

中断されたチェスのトーナメントを再開するようなものよ、と母は言う。プレイヤーはみんな同じ場所から出発し、なかには有利な立場を築いていた人もいた。その後、別のゲームをプレイすることを強いられた。社会主義というゲームだ。冷戦が終結したことで、かつてのゲームを再開できる。でも昔のプレイヤーはすでに死に、代わりにボードへ戻ることができるのは指定された後継者だけだ。新しくゲームをはじめるのはフェアでないと母は考えていた。新しいプレイヤーはそれぞれ先祖の動きをたどり直し、同じ駒を手元に置いて、同じルールでプレイしなければならない。

母にとって家族のほんとうの財産を知ることは、財産権の調整の問題であると同時に、歴史上の不正を正すことでもあった。国家のただひとつの目的は、そうしたやりとりを円滑にすることであり、自分が働いて得たものをだれもが持ちつづけられるように必要な契約を保護することだと母は考えていた。そのほかのこと、その範囲を超えるすべてのことは、お金と資源を浪費する寄生者の増殖を助長した。それが社会主義にほかならない。国家はチェスのトーナメント・ディレクターのようなもので、ルールを守らせ、ときどき時計を確認する。プレイヤーにヒントを与えたり、駒の動きを変えたり、ボードに駒を戻したり、失格したプレイヤーを参加させたりしてはいけない。職権濫用だ。結局のところ勝者と敗者は生まれる。だからどうだっていうの？　そんなことはみんな知っているし、みんなルールに同意している。ゲームとはそういうものだ。どれだけ健全だとはいっても、そもそも競争なのだから。

# 15

# わたしはいつもナイフを持ち歩いていました

I Always Carried a Knife

一九九二年夏の終わりのある日、フランス人女性の一団がわが家を訪ねてくることになった。母がリーダーを務める組織と協力関係にある組織の人たちだ。わたしたちは、まるでニューイヤーズ・イブのように来訪の準備を整えた。壁を塗り直し、カーテンを外して洗い、マットレスを干し、食器棚のなかをきれいにして、本棚の書籍の一冊一冊から埃を払い落とした。客が到着する数時間前には、わが家は高度に組織化された規律正しい軍隊の主戦場と化した。全員がほうき、ぼろきれ、スポンジ、たらい、バケツ、モップ、その他、作戦に必要なありとあらゆる掃除用具で武装している。母は将軍のように大声できぱきと父に命令を下し、疲れを知らずに走りまわって、テーブルや椅子をひっくり返し、やり残された作業を把握して、これまでの掃除で見落とされていた汚れを指摘する。家がぴかぴかになると、客の到着三十分前に弟とわたしを捕まえてバスルームへ連れていった。温度を確かめもせずにわたしたちにお湯をかけ、床掃除と同じぐらい熱心に顔をごしごしこする。それも終えると、自分自身の準備を整えにいった。

母は祖母に相談した。女性の大義に力を注ぐ組織の代表を迎えるにあたって、最もふさわしい服装は何か。ワンピースを勧められ、母は古着市場で見つけたばかりの服を選んだ。それを選んだのは、ひとつには母が西側女性の解放と結びつけていたせっけんのコマーシャルに出てくる女性たちの影響であり、ひとつには服のラベルに「グロリア」と記されていたからだ（母はそれを高級ブランドの印と考えた）。ひざ丈でダークレッドのシルクのワンピース。裾に黒のレース、袖にリボンがあしらわれ、襟ぐりはVネックだった。当時は西側のナイトウェアが古着市場に流れ、普通の服と勘ちがいされて日中に着られることがよくあった。同じ時期にわたしの学校でも、ナイトドレスやドレッシング・ガウンを着て教室に出る先生が数人いた。母はそんな服装で授業はしなかったけれど、それはちがいがわかったからではなく、普段はひらひらした服が好きでなかったからだ。ズボンを穿き、化粧を軽蔑して、鏡も見ずに髪にブラシをかけていた。母が見覚えのあるリボンとレースといえば、母とニニがわたしに無理やり身につけさせたものだけだ——五十年間のプロレタリアート独裁をもってしても、ベラスケスの絵《王女マルガリータ・テレサ》のバルカン半島版にわたしを育てようとするふたりの意志を挫けなかった公然たる証拠だ。

五人の訪問客が黒のビジネススーツ姿で現れた——毛沢東主義者の代表団みたいだと父はキッチンで評した。わたしたちはリビングで五人を囲んで座り、コーヒー、ラキ、ロクムを出した。客は母のナイトドレスにまったく動じなかった。わたしたちの文化の表現だと思ったのか、あるいは獲得したばかりの自由の表現だと思ったのだろう。「先日の会合で演説をなさいましたね。その反応にとても感心したのですよ」客のひとり、マダム・デスーが母に言った。「聴衆からあんなに長い拍手をもらうなんてすばらしい。むろんわたしたちはアルバニア語がわかりませんが」そう言い添えて、申し訳なさそうな笑みを浮かべた。「女性の自由についておっしゃっていたことを、ぜひうかがいたいのです」

フランス語の手助けをしていた祖母がマダム・デスーのことばを通訳すると、母は不安げな顔になった。試験勉強の山が外れたのに突然気づいた学生のようだ。「どの演説のことを言ってるの？」アルバニア語で祖母にささやいた。「女性のことなんて何も話してないんだけど」それから徐々に自分を取り戻し、客のほうを向いて自信たっぷりに言い放った。「女性だけでなく、だれもが自由であるべきだと思います」

「これはとても複雑な問題だとドリは考えています」ニニはそう通訳した。

客たちはうなずく。「ええ、もちろんですとも」マダム・デスーは無条件に賛成の意を示した。「社会主義のもとでは、女性の平等についてのレトリックがたくさんあったのですよね。でも実際のところはどうだったのです？ アルバニアの女性は〝ハラスメント〟を経験しましたか？」

祖母が通訳にふたたび躊躇し、しばしの沈黙があった。そのことばはわたしの頭に残ったけれど、当時は意味がよくわからなかった。母はまごついた表情を浮かべた。コーヒーに砂糖を入れてかき混ぜる手を止め、話し相手をじっと見て、これから言うことがどう受けとめられるだろうと思案している。陽気で官能的な服と厳粛なポーズが対照的で、どこか滑稽でいたいたしかった。コーヒーカップをテーブルに置いたけれど、そのあとも落ち着かない様子で、ロクムに手をのばしてひとつ口に入れた。「もちろんです」母はもぐもぐ口を動かしながら答えて咳払いした。「わたしはいつもナイフを持ち歩いていました」

マダム・デスーはぎょっとして身を引き、母と距離を取るようにソファに深く腰かけた。ほかの女性たちは居心地悪そうに顔を見合わせる。「ただのキッチン・ナイフなんです」反応に気づいた母は、釈明しようと慌てて付け足した。「たいしたものじゃなくて」客たちがいっそう尻込みするなか、母は話しはじめた。険しい丘を転がり落ちる小さな石のように、早口でとどまることなくことばが出てくる。

「まだ二十五歳くらいの若いころの話なんですけど。北部の村の辺鄙な場所にある学校に毎日通勤していたんです。家に帰るときは、たまたま通りかかったトラック運転手に乗せてもらわなければいけませんでした。冬はすぐに暗くなるでしょう。ナイフがなければヒッチハイクなんてできません。使ったのは一度だけなんですよ。だれかを殺《あや》めたりはしません」そう言って、忘れ去られていたおもしろおかしいことが心の片隅から不意に現れたかのように、ひとりほほ笑んだ。「手をちょっとくすぐっただけ。ほら、手をわたしの太ももに置いてきたから。不愉快で」

祖母は一言一句そのまま訳した。母はほっとしたように深く息をついた。自分の説明に明らかに満足していて、トラウマ的なエピソードを軽い調子でまとめられたことにとりわけご満悦の様子だった。でも、母のことばは思いどおりの効果をあげなかった。客たちは凍りついたままだ。母は助けを求めるように父を見た。父はずっと黙っていたけれど、明らかにその話を知っていて、母の話がすすむにつれていっそう誇らしさを募らせていくようだった。父と母の目が合い、父は共謀者めいた笑顔を母に向けた。まるで自分が母にそのナイフを渡したかのようだ。そして、母がやり損ねたことを自分ならやり遂げられるという自信に満ちた表情で、客のほうを向いた。「この女の腹のなかでは火が燃えあがっているんです！」父は言った。「こんな人間はほかにいませんよ。さあ、ラキを召しあがってください。ドリのお手製です」

父のとりなしも、なんの役にも立たなかった。女性たちはグラスに手をのばし、おずおずと賛同の声を漏らしてお酒を口に運んだけれど、飲み込むのは慎重に避けた。新たな疑念に襲われ、説明能力の限界を感じた母は、腕をのばしてまたロクムを取った。途中で心を変えてロクムを容器に戻し、別の戦略を試すことにした。

「自由の地では」演説をはじめるように母は話しだした。「アメリカ合衆国では、人びとは銃の携行を許されています。当然、そのおかげで身を守りやすくなる。アルバニアでは、選択肢は限られていました。社会主義は火器の個人使用を認めていませんでしたから。もちろん使い方は知っていましたよ。十六歳から学校で軍事訓練が義務づけられていましたからね。でもそうした武器を好きに使うことはできませんでした。アメリカ人とはちがって、望むときに自由に使えなかったんです」

母が運営する組織の女性に訓練をほどこし、ナイフを使ってハラスメントから身を守らせることができたなら、おそらく母はそうしただろう。それができなかったから、国外へ移住した子どもを訪ねたい母親のビザ申請支援の調整をリーダーの役目とし、それに甘んじていた。名前をまとめて一覧をつくり、金銭援助が必要な人のために資金を集めて、書類の記入を手伝い、関係する大使館に面接予約の連絡を入れる。表向きは、ヨーロッパ各地の首都にある協力機関を訪問する視察旅行ということになっていた——アテネ、ローマ、ウィーン、パリなどだ。でも実際には国境を越えると代表団はすぐに解散し、それぞれ別の街へ向かった。予定された会合に出席するのは母とひとりかふたりの同僚だけで、ほかの女性たちは子どもや孫に会いにいき、旅行期間中はそこにとどまる。最終日にまた集合して、屋台を訪れショッピングセンターを見てまわる。買い物をするわけではない。いちばん安いものでもとんでもなく高価だからだ。みんなが言うように、ただ「目を見ひらくため」だった。

視察旅行のほんとうの目的を明かすとどんな代償があるか、母は知っていた。ビザの面接をパスするために毎回求められるきまり文句をたちまち身につけた——知識移転をもたらす、チームの相乗効果を高める、トレーニング・スキルの開発に取り組む、ビジョン・ステートメントをつくる、戦略的計画を理解する。ある面接では、母が率いる組織はフェミニズム的な取り組みにもかかわっているのかと外交官に尋ねられたという。「〝フェミニズム〟ってなんですかって訊いたの」母は家で語った。「なんのことかわからなくて」。外交官の男性は、割り当て数《クォータ》や積極的差別是正措置《アファーマティブ・アクション》について何やら話した。母は、まさにそのために西側への訪問が欠かせないのだときっぱり答えた。組織はすでに行動計画を達成していて、より経験豊かな協力機関との知識交流によってさらに学びたいと願っているのだと。「クォータ！　平等！」

その日帰宅すると、母は鼻で笑った。「ぜんぶイエスって言わなきゃいけなかった。じゃなきゃビザをもらえないからね。あの外交官の妻は清掃人を雇って家事をさせてるはず。ジョギングしながら女性の権利についてぼやいてる、賭けてもいい」

ビザの面接の様子を語るとき、母の頬と首には大きな赤い斑点が広がった。「差別是正措置！」母は大声をあげた。「フェミニズム！　母親と子どもたちはどうなるの？　うちの女性たちは何年も子どもに会ってないの。ローマ行きのリストに載ってるサニエは、娘が生きているかもわからない。手元にあるのは、通りの名前が走り書きされた紙切れだけ。心配で夜も眠れないっていう。彼女がクォータのことなんて心配してると思う？　でも大使館でそんなこと言おうものなら、すぐにドアから追い出されるの。彼女にビザは出せませんって言われる。無職だし、戻ってくる保証はないってね。ビザの申請費用を返してもくれない。何が積極的なの？　そういう母親を子どもに会わせることなんて、あの人たちは気にかけてないじゃない。代表とか参加とか、そういう幻想をわたしたちに教えたいだけでしょ。当然よ。あっちにはなんの負担もかからないんだから」

母は不意に父のほうを向いた。「積極的差別是正措置についてどう思う？」

父は肩をすくめた。そして「いいと思うよ」と答えた。「だれによってどんなふうに実行されるかによるだろうがね。言い訳として使われるかもしれないし、黒人に烙印《スティグマ》を押すことにもなりかねない」父はモハメド・アリを引き合いに出して説明を試みた。市民権にかんして父が知る唯一の権威だ。「最近、モハメド・アリのインタビューを観たんだが――」

母が父のことばを遮った。「わたしが話してるのは女性のことで、黒人のことじゃないの。わたしの話、聞いてた？　西側の女、あの人たちは複数のことを同時にできないの。どうしようもない負け犬なの。勉強と仕事、仕事と子育て、子育てと料理をしなきゃいけなくなると、もうついていけない。ここのみんなも自分たちと同じだと思い込んでて、なぜだかそれは国の問題にちがいないと思ってる。そんなふうにして、女性にチャンスを与える方法について、また別の負け犬にバカみたいな判断基準のリストをつくらせようとしてるわけ」

「積極的差別是正措置ってなに？」わたしは尋ねた。

母は説明しはじめたけれど、いら立ちを抑えられなかった。「あなたが女の子だからってだけで、学校で成績が引き上げられるのを想像してみて。どんな気持ちになる？　侮辱された気持ちになるでしょ？」質問を投げかけるたびに母の声は大きくなる。わたしが話そうとしても、母が自分で答える。「いちばんの成績を取るために一生懸命勉強したあなたと、見た目が同じで女の子だからってだけで成績が引き上げられる友だちが同じ扱いになるわけ。それってどう思う？」

どう思うか想像してみようとした。でも母はわたしの考えに興味がなかった。かたちだけの質問だった。鬱憤を晴らしたかっただけなのだ。「あなたがやることすべてにそれが適用されると想像してみて」母は言う。「実力でいちばんの成績を取った人と、そうじゃない人をどう見分けるの？　友だちからちょっと助けてもらったおかげでそこまでたどり着けたんだって、いつもみんなに思われたらどうする？」

母は積極的差別是正措置とジェンダー・クォータを軽蔑していて、その支持者を憐れんでいた。母が成し遂げたことは母が女性だったおかげであり、それに値する人間だったからではないとほのめかす人がいようものなら、キッチン・ナイフが出てきてくすぐられただろう。協力機関の女性との会合では、母は共産主義の過去の遺産を評価するにあたってひとつだけ誇れることがあるとよく強調した。一切の譲歩なく、党がジェンダー間の平等を厳しく守らせたことだ。男女ともにだれもが働くことを求められ、すべての仕事が男女両方にひらかれていただけでなく、男女とも実際に就労することが積極的に奨励されていた。服装の制約まで平等に分かち合われていた。文化革命〔中国の文化大革命にならって一九六七年にアルバニアではじまった改革〕のあいだ、同盟国中国から影響を受けていたときには、ジェンダーに関係なく欧米のトレンチコートを着ていると問題になった。

母の言うことは正しかったけれど、すべてが正しいわけでもなかった。昔はすべての女性が働くことを求められていた。あらゆる場所で働くことを求められていた。わたしの友人のお母さんはみんな働いていた。ひとりも家にとどまっていなかった。明け方に起きて家を掃除し、学校へ行く子どもたちの準備を整えさせてから、列車を運転したり、石炭を掘ったり、電線を修理したり、学校で教えたり、病院で看護したりした。勤務先のオフィス、農場、工場へ長時間かけて通う人もいた。遅くにくたびれ果てて家に帰ってきた。それから夕食の支度をし、子どもたちの宿題を手伝って、お皿を洗わなければならなかった。夜遅くまで翌日の食事の支度をしなければならなかった。夜には赤ん坊の子守をするか、夫と愛し合わなければならなかった。両方することだってあった。

男たちは家で休んでいた。新聞を読んでテレビを観て、友だちに会いに出かけた。シャツにアイロンがかかっているのは当たり前だと思っていて、出てきたコーヒーが熱々でなければ嫌みっぽい冗談を言う人も多かった。妻たちが家をあけて友だちに会いにいくとき、夫にはその理由を知る権利があった。差し迫った理由でないと判断したり、訪問の目的に不満を示したりすることもあった。妻に命令して家にいさせたり、この友だちやあの友だちに会うのをやめさせたりした。いつだって愛情からそうするのだと夫たちは言う。夫たちの頭のなかでは、女性を愛することと支配することはほとんど区別されていない。彼らは父親からそれを学び、父親はその父親からこれを学んで、その父親はさらにその父親からそれを学んだ。学んだあとは、子どもたちにそれを伝える。

指示に従うのをしぶる妻もいる。支配力の行使と喪失の境界線は、ときに愛と支配の境界線のように曖昧になる。そうなると、手首が折れたり鼻血が出たりする状況に陥りかねず、洟《はな》をたらした子どもたちが秘密の隠れ場所からすべてを見ていて、翌日、学校で友人たちに逐一報告する。その知らせは教師の耳に届き、党が首を突っ込むこともある。事態が深刻化すると、職場や自治会で話し合いがひらかれる。同志たちが声高に意見を述べ、そうした行為を非難して、ことの本質を人間本性や共同体の規範の限界、あるいは宗教の遺物に見いだす。社会主義は女性の頭からベールを剝ぎ取ったけれど、男の心からは剝ぎ取っていない。妻の胸にかかった十字架の鎖は断つことができたけれど、その鎖はいまなお夫の脳を束縛している。時代が変わるのを待つのか、あるいは母のように自分で自分の身を守るのか。ほかにできることはほとんどなかった。
父もその父と同じで、そんな男にはなりたくないと思っていた。わたしの祖父は刑務所でオランプ・ド・グージュ〔一七四八－九三。フランスの先駆的フェミニスト活動家で劇作家〕を翻訳し、アルバニア語訳の『女性および女性市民の権利宣言』をハキに見せて、罰としてその原稿を食べさせられた。首相だった曾祖父について言うと、アルバニア女性のためにした貢献として正式にあげられるのは、セックスワークを合法化する法律をつくったことだけれど、戦後間もなく党によって廃止された。曾祖父の頭のなかのことは何もわからない。爆弾によって吹き飛ばされたし、そもそも曾祖父のことを考えるのは許されていなかった。それでもわが家の歴史を考えると、数世代にわたり、少なくとも理屈のうえでは、男たちは自分たちの生活を支えるだけではない女たちの存在を認めていたことがわかる。

日常の場面でこれをどれだけ実行に移せるかは、また別問題だった。料理や掃除をするのはだれか、皿洗いをするのはだれかといったことだ。わたしの父と家事の関係は、子どもとキャベツの関係に似ていた。身体にいいことはわかっているけれど、結局は吐き気をもよおす。父の名誉のために言っておくと、父が言い訳に使ったのはぜんそくだけだ。染色体は言い訳にしなかった。母の負担を減らすために、父はよく自分の母親の手を借りた。祖母は祖母で憤慨していた。家事が女性に委ねられるべきではないと思っていたからではなく、使用人が家事をするのをずっと見ていたからだ。結局、身体を使うつらい仕事は父も祖母も母に頼った。父と祖母は教育を担当した。

母は、別の状況がありうるとは夢にも思っていなかった。問題に直面すると自分で解決する方法だけを考え、ほかの人に何を求められるかは考えない。そなえ持ったカリスマと意のままに使いこなす権威のおかげで、母はほかの人から独立していて、それが行きすぎることもあった。母がほかの女性に提供できたただひとつの武器は、母自身の強さだ。母がわたしに伝えたただひとつの防御手段は、母というお手本だ。だれもが怖じ気づくように母に敬意を示すのを見て、わたしは育った――教え子、近所の子たち、自分の子であるわたしたちだけでなく、男性も含めてかなりの数の大人たちもだ。母の力がどこからくるのか不思議だった。人に恐れを抱かせるのは、母自身が何も恐れないからだろうと思った。でも母のようになろうとして恐怖心を抑え、さらに恐怖心を支配しようとしても、なかなかうまくいかなかった。そして気づいた。母はとうていまねできないお手本だったのだ。母は恐怖心と闘って打ち負かしていたのではない。そもそも恐怖心というものを知らなかった。

母が手を差しのべていたすべての女性にとっても、それは同じだった。男性すら母に怖じ気づくのだから、女性は母を対等な存在とはとても思えなかった。人間に共通する弱さ、手助けと救援の必要性を母はけっして認めない。母が提供する支援はいつも慈善のかたちをとり、連帯のかたちはとらなかった。道徳上のジレンマ、他者への依存、他者とともに追求する共通の大義といったものは、母には邪魔な存在であり、みずからの目標達成にとって無意味な障害物でしかなかった。だから母は人になかなか相談できなかった。自分しか信じていなかったのだ。母は何にもまして国家を信じていなかった。平等について、あるいは正義を推進するための制度の役割について、抽象的な議論をするのが大嫌いだった。何かについてこうあるべきか、ああるべきかと自問するのは出発点としてまちがっている。母の考えでは、国家が何をしてくれるかを考えるべきではない。ただひとつ考えるべきは、国への依存を減らすために何ができるかだ。積極的差別是正措置や女性のクォータをめぐる議論はすべて目くらましであり、官僚組織による監視を強め、寄生的な個人が堕落する機会を増やすと母は思っていた。母は国家を進歩のための手段とは考えていなかった。集合的な権力をけっして信じなかった。

ずっとあとになって初めて気づいた。母はとても孤独だったにちがいない。同じ時期に気づいたことがもうひとつある。おそらく母は際立った存在ではなく、母のような女性がほかに何百人も、場合によっては何千人もいたのだろう。互いの存在に気づかずに生き、自立していることに満足して、互いの勇気、向上心、闘う覚悟が足りないことに憤慨していたのだろう。制度の欠陥か想像力の欠如のせいかはわからないが、社会主義国家のもとで母は、他人とは互いに闘うことしかできず、助け合って闘うことなどできないと思い込んでずっと暮らしていた。母に屈辱を与えずにそうできるのなら、わたしは同情の気持ちを伝えていたと思う。

# 16 これもまた市民社会

## It's All Part of Civil Society

一九九三年十月のある午後、学校から帰ると玄関前に祖母がいて、困惑の表情を浮かべていた。わたしが家に入ってからも祖母は黙ってあとについてきて、わたしが学校のかばんと教科書を置いて部屋着に着替え、温めておいたミートボールを食べるのを待っていた。それからリビングのソファを指さし、そこに座るようにと身振りで示して、本人は向かいの肘かけ椅子に腰かけた。祖母の定位置だ。祖母の口から飛び出たのは、馬鹿げているうえにまったく思いがけない質問だった。

「コンドームのことはどこで知ったの?」

「何をどこで?」わたしが即座に答えたから、祖母はわたしが追及をかわそうとしている証拠だと受け取った。「コンドームってなんなのか、まったくわからないんだけど」

「わかっているはずです」祖母は言い張った。「お父さんが通りでカセムに出くわしたの。彼があなたのことをお父さんに警告したんですよ。みんなコンドームを使うべきだとあなたが発言したときに、カセムの息子がそこにいたんです。部屋には男子が二十人ほどいて、みんなあなたよりずっと年上だったそうじゃないですか。その子たちですら、良家の若い女性が学校でそんなふうに話すのを聞いて、きまりの悪い思いをしたの。Ton père est en colère（お父さんは怒っていますよ）。ほんとうに、とても怒っている」

「ああ、フランス語の翻訳のこと？」祖母がフランス語で話すのを聞いて、なんの話かようやくわかった。「だれか特定の人に言ったわけじゃなくて、フランス映画の最後の部分を訳しただけだよ」

事態はさらに悪化した。

「どうして学校でコンドームについての映画を翻訳していたの？」祖母は尋問をつづけた。

「騾馬《ラバ》に頼まれたの」わたしは答えた。「プレセルヴァティフ（préservatif）を辞書で調べただけだよ。それがどういう意味かは知らない」

「ラバ」は、わたしが通いはじめたばかりの中等学校の女性教師のあだ名だ。以前はマルクス主義を教えていた。彼女が歩いていると、速歩《トロット》しているように見える。息を切らしながら重たいリュックサックを肩にかけて運んでいて、まるで人間をかついでいていまにも落っことしそうといった感じだ。昔はシグリミの諜報員だったのではと父と母は疑っていた。通りで彼女を見かけると、父と母はいつも道の反対側に渡った。ラバは市民社会に加わったばかりだった。街に支部をひらいた外国のNGOをふたつ手伝い、少ない学校の給料の足しにしていたのだ。教え子を動員してイベントの開催を手伝わせることも多かった。共産主義青年団の夕べを催し、エンヴェル・ホッジャの誕生日を祝うショーを仕切っていたかつての時代から、彼女はスムーズに移行していた。どの仕事でもうまく通用するスキルがあるものだと、父は冗談めかして言っていた。

「コンドームが何かを知りもしないのに、どうしてラバはあなたにコンドームの映画を翻訳させたがるの?」ニニの怒りは徐々に消え、当惑に変わっていった。

「映画を翻訳しろとは言われてないよ。最後の部分だけ」わたしは説明した。「エイズ(AIDS)っていう命が脅かされる感染症で死んだ若い女の人の映画。最後の部分で、その人が自分のことを語るんだけどね。その人の言うことをみんなに伝えなきゃいけないでしょ。だからみんなの前に立って言ったの。「どうかコンドームをつけてください」って。それが女の人の言ってたこと。映画をぜんぶ上映したわけじゃなくて、その部分だけ。すごく印象的だったよ。女の人は目に涙をためてて、みんなその場面に感動してた。ラバはいまアクション・プラスっていう新しいNGOの所長をしてて、エイズについての啓発に取り組む団体だから、二か月に一度ぐらい学校で午後のイベントがあるの。このあいだのイベントでは、啓発キャンペーンの一環としてあのフランス映画の最後の部分を見せて、いろんな人がいろんなことをさせられたんだ――ベサはラドヤード・キプリングの「イフ」っていう詩を朗読するように言われて、別のグループはエイズで死んだフレディ・マーキュリーの「ブレイク・フリー(自由への旅立ち)」を歌うように言われて、わたしは映画の最後の部分を翻訳するように言われた。ラバはよくわからないなりにその映画に感動したらしくて、フランス語が話せるのはわたしだけだったからね。アクション・プラスに資金援助してるアメリカ人たちがイベントを見学しにきてた。最後に拍手して、この啓発キャンペーンは〝すばらしく刺激的（fantastically inspiring）〟だって言ってたよ」

説明を終えたときには息が切れていた。わたしは自分の潔白を祖母に納得させることができたけれど、アクション・プラスはどこかいやらしいのではと疑いを抱きはじめた。

祖母は何も言わなかった。肘かけ椅子から立ってソファのわたしの隣に座り、初めての性教育の講義をしてくれた。コンドームとは何で、なぜそれが必要なのかを説明してくれ、わたしは祖母にＨＩＶの話をした。エイズのことを聞いたことがなかった祖母といっしょに調べ、それがどう伝染するのか知った。わたしはエイズで死んだいろいろな有名人のことも祖母に話した。たとえばルドルフ・ヌレエフ〔一九三八－九三。ソ連出身のバレエダンサーで、亡命後はイギリス、オーストリア、フランスなどで活躍〕。一九六一年にソ連から西側へ亡命した彼のことは、祖母も知っていた。アンソニー・パーキンス〔一九三二－九二。アメリカの俳優〕のことは知らなかったけれど、映画『サイコ』でノーマン・ベイツを演じた人だと言うと、すぐに思いだした。

「ひどい話」祖母は信じられないというように首を振った。「ほんとうにひどい話。これまで聞いたことがなかった。でも、いずれここへもやってくるかも」そして、アクション・プラスは無害であるどころか積極的に必要な組織であり、ラバの活動にわたしが参加するのを咎める理由はないと父を説得すると約束してくれた。育ちのいい女性が結婚前に性交する可能性が低い国ではエイズ感染者はいないけれど、いずれ出てくるかもしれないと説明してくれるという。ドラッグなどの西側の悪習と同じように、いずれエイズもやってくると思っていい。予防策をとることは、適切であるだけでなく義務である。

「それが自由というもの」と祖母は締めくくった。「過剰な自由がもたらすのがそれなの。よいことと悪いことがある。人びとをつねに管理下に置いておくことはできませんからね。このウイルスにひとりもかからないようにするのは不可能です。だからこそ、そのようなNGOが必要なのでしょう。そうした新しい病気から身を守り、来たるべきさまざまな大惨事から身を守るために。国に頼ることはできない。だからこそ市民社会が必要なの」

「市民社会」は政治の語彙に新しく加わった用語で、おおむね「党」の代わりに使われるようになったことばだ。市民社会が東欧にビロード革命をもたらしたことは知られていた。社会主義の衰退も加速させた。アルバニアの場合、この用語は革命がすでに完了してから広く用いられるようになった。おそらく一連の出来事に意味を与えるためだろう。それらの出来事は、はじめはありえないと思われていて、その後、意味づけのためのレッテルが求められるようになった。市民社会はほかの新しいキーワードに加わった。たとえば「民主集中制」に取って代わった「自由化」、「集産主義化」に取って代わった「民営化」、「自己批判」に取って代わった「透明性」、そのまま残ったけれど、社会主義から共産主義ではなく社会主義から自由主義への体制転換を意味するようになった「移行」、「反帝国主義闘争」に取って代わった「腐敗との闘い」などだ。

これらの新しい概念はどれも自由に関係するものだった。とはいえその自由は、すでに禁句になっていた集団の自由ではなく、個人の自由だ。社会による統制がないところで個人の自由が大きくなると、個人が自分自身を傷つける自由につながるという疑念——あるいは文化的な記憶——は根強かった。その社会による統制は、もはや国には委ねられないと考えられるようになった。そのため、市民社会を受け入れる必要がいっそう差し迫ったものになったのだ。市民社会は国家とは別の存在のはずだけれど、国家に取って代わりうる。自然と生まれるはずだけれど、活性化させられなければならない。調和をもたらすはずのものだけれど、解消できない差異があることも認める。市民社会はさまざまな地域団体や地域組織からなり、それらは社会主義体制下の行列で芽ばえる友情のように生まれる——地域での取り組みの結果として生まれるものもあったけれど、ほとんどは外国の友人たちの助けを借りて誕生した。わたしたちの国の問題の一端は、うまく機能する市民社会が存在しないことにあるとよく言われていた。過去には存在したけれど、生まれたばかりの子どもを呑み込むクロノス〔ギリシア神話の神。子どもに王位を奪われるという予言を受け、わが子が生まれるたびに呑み込んだ〕のような党に乗っ取られたのか、それともゼロから新しくつくらなければならないのかはわからなかった。いずれにせよ、次のふたつがどちらも求められていたと考えていい。クロノスに子どもたちを吐き出させることと、活気ある社会生活《ソーシャルライフ》をつくりだすことだ。個人が自発的につながって組織をつくりだし、意見を交換して交流し、相互学習と経済取引の空間をつくりだすのを可能にするだけでなく、来たるべき危険から身を守れるようにもする社会生活である。

　わたしがティーンエイジャーのころは、市民社会がすさまじい活性化を見せた時代だった。ほかの多くの人たちと同じく、わたしもその恩恵にあずかっていた。精神的な恩恵もあれば物質的な恩恵もあった。たとえば、オープン・ソサエティ財団〔投資家のジョージ・ソロスが一九九三年につくった慈善団体〕のディベート・チームでは、「死刑は正当化される」というようなテーマで議論ができ、合衆国憲法修正第八条〔過大な保釈金や罰金、過酷な刑を禁じる条項〕について学んだ。「ひらかれた社会にはひらかれた国境が必要だ」というテーマで討論し、世界貿易機関の役目について学ぶこともできた。アクション・プラスのエイズ広報キャンペーンでは、かつてのスポーツ宮殿の卓球室で無料のピーナッツを食べ、コカ・コーラを飲んで午後を潰せた。エスペラント友の会では、パリ旅行の可能性があった。赤十字では、みんなと時間を過ごしながら貧しい家族に食料品を配り、無料のお米をひと袋もらえた。昔、近所の人たちからよく借りたお米とはちがった。第一に量が多かった。第二に西側から来ていた。第三に「消費期限」が記され、いつまでに食べなければならないかが示されていた。たいてい期限は一週間前に過ぎていた。

　友だちのマルシダはクルアーンを読む会をはじめた。マルシダの家族はヴロラ号でアルバニアを発ったけれど、ほかのみんなと同じように帰国させられた。靴工房はナイトクラブになり、お父さんは失業して、イマーム〔指導者〕になる訓練を受けて自分の父親と同じ道を歩むことにした。マルシダは「純正（アル・イフラース）」の章《スーラ》をわたしに教えてくれた。「Bismillah Hir Rahman Nir Raheem / Que huwa Allahu ahad / Allahu assamad / Lam yalid walam yulad / Walam yakul-lahoo / kufuwan ahad」*。これは神の性質を示していて、最も学ぶに値する章のひとつなのだとマルシダは言う。十二秒もあれば唱えられるけれど、預言者ムハンマドによると、これを暗誦するのはクルアーンの三分の一を知ることに相当するらしい。マルシダが翻訳してくれて、わたしたちは支えを求めてアッラーに頼るのだと知り、わたしはモスクに通ってみることにした。イスラム教の神のことをもっと聞きたかったからだ。

「仕事が見つかりますようにって、おれのために祈ってくれたか?」わたしが市民社会活動のリストにモスクを加えたことを伝えると、父は冗談を言った。「そんなことしても意味がないよ」わたしは答えた。「履歴書のフォントを変えなきゃ。Times New Roman じゃなくて Garamond にしなきゃだめだよ」

結局うまくいった。お祈りのおかげか、フォントを変えたおかげかはわからないけれど――あるいは母が新たに得た政界のコネのおかげかもしれない――、わたしが十四歳の誕生日を迎えるころ、父は仕事のオファーをもらった。プランテックスという国営企業を経営する仕事だ。かつては薬用植物の輸出を手がけていた会社だけれど、差し迫った目標は巨額の負債を減らすことだった。

前任者が人員整理をすべて終えていることを何度も確認したのち、父はその仕事を引き受けた。期待に胸をふくらませ、挑戦する心の準備はできていた。

家計のやりくりでは、共産主義崩壊後の父の実績は明らかだった。一九八〇年十一月四日、

＊　慈悲あまねく慈悲深きアッラーの御名において／言え、「それはアッラー、唯一なる御片」。／「アッラーは、自存者」。／「彼は生まず、生まれもしない」。／「そして彼には匹敵するものは何一つない」。〔『日亜対訳　クルアーン』中田考監修、作品社、二〇一四年、六六八頁〕。

ロナルド・レーガンがジミー・カーターを破ったときにわたしたちが借りたお金は、プランテックスに雇われる数週間前にすべて返済を終えていた。その日付をわたしが憶えているのは、おじが最後にお金を貸してくれた日を家族がそのように記録していたからだ。

いま考えると、植林から資金調達へという父の転職は、「奇跡が原」へ送られるピノッキオのようなものだったのではないかと思う。でも父の自信は、とくに傲慢でも異常でもなかった。お金に対する父の態度は、国全体で共有されているものだった。

一九九三年の時点で、うちには貯金がなかった。親類や隣人とのお金の貸し借りはしだいになくなっていた。ひとつには外国へ旅行できるようになったり、貯めたお金を浪費できるようになったりしたからで、過去にはそんな機会はほとんどなかった。またひとつには収入の格差が広がりはじめていたため、人に助けを求めると負け犬と思われるおそれがあったからだ。かつて「職場くじ」と呼ばれていたものもなくなった。給料から自主的に出し合ったお金を積み立て、同僚が洗濯機やテレビを買うのを助ける一種の貯金だ。個々人の取引は顔が見えなくなり、金融会社や保険代理店が増えていた。わが家はその種の企業を信用していなくて、お金を預けたりローンを組んだりはしなかった。「『セザール・ビロトー』の破産の章を憶えている?」祖母はよく口にした。バルザックの『人間喜劇』に登場する架空の人物を引き合いに出せば、信用制度の非道徳性を決定的に証明できるとでもいうかのようだった。母の考えはそこまで単純ではなかった。かつての母の家族のように不動産もあればいいのにと言っていた。のちに母は考えを変えたけれど、しばらくのあいだ家族のわずかばかりの貯金は、「幸運が訪れるように」と引きつづき祖父の古いコートの内ポケットにしまわれていた。

資本主義のもとでも社会主義時代と変わらず機能したものは少ないけれど、そのひとつがコートだった。わたしたちは借金なしでやっていた。祖母は子どもを相手にフランス語とイタリア語の個人レッスンをはじめた。やがて評判が広がり、祖母はほかのみんなのように歌や映画を頼りにことばを学んだのではなく、フランス学園《リセ》で学んだのだと知られるようになった。その結果たちまちレッスンの需要は増え、祖母の手に負えなくなった。わが家の寝室は教室になり、折りたたみのテーブルと椅子、イーゼル、チョークが備えられた。掲示板には活用された動詞がずっと掲げられていて、その動詞が示す行為を不滅のものにしているかのようだ。「わたしはただ忘れた（je viens d'oublier）」「あなたはただ忘れた（tu viens d'oublier）」「彼は／彼女はただ忘れた（il/elle vient d'oublier）」。わたしは学校に住みついたような気分だった。各レッスンの終わりに父がお金を集め、愛想のよさと威厳を交えて滞納金の催促をして、昔の父には考えられなかった厳格な倹約精神によってお金を管理した。祖母は、父にも母と同じぐらい持って生まれたビジネスの才能があると思っていた。父は負債を恐れていただけなのだけれど。父はよく言っていた。負債は獣のようなもので、社会主義のもとではほかのすべてのものと同じく眠っていたけれど、資本主義のもとではずっと目を覚ましている。殺される前に殺さなければならない。父は休まず働き、借りていたお金を完済した。ひとつの種の獣を退治すると、次の種と向き合う心の準備ができた。こうして父は、次なる勇ましい使命に熱意を燃やしていた。プランテックス社の救済だ。

母は父のために黒いネクタイを買ってきた。古着市場で見つけたもので、小さな白いゾウの柄がついていた。そして祖父のジャケットとズボンを繕った。母は宗教心を一切見せない人だったけれど、父の初出勤の日には、「あくまで念のためだから」とクルアーンに三度口づけさせてから送り出した。わが家の家計は順調だったし、ネクタイにはゾウがいたし、幸運をもたらす服を着て出勤したし、アッラーに敬意も払った。でも不幸に襲われる隙がひとつだけ残っていた。父の英語力不足だ。

はじめは些細な心配事のように思えた。父はアルバニア語のほかに五つの言語を流暢に話せる。家族のみんなと同じように、子ども時代に学んだフランス語を話した。ひそかに持ち込まれたピランデッロの『カオス・シチリア物語』を読んでイタリア語を習得していた。モスクワとの関係がまだよかった時代、ロシア語の大会で優勝していた。ロシア語を頼りに、またユーゴスラビアのテレビ映像を手がかりにして、セルビア・クロアチア語も独学で身につけ、ブルガリア語と同じだというマケドニア語も習得していた。当時は知る由もなかったけれど、これだけの言語ができても、人生最大の失敗と父が考えるようになったものを埋め合わせることはできなかった。英語を学ばなかったことだ。ほかの言語に慰めを見いだせなかっただけではない。それらを流暢に話せるのは悪意ある力に仕向けられた結果であり、そのせいでほんとうに学んでおくべきだった唯一の言語を学べなかったのだと考えるようになった。「『自宅で学ぶ外国語』を観てさえいたらなあ」父はよくわたしに言い、両手で頭を抱えた。「キショを学んでさえいたらなあ」

「それを言うなら『外国語学習者のための基礎英語』でしょ」わたしは父のまちがいを正した。そのせいで父はいっそう取り乱した。「おまえは運がよかった、ブリガティスタ。ソビエトとすでに袂を分かっていたから、学校で英語を学びはじめたんだ。おれはロシア語しかやらなかった」。父にとって英語は新しい悪魔になり、眠りを妨げる悪夢になった。「もうすぐやってくるぞ」震える声で父は言う。「外国人の専門家だ。やつらがもうすぐやってきて、おれはコミュニケーションが取れないんだ」しばらくしてまた言う。「政府が変わったら、たちまちおれはクビになる。わかってるんだ。おれは英語が話せないからな」

「でもザフォ、勉強すればいいでしょう」祖母がやさしく答えた。「それにフランス語があるじゃないの――ブリュッセルが重要なのはわかっているでしょう。もうすぐ欧州連合に加盟するんですから。いまでもフランス語を学ぶ人はたくさんいますよ」

「そうね、フランス人はいまでも学んでる」母が茶化した。「あの人たちはフランス語を二度学ぶの。最初は母語として、二度目は外国語として」母は必要最低限の英語を話せたから、優越感を抱いていた。戦前、豊かな少女が学ぶ寄宿制のアメリカン・スクールにいた母親ノナ・フォジのおかげだ。「でもたしかにそうね、英語の勉強をしなさい！」母は命じた。「無駄に心配してないで」

普段の父は「無駄に」心配することはなかった。むしろ反対で、心配から心配へと移っていくことで時間の経過を認識し、出来事を整理して今後の予想をを立てていた。心配しているのは父という存在のデフォルトの状態であり、呼吸や睡眠と同じぐらい自然な状態だった。問題が英語ほど重要なことでなかったとしても、やはり父は新しい仕事に何かしら不安の種を見いだしていたはずだ。英語が問題だったのは、父が心配していたからではない。だれも父を安心させられなかったからだ。そんなことは重要ではないとは、だれも言えなかった。

父はまず昔と同じやり方でこの課題に立ち向かった。辞書を手に入れ、本を一冊翻訳しようとしたのだ。この努力はすぐに失敗に終わった。すでに知っている言語を頼りに上達できないことに気づいたからだろう。あるいは、翻訳しようとした本が『シェイクスピア全集』だったからかもしれない。家族が所有していた十九世紀の豪華版で、没収を免れたようだけれど、半世紀後に父に屈辱を与えただけだった。

その後わたしは父を説得して、自分が登録していた午後の英語プログラムに参加させようとした。ケンブリッジ・スクールというプログラムで、授業は無料だった。その代わりに、無作為に選んだイギリス国内の五十か六十の住所に手紙を書かなければならない。コースへの参加者は電話帳数ページ分のコピーが含まれたパッケージをそれぞれ受け取り、手紙の送付先を選ぶ。手紙では自分自身や家族を紹介し、写真を一、二枚同封して、外国の友だちをつくりたいと書き、英語コースを支える資金を提供してほしいと頼む。わたしに割り当てられたのは、名字がFからはじまる人たちだった。返事を受け取ったあとはどうなるのか、結局知ることはなかった。一度も返事が来なかったからだ。大海原に目薬をさすようなものだった。資金提供者を見つけたり、イギリスで勉強するように招待されたりした参加者もいるとの噂があった。でも証拠を見た人はいない。招待を受けた人は運に恵まれなかった人に「スポンサーの住所を盗まれる」のを恐れ、手紙を教室に持ってこなかったからだ。わたしの場合、恩恵は英語の上達だけだった。手紙は一通ごとに内容を変えなければならなかったから、つきつめれば同じ基本的な情報をさまざまなかたちで表現する練習になった。父も乗り気だったけれど、登録しようと足を運ぶと、プログラムの対象は子どもとティーンエイジャーだけだと言われた。中年のアルバニア人男性の手紙に返事は来ないだろうと。言うまでもなく、父はいっそう落ち込んだ。

職場からの帰りのバスで運よく若いアメリカ人の一団に会ったことで、希望がひらけた。おそらく海兵隊員《マリーン》だと父は言う――自己紹介ではそう聞こえたらしい。きちんと背負われた黒のリュックサック、細身のズボン、ぴしっとアイロンのかかった白いシャツ、きれいにひげを剃った顔、完璧に整えられた短髪からもそれがうかがえた。海兵隊員たちは父のもとへやってきて道を尋ねた。父はひとこともわからないと説明しようとしたけれど、そんな苦しみを抱えて生きている悲哀も伝わったのだろう。海兵隊員は紙に何か書き、父のポケットへ滑り込ませた。夜に無料の英語教室をひらいていて、参加を歓迎するというのだ。

父はすぐにそのクラスに通うようになった。そして授業に大満足だった。知り合いにも会い、なかには近所の元靴職人でイマームを目指して訓練中のムラートもいた。ネイティブ・スピーカーから学ぶことで英語が急速に上達しただけでなく、授業で使う教科書自体も興味深かった。父は末日聖徒イエス・キリスト教会なるものと、それまで聞いたことのなかった新しい教義を学んだ。イスラム教と同じように、そこでも一夫多妻が許されていた。クラスでの討論はとても意味深長で中身があり、初級英語クラスで想定されるつまらないものではないと父は言う。

預言者ムハンマドのほうがすぐれていると擁護する出席者もいた。イエスとはちがい、神の息子を僭称したりはしなかった。数多くの預言者のひとりにすぎなかったけれど、最後の預言者だったため有利な立場にいて、それゆえ最も正しかったのだと。父はどちらの側にもつかなかった。理性の問題と信仰の問題は同じ基準で判断できないとどこかで読んだらしい。それでも話を聞いて仲裁するのを楽しんでいた。末日聖徒をかなり激しく批判する参加者もいたという。ムラートは海兵隊員たちを招き、古いモスクを見学させた。青年センターからまたモスクに戻された建物で、サウジアラビアのイスラム教徒の支援を受けて改装されたばかりだった。

　実はその人たちはマリーン（海兵隊員）ではなかったのだと父は知った。英語の理解力があまりにも乏しく、バスで聞きまちがえたのだ。その人たちはモルモン〔教徒〕だった。自分たちは宣教師《ミッショナリー》だと言っていたけれど、わが家ではその正確な使命《ミッション》をめぐって論争があった。その人たちは英語を教えたいだけだというのが父の考えだ。英語を教えたいだけなら、自分のことを宣教師とは呼ばずに教師と呼ぶはずだとニニは言い張った。宣教師が宣教師と呼ばれるのは、人を自分たちの宗教に改宗させるのが使命だからだ。「これもまた市民社会なのよ」というのが母のコメントで、このことばを口にするだけで宗教紛争はすべて終結するとでもいうかのようだった。

「かわいそうな若者たち」祖母はため息をついた。

「ほんとうにかわいそうな若者たちだ」父が答える。「人を改宗させようとしてるなんて言われるのはひどすぎる。クラスでは少数派で、いつも自分たちを弁護しなきゃいけないんだ。ムラートとその友人たちのほうが、向こうをイスラム教に改宗させようとしてる」

「わたしが言いたかったのはそういうことなの」母が口をひらいた。「これもまた討論ってこと」

「かわいそうな若者たち」ニニがまた言った。

その日以来、父が夜の英語クラスに出席するたびに、祖母は「あのかわいそうな若者たち」に会いにいったと言うようになった。

# 17 クロコダイル

The Crocodile

父は、当初「クロコダイル」と呼ばれていた「かわいそうな人」とも英語を練習した。その男の名は、フィンセント・ファン・デ・ベルフといった。オランダのハーグで生まれ、人生の大半を外国で暮らしていた。彼もまた一種の宣教師だった。世界銀行で働いていたからだ。リュックサックに聖書を入れて持ち歩いてはいなかった。その代わりにフィナンシャル・タイムズというピンクの新聞を持っていた。小さな革のかばんに入れていて、なかには高価なパソコンも入っていた。わたしが生まれて初めて目にしたパソコンだ。フィンセントがアルバニアへやってきたのは、さまざまな民営化プロジェクトについて政府に助言するためだ。彼も「専門家」のひとりだった——やがてやってくると父がいみじくも予想していた専門家で、父がぜひとも英語を学ぶ必要があると感じていたのもその人たちのためだった。

フィンセントは移行期社会の専門家だった。彼自身も移行を生きていて、ひとつの移行社会から次の移行社会へと絶えず移動していた。あまりにもたくさんの国で暮らしたことがあったから、これまでどこで暮らしてきたのかと尋ねると、いくら稼いでいるのかと尋ねたときよりも気まずそうな表情を浮かべた。フィンセントは、それまでに訪れたさまざまな場所の名前をすべて思いだすことはできなかった。ほんの少し肩をすくめて目を細め、動きを止めて宙を見つめた。雲が集まって地球の形になり、地図になって、これまで通り過ぎてきた国をすべて見せてくれるのを待つかのように、地平線を見据えている。それから頭をかき、顔をほとんど赤らめながら、悔恨と弁解が入り混じった謎の半笑いを浮かべて口をひらいた。「まあ、たくさんだな、たくさんの国だよ。すごくたくさんだ。アフリカ、南米。東欧。いまはバルカン諸国。ありとあらゆる場所だな。わたしは世界の市民なんだよ」

フィンセントはほとんど髪がなかったけれど、短い白髪がまばらに生えていて、細いシルバーフレームの大きなめがねをかけていた。ダークブルーのジーンズと半袖シャツを身につけ、シャツはアメリカ海兵隊員のものと少し似ていたけれど、ポケットの代わりに小さなクロコダイルがついていた。そのクロコダイルは布製で、いつも同じ方向を見つめていて、大きくひらいた口と鋭い歯が身体のほかの部分と比べて不釣り合いに大きく見えた。フィンセントはシャツを頻繁に替え、毎日ちがう色のものを着ていたけれど、クロコダイルはいつもそこにいた。クロコダイルが好きなのは、これまでにいろいろ訪れたエキゾティックな場所を思いださせてくれるからじゃないかと、わたしは冗談を言った。みんながフィンセントだとわかるように目印としてつけているんじゃないかというのが父の答えだ。フィンセントがうちの近所で暮らしはじめると、みんなからクロコダイルと呼ばれるようになったけれど、ある出来事をきっかけに「かわいそうな人」というあだ名がついた。

フィンセントをわたしたちの家がある通りに連れてきたのはフラムールだ。フラムールがスリとして働いていた食品市場でふたりは出会った。母親の工場が閉鎖され、国外脱出の試みに何度か失敗したあと、フラムールが選んだのがその仕事だった。フィンセントの財布を盗もうとして、フラムールは相手の手強さに気づいた。移行を管理するのと同じぐらい、フィンセントはポケットの物の動きを察知する専門家でもあったのだ。「財布はそのままにしといた」フラムールはのちに語った。「で、ごまかそうとして、市場で手助けは必要ないかって尋ねたんだ。いろんな露店を案内したな。来たばかりで家を探してるって言うからさ。おれんちを使ってもらった」

フィンセントは家を見にきて、外観を気に入った。いつ入居できるのかと尋ねられたフラムールは、いまの入居者はすぐに立ち退くと約束しているから、遅くとも一週間以内には出ていくと答えた。その一週間で、わたしたちはフラムールとそのお母さんのシュプレサを手伝って荷物をすべて梱包し、フラムールたちが隣の家と話をまとめて借りた部屋にそれを運び込んだ。イタリアに移住したあと、隣人のシモーニ一家の家にはだれも住んでいなかった。家賃の差額によって収入が生まれ、シュプレサがフィンセントの掃除と料理を買って出たおかげで、フラムールは学校へ戻ることができ、学校でそのオランダ人の動きをこと細かに報告した。クロコダイルは朝とても早くに家を出るという。夕食に招くのは外国人だけで、アルバニア人はひとりも呼ばない。友人たちと庭で食事をしてサラダを食べていた。ギリシャのサラダを思いだすとクロコダイルは言っていた。イタリア人のカトリック・スクールで働く女性と付き合い、その後、彼女の友人でソロス財団で翻訳の仕事をする女性と付き合った。昨夜、物干し綱から下着が盗まれたと言っていた。そんな話だ。

フラムールの家に移った数週間後、クロコダイルは「かわいそうな人《プア・マン》」と呼ばれるようになった。通りに彼を歓迎しようと、近所の人みんなで初めて夕食会を催したあとのことだ。実際には、フィンセントは貧しい人《プア・マン》ではなかった。ともかく、わたしたちにはそうは思えなかった。ほんとうに貧しかったら、みんなと同じように国から出ていこうとしたはずだし、ここへ暮らしにこようとはしなかっただろう。むしろ反対で、みんなフィンセントはとても裕福だけれど、とてもけちだと思っていた。通りで会っても何もくれなかった。小さいころに会った観光客たちとはちがい、チューインガム一枚、お菓子ひとつもくれようとしなかった。

フィンセントの歓迎夕食会は、はじめは楽しい集まりだった。昔と同じようにパパス家の庭にテーブルと椅子を並べた。いつものように賑やかで、子どもたちがカトラリーやお皿を運びながら走って行き来し、犬たちがテーブルの下を嗅ぎまわって、スピーカーから音楽が流れていた。いろいろな家からメゼのコースが運ばれてきて、ほかにもブレク、ミートボール、肉詰めピーマン、焼きなす、オリーブ、さまざまなヨーグルトソース、串刺しのラム、ロクム、バクラヴァ、カダイフ〔デザートや料理に使う細い麺状の生地〕、ビール、ワイン、スリヴォヴィッツ〔プラムの蒸留酒〕、グレープのラキ、ウーゾ〔グレープ・ブランデーをもとにしたリキュール〕、トルココーヒー、エスプレッソ、マウンテンティー、中国茶、たくさんの缶があった――コカ・コーラだけでなく、店頭に姿を見せはじめていたありとあらゆるソフトドリンクだ。フラムールがDJを買って出て、ベランダに腰かけて休むことなくカセットを入れ替え、あらゆるスタイルとテイストの曲を流した。曲目に穴があると思ったら、年下の子に命じてさらにカセットを持ってこさせた。その夜はずっと、ダンスフロアは人でいっぱいだった。席を立って伝統的なラインダンスに加わる人もいれば、コサックの歌が聞こえたときだけ飛び跳ねる人もいる。「美しく青きドナウ」が流れるとカップルたちがテーブルのうしろから優雅に登場し、ビル・ヘイリーやエルヴィス・プレスリーがかかったときだけ踊ろうとする父のような人もいた。踊っていないときは歌っていた。「黒い瞳（オーチ・チョールヌィエ）」〔十九世紀のロシア民謡〕から「レット・イット・ビー」まで、アル・バーノとロミナ・パワーの「フェリチタ」〔バーノとパワーのカップルによる音楽ユニットのヒット曲。イタリア語で「幸福」〕から、多少なりとも原文に近い歌詞で歌われた唯一の曲、「ルルボレ（Luleborë）」〔アルバニア語でスノードロップ（マツユキソウ）の意〕まで。

フィンセントは庭のまんなかのテーブルに座っていた。結婚式なら新郎新婦の席だ。歌いも踊りもしなかったけれど満足そうで、テーブルを軽く叩き、リズミカルに首を左右に振って、知っている曲をハミングしていた。ガーナでのパーティーを思いだすとフィンセントは言った。男たちは代わる代わる自己紹介し、力強く握手して背中を叩いた。「ようこそ、フィンセント！　ラキをもう一杯！　これはおれがつくったんだ」だれかが言う。「この一杯はきみの健康に！」ほかのだれかが付け加える。また別の人が口をひらく。「オランダからいらしたんですよね？　この一杯はアルバニアとオランダの友情に！」あるいは「ほら飲んで、フィンセント！　世界銀行万歳！　神よアメリカを守りたまえ！」

夜がすすむにつれて、女たちが取って代わった。男たちほどやかましくはなかったけれど、負けず劣らずフィンセントをあたたかく迎えようとし、盛りあがる会話の輪から外れないように気を配って、何より重要なことに、たくさんものを食べさせた。「フィンセント、肉とたまねぎのブレクは食べた？」「おいしかったですよ」フィンセントは答える。「サモサは前に食べたことがあるんですがね、あれはもっとスパイシーだった」。「サモワール？　何それ？　ロシアのものよね？　ほら、ミートボールにトマトソースをかけて召しあがれ。こうやって食べるの。ちがう、そっちじゃなくて、フィンセント。そっちのソースは冷めちゃってるから、こっちのやつをかけなきゃ。それかこのヨーグルトソース。こっちのほうがずっとおいしいから。レウシュカ、すりこぎとすり鉢を持ってきて。胡椒を挽くのを忘れてた。フィンセントには胡椒をかけて食べてもらわなきゃ――」

食事もなかばを過ぎると、フィンセントには疲労の色が見えた。あまりテーブルを叩かなくなり、胃が痛むのか、お腹に手を当てていた。みんなフィンセントに質問をつづけ、これまで暮らしてきた場所を尋ね、アルバニアで仕事を見つけた経緯を知りたがって、家族のことを訊いた。「ハーグで生まれたんだって？　ハーグで暮らしているいとこがいるんだ。五〇年代にユーゴスラビアとの国境経由で国を去ってね。名前はジェルジ、ジェルジ・マチだ。向こうじゃヨリスって名前を使ってたと思う。どこかで出くわしてないかい――ヨリス、ヨリス・マシに？　もちろんもう死んでるかもしれないが……」フィンセントは首を横に振る。ほんのわずかに額に皺を寄せていて、笑顔が減ったけれど、だれも気づいていないようだ。

しばらくするとフィンセントは立ちあがり、トイレの場所を尋ねた。何人かの男が家のなかまで付き添い、用を足し終わるとまた付き添って出てきた。「フィンセント」席に戻るとドニカが声をかけた。「あなた独身なんでしょ？　いったいどうして？　そんなに年は取ってないだろうに。いくつって言ってた？　心配いらないよ、すてきなアルバニア人の女の子と出会うだろうからね。アルバニアの女はとてもかわいくて、とてもよく働くんだ！　ほら、バクラヴァを食べな。あたしは自分でペストリーをつくるんだ。クルミ入りだよ」。「クルミ」フィンセントはくり返したけれど、丁重に断った。「ピーナッツ入りのはいただいたんだが、クルミ入りは食べてませんね、でももうお腹がいっぱいだ。ありがとう」。「お腹いっぱい？　いっぱいなわけがないだろう！　あなたみたいな大男がお腹いっぱいだって！　暑いんじゃないか？　上着を脱ぐかい？　見てごらん、どれだけたくさん残ってるか。シュプレサのカダイフも食べなきゃ、機嫌を損ねちゃうよ。おいしいからね、まずはバクラヴァを食べて、あとでカダイフを食べられるように、ちゃんとスペースを残しとくんだよ」

我慢の限界を超えたのは、フラムールがナポロニという伝統的なダンス音楽をかけ、ステレオのボリュームをあげたときだ。冒頭が流れただけで、まだテーブルの前に座っていた人もみんな曲に気づき、即席のダンスフロアへ急いだ。天災後に避難場所を求めるときのように必死だ。そのとき、フィンセントがテーブルにひとり取り残されているのに気づいた人がいた。年下と年上のふたりの男が代表として急ぎ送り返され、ほかのみんなが歌い、踊り、ハンカチを振っている場所を指さしながら、フィンセントの耳元で大声をあげた。「フィンセント、踊らなきゃ。ナポロニだ、練習しなきゃいけない。ナポロニを知らなかったらアルバニアじゃ生きていけないぞ。行こう!」

フィンセントは、踊りたくないと身振りで示した。男たちはフィンセントの椅子を引き、また大声をあげた。「行こう、恥ずかしがらないで。ナポロニだ、これに合わせて踊らなきゃいけない。ほら、ここにハンカチがある!」フィンセントは肩を動かしてふたりの手を逃れようとした。「わたしは踊れないんですよ」フィンセントは言った。「ダンスが苦手でね。観ているのが好きなんだ。ナポロニはゾルバのダンス〔映画『その男ゾルバ』のために制作された音楽とダンス〕に少し似ているな」。ダンスがつづき、音楽が終わりに近づくと、男たちはお気に入りの歌を逃しかねないとわずかにいら立ちを見せ、さらに強くせきたてた。

「フィンセント!」年下の男が絶望に近い声をあげた。「早く早く、フィンセント、終わっちゃうよ、ナポロニが終わっちゃう。踊れないってどういうことだよ! 踊れるにきまってるだろ、ナポロニはだれだって踊れるんだ。ほら、こんなふうに。こうやってハンカチを持って、それを振る。両腕を飛行機みたいに広げて、こんなふうにあげて、あげて、あげて、ひらく。腕は動かさずに、お腹だけ動かして……」

踊る飛行機の姿を示そうと、年上の男がフィンセントの左腕をつかみ、年下の男が右腕をつかんで、腕をあげさせようとした。フィンセントはまっ赤になった。額から小さな汗の粒が流れ落ちる。ふたりの男を押しのけて椅子に戻り、ちょうど音楽が終わるときにテーブルを拳で叩いて、グラスに入ったラキが地面にこぼれた。怒りに我を忘れている。「いいか、おれは自由だ!」フィンセントは怒鳴り声をあげた。「わかるか? おれは自由なんだ!」

ダンスフロアのみんなは凍りつき、テーブルのほうを向いた。ドニカの夫ミハルは人の輪の向こう側にいて様子がよくわからず、酔っぱらった男たちが喧嘩しているのではないかと立ちあがって確かめにいった。そしてフィンセントの様子がおかしいことに気づき、自分はアルバニア語しか話せないことを思いだして、通訳してもらえるよう手助けを求めた。フィンセントはすでに落ち着きを取り戻していて、荷物をまとめて椅子から立ちあがり、ミハルに言った。

「申し訳ない。帰ります。とても疲れてしまいましてね。すてきな夕食をありがとう」

ざわめき声のなかみんなテーブルへ戻り、ミハルはフィンセントを見送りにドアへ向かった。

「たしかにお腹いっぱいだとは言ってたけど」フィンセントが出ていくとシュプレサがつぶやいた。「でもね、わたしたちのために食べ物を残しておこうとして、出費の心配をしてくれてるんだと思ってた。かわいそうな人」

「かわいそうな人だね」ドニカも認めた。「たぶん蚊のせいだよ。それか暑さかね。観光客は耐えられないんだ。何度も言ってやったのに、上着を脱ごうとしなかった」

「かわいそうな人だ」父もあとにつづいた。「たしかにダンスは苦手で好きじゃないと言ってたな」

「〝おれは自由だ！〟」フィンセントにナポロニのダンスを教えようとしたふたりの男が言った。目をぐるりとまわして肩をすくめる。「そもそもそれってどういう意味だ？　まるでだれかが自由を奪おうとしているみたいじゃないか。ここじゃみんな自由だ。踊りたけりゃ踊ればいい。踊りたくなけりゃ踊らなければいい。そう言ってくれさえすれば、拳をテーブルに叩きつける必要なんてないんだ。かわいそうな人だな。暑くて仕方なかったんだろう」

その夕食のあと、暗黙の了解ができた。どれだけ懸命に迎え入れようとしても、フィンセントがわたしたちの仲間になることはない。わたしたちの通りで頻繁に彼とやりとりするのは、うちの父だけになった。門を挟んでサッカーのスコアを語り合って英語の数字を練習したかったからか、あるいは民営化の会議で定期的に顔を合わせざるをえなかったからだろう。近所の人たちは遠くから丁重にあいさつし、「かわいそうな人」について、ときどき「かわいそうなオランダ人」について、ごくまれに「クロコダイル」についての噂話をつづけた。フィンセントが通りの端に現れると、玄関前でおしゃべりしていた女性たちは姿を消し、数分後にまた集まる。患者がいないところで精神分析をするセラピストの一団のように、「かわいそうな人」の習慣について詳しい分析を再開する。毎朝、ジョギングに出かけるのに気づいた？　まるで文化革命のもとで育った人みたい。あの人はスパイじゃない？　だれとも抱擁《ハグ》したり握手したりしないのっておかしくない？　親は生きてるのかしら。どこかの介護施設にいるんじゃないの？　あの人たちにはそれが普通でしょ。こんな行列と停電の国で暮らしたいだなんて、たくさんお金をもらってるにちがいないよね。一日百ドルぐらい？　千ドル？

週末には、フィンセントは田舎へ足を運んだ。クロコダイルのシャツはそのままだったけれど、ノートパソコンが入ったかばんをリュックサックに替え、ダークブルーのジーンズの代わりにベージュのショートパンツを穿いて、「エクアドル」と記された麦わら帽子をかぶり、カメラを持っていて、ほかの観光客と変わらない見た目になっていた。

「フィンセント、ダイティ山にはもう登りましたか?」門を挟んであいさつを交わしながら、父はよく尋ねた。「いや、まだです」フィンセントは答える。「でもいつか行こうと思ってますよ。それにほかの場所もね。いま名前は思いだせないんだが。正確に憶えられなくてね。発音がむずかしくて、口に出してみようとすら思いませんよ!」

フィンセントの数ある癖のなかで、何よりみんなを当惑させたのがこれだった。見た場所、会った人、やったことの正確な名前を一切思いだせないのだ。いろいろな音、味、出会いが、とっ散らかった机の書類のように頭に保管されていて、その秩序は本人しかわからない。新しい料理を勧めたり、興味がありそうな観光名所を伝えたり、よく使われるアルバニア語の単語を教えようとしたりすると、フィンセントは驚きを示すことなくそれを歓迎し、同じような別の経験をあげて、混乱をまったく見せずに耳を傾ける。何かの問題について警告しようとしたり、困難に対処できるように手を差しのべようとしたりするときも同じだった。フィンセントは感謝して助言に耳を傾けるけれど、いつもあまり必要と思っていないようだった。

怒りを爆発させた一度の夕食会を除いて、不安を見せることはまったくなかった。「フィンセント」わたしたちは声をかける。「夜に停電があるかも。丸一日なかったからね。ろうそくはある?」あるいは「フィンセント、午後二時になったよ。そろそろまた水が出るころだから、ボトルに溜めておくといい。三十分もしたらまた出なくなるからね」。フィンセントはこう答える。「なるほど! 教えてくれてありがとう。同じことがあそこにいたときもあったな……中東のどこかだ。そこでも給水の問題があったし、よく停電した。ここは爆弾がないだけましだよ!」反復可能性がフィンセントの秘密兵器だった。彼が口にする既視感《デジャヴュ》は魔法の力のようで、ありとあらゆる新しいものを飼いならし、見知らぬものをなじみのカテゴリーに落とし込むのに役立つトリックだった。

わたしたちには反対の効果をもたらした。フィンセントが昔いた場所との共通点をあげ、過去の生活体験を語るのを聞くと、なじみのものが見知らぬものになった。フィンセントに新しいことを何も教えていないことがわかっても、わたしたちは気を悪くしなかった。けれども、わたしたち独自のものと思っていたものがほかにもあったと知るのは、どこか心穏やかでなかった。特別だと思い込んでいたものはすべて、世界をよく知る人にはなじみのパターンの一部だったのだ。他国の料理にもある食べ物、伝統的な歌やダンスのリズム、ことばの響き――どれもわたしたちだけのものではなく、ほかの人たちのものでもあったらしい。それを知らなかったのはわたしたちの責任だ。わたしたちの英雄は普通の人たちで、世界には同じような人が何百万もいる。わたしたちのことばは、どこで生まれたともわからない単語のパッチワークだ。わたしたちが存在するのは努力の結果ではなく、ほかの人たちの情けのおかげだ。おそらくより力のある敵たちが、わたしたちを存在させる決断を下したのだ。その勝利の印がみずからの似姿につくった千もの小さな場所であり、それらの場所はすべて互いに似ているのに、自分たちはほかとちがうと思っている。

フィンセントには、大きくかけ離れた経験を比較する力があり、世界のさまざまな場所で暮らす人たちの共通点を指摘する力があって、たとえばアルバニアのブレクの味はスパイシーでないサモサと変わらないとか、ドゥラスのごみ捨て場はボゴタのごみ捨て場とまったく同じ見た目だとかいったことを悟らせる力があった。ときどきわたしはノラ先生のことを思いだした。話の中身はまったくちがったけれど、さまざまな点でふたりは似ていた。一般化しようとする態度、細部を捨てて抽象化する力、状況を比較し、その比較を用いて世界のより大きなビジョンを説明し、システム全体についての知識を披露するやり方。ノラ先生はよく言っていた。わたしたちには、世界のほかの場所にいる兄弟姉妹との共通点が思っているよりたくさんあるの。わたしたちがしたようにみずからを解放していないところでは、だれもが同じ資本主義の搾取のもとにある。わたしたちはみな、同じグローバルな反帝国主義闘争の一部なのですよ。抑圧はどこでも同じ顔をしています。

フィンセントは資本主義というものを認識していなかった。少なくとも、歴史上のいかなる展開を言い表すことばとしても妥当だとは思っていなかった。それはひとつの現象につける便利なレッテルにすぎず、自分が暮らしてきたさまざまな場所の正確な名前ではなかった。フィンセントが認める区別は、移行中の社会とすでに移行を終えた社会、移動中の人びとと過去に移動した人びとだけだ。もちろん、漠然とした目的地の感覚はフィンセントにもあった。でも、どこへ向かっているかを説明するよりも、追いつくことのほうが重要だった。それに、プロレタリアートによる世界闘争を組織化する必要を強調していた小学校時代の恩師ノラ先生とはちがい、フィンセントがそこにいたのは抵抗運動を結集させるためではなく、「透明性を高め」「人権を守り」「腐敗と闘う」ためだ。フィンセントにとっては、変化を担う主体もプロレタリアートではなく、「国際社会」や「市民社会のアクター」などだった。それにフィンセントには、また別の目的があったのだ。

# 18 構造改革

Structural Reforms

「父さんがこれまでの人生でやったことで、いちばんつらかったのは何だと思う?」風の吹きすさぶ十一月の朝、出勤前に父が尋ねてきた。リビングの閉めきったカーテンの前に立ち、窓枠が隙間風でガタガタ震える音を聞きながらコーヒーをかき混ぜている。

「首相のイピとの関係について、わたしに嘘をついたこと?」わたしは答えた。「あれはつらかったはず」

父は首を横に振った。

「待って、わかった。本棚にエンヴェル・ホッジャの写真を置いてほしいってわたしが必死にお願いしたこと、憶えてる? すてきなフレームが必要だから準備ができるまで待ちなさいって言ったでしょ。危うく信じるところだったよ」わたしはくすくす笑った。

社会主義の終焉から五年が経ち、昔の生活のエピソードは家族の笑い話になっていた。馬鹿げた思い出も、おもしろおかしい思い出も、つらい思い出も、そのすべてをそなえた思い出も、どれも同じだ。船が難破して生き延び、傷を自慢し合う酔っぱらいの船乗りみたいに、食事をしながら冗談めかして語った。父はほかのだれよりもたくさん冗談を言った。あまりにも冗談ばかり言っていたから、真剣なのか笑わせたいだけなのか、質問の調子から推し測るのがむずかしいことも多かった。父は人生のどこかの時点で気づいていた。アイロニーはただの修辞的技巧ではなく、生き延びる手段なのだ。父はそれをふんだんに活用し、弟やわたしが父のまねをしようとすると、たいていうれしがった。

「それか、わたしが――」

「世界はいつもおまえを中心にまわっているわけじゃない、レウシュカ」父はぶっきらぼうにわたしのことばを遮った。いつものふざけた雰囲気ではなかった。

　父は港の総責任者に昇進したばかりだった。国内最大の港で、アドリア海最大規模の港だ。うちには電話線が引かれ、父は毎朝いちばんに港湾事務所に電話をかけた。嵐のせいでフェリーが波止場に着けられないのではないか、風のせいでクレーンが危ないのではないか、税関に行列ができているのではないかと心配していた。プランテックス社の経営を二年間担い、経費カットと負債削減の実績を積み重ねたのち、さらに責任の重い職を任せてもいいとどこかの偉い人が考えたのだろう。給料が増え、通勤のために毎朝メルセデス・ベンツで迎えにくる個人運転手がついて、眠りにつくためにいつも呑むバリウム〔催眠鎮静薬や抗不安薬として使われるジアゼパムの商標〕の量が倍になった。

　わたしは返事のトーンを修正し、ほかの答えを考えた。父が六歳か七歳のころ、お母さんが警察官に蹴られないように守ろうとしたとき？　それとも、家族が追放されて飼い犬を手放さなければならなかったとき？　刑務所から釈放された父親と初めて顔を合わせ、見知らぬその人とともに暮らすことに思いをめぐらせたとき？　スパイではないかといちばんの親友を疑ったとき？

父は首を左右に振り、小さなコーヒーカップの底をずっと見つめていた。濃くて黒い液体が、さらにどす黒い自分の考えを洗い流してくれるのを期待するかのように。

「これだよ」父がおもむろにカーテンをあけると、庭には二、三十人のロマの人たちが集まっていた。幼い子を背中にくくりつけている女性もいれば、地面に座って赤ん坊をあやしている女性もいる。門の外にはさらに多くの人がいて、鉄格子の向こうで凍りついた囚人のように金属の柵に顔を押しつけている。ひらかれたカーテンの奥に父がいることにみんなが気づくと、突然の反応が中庭に広がっていく。みんな窓を指さして声をあげはじめた。「あそこにいる！　あそこにいるぞ！　起きたんだ！　出てくるぞ！」

父はカーテンを閉めた。ソファに腰かけて吸入器に手をのばし、何度か深く息をして薬を吸い込む。父の手はいつも震えていた。子ども時代にかかったぜんそくのせいで、抗ヒスタミン薬を長年使ってきた影響だ。そのときはいつも以上に震えていた。

「あの人たちは港で働いているんだ」少し間《ま》を置いてから父は言った。「あの人たちのこと、おれたちがなんて呼んでるかわかるか？　構造改革だよ」

父の顔は痛みを我慢しようとして歪んだ。これから舞台にあがろうというときに、楽屋のドアに指を挟んだ人みたいだ。港で働きはじめたときから、父はフィンセントら外国人の専門家と協議し、世界銀行が「構造改革」と呼ぶものについて話し合っていた。ほかの国営企業と同じく、港も赤字でコスト削減を迫られていた。今度は人員削減なしとはだれも約束してくれなかった。専門家たちが「ロードマップ」と呼ぶ計画の第一段階には一連の人員削減が含まれ、対象者の大部分は高い技能を必要としない労働者だった。港ではロマが何百人も働いていた——荷物の積み込み係、清掃員、貨物輸送係、倉庫作業員。父はその人たちを全員解雇する責任を負っていた。

もうすぐ失業するという話を耳にすると、港湾労働者たちは早朝にわが家にやってくるようになり、父が家を出るまで外で辛抱強く待った。はじめは四、五人だけだったけれど、構造改革のニュースが広がるにつれて人の群れも大きくなった。中庭に立ち、父が戸口に現れると大声で呼びかけて、考え直してほしいと懇願する。「おはようございます、ボス。あんたはいい人だ、ボス。そんなことはしないでくれ、あの盗っ人たちの言うことは聞かないでほしい」「酒のことですか、ボス？ 問題はそれなのか？ それがいけないんなら、明日から飲みやしませんよ。お望みなら明日には酒はやめるし、たばこだってやめられる。このごろじゃラキを飲む金なんてだれが持ってるんです？ 必死に切りつめてるんですよ、ボス、ほんとうに切りつめてる」「あとたった二年で定年なんです、ボス。あと二年だけなんです。十三歳のときから港で働いてきたんだ」「ボス、あたしは何も盗んじゃいません。ジプシーはなんでも盗むって言われてるでしょ。あたしが倉庫から何か盗んだって言いつけた人がいるのかもしれない。あたしは一銭たりとも盗んじゃいませんよ、ボス。子どもたちの首をかけて誓います、何も盗んじゃいないんです」「仕事をさせてくれ。おれは仕事が好きなんだ。きつい仕事だが、それでも好きだ。港のやつらはみんな知り合いだ。港はおれの家のようなもんなんです。そこで寝て、食って、なんでもぜんぶ港でする。うちに帰ったらガキどもは眠ってますよ」

「どうやって外に出りゃいいのかわからない」その朝、父はこぼした。「一日ごとに人が増えていく。昨日もまたオフィスであの人たちとミーティングをしたよ。ずっとミーティングだ。まず世界銀行、それからあの人たち、そしてまた世界銀行。そこにいる人たちを見てみろ。みんなおれしだいだと思ってる。おれがなんとかできると思ってる。なんて話せばいいのかわからんよ。ルールが変わったんだ。世の中の仕組みが変わって、会社のあり方も変わった。港の一部は民営化されなきゃいけない。だれかがやらなきゃいけないんだ。たまたまおれだったわけだが、おれじゃなければほかのだれかがやるだけだった。だれだっていいんだ、だれでもいっしょだよ、だれかがやらなきゃいけない」

「どうしてやらなきゃいけないの?」わたしは尋ねた。

「全員を雇いつづけるわけにはいかないんだ。フィンセントが言うには、現代化して、金を節約して、新しい設備に資金を投じる必要がある。機械みたいに人間を取り替えるっていうんだ。古い機械を捨てて、もっと高速な新しいやつを買うみたいにな。バンッてな具合だ。どうすりゃいいのかわからない。おれは機械じゃないんだ。機械だったらよかったのにと思うよ。だれかがプログラムしてくれて、何も考えずにできたらな。フィンセントはボリビアでも同じことをしたらしい。おれはボリビアなんて行ったことがない。あの人たちは、ボリビアがどこにあるのかすら知らない。ボリビアでも同じことをしたって、いったいそれになんの意味があるんだ――だからどうだっていうんだ？　あの人たちを見ろ。機械じゃない。人間だ。目に涙を浮かべて額に汗をかいてる。希望だって持ってるだろう。まだ残っているならな。窓のところへ行け。そこに立って見てみろ。これが構造改革ってやつだ。構造改革だ」

父は不安げにハンガーからレインコートを取り、家を出て乱暴にドアを閉めた。わたしは言われたとおりにした。窓際へ戻り、窓をあけて外の音に耳を傾けた。父が中庭に現れても、みんな静まりかえっている。門がひらいて男がひとり姿を現した。背丈は五歳児ぐらいで、手を使ってぴょんぴょん飛び跳ねながら地面をすすむ。切断された太ももが魚の尾びれのように左右にぶらついている。窓から見ていてもジクだとわかった。子どものときによく見かけたロマの不具者《クリップル》で、墓地の入り口でお金を無心していた人だ。

ジクはにっこり笑い、昔の友だちに再会したように手を振った。それまで気づいていなかったけれど、脚と同じように前歯もなかった。ジクの笑顔はそれまで見たことがなかった。ほとんどしかめっ面のような歪んだ笑顔を浮かべている。

「おれのことは憶えてますね、ボス！」ジクは声をあげた。「あなたがそんなことをするわけないって、こいつらに言ったんです。いつだってこの不具者の前を通り過ぎるときは、ちょっとしたものをくださった。多いときもあれば少ないときもあったけど、毎回ちょっとしたものをね。あなたは大衆の味方だって、こいつらに話したんですよ。がっかりさせられることはないって。ジプシーを愛する人も不具者を愛する人も多くはないが、あなたはどっちも愛してる。

わかってるんです。おれをパンなしで放っておきはしない。この子たちを空腹にさせときやしない。そんなことはしないって、こいつらに言ったんです。あなたはいい人だ。そう言ってやったんです」

父は窓の先にいるわたしの目を探した。「脚が不自由なのはジクのせいじゃない」わたしが幼いころに父はよく言っていた。〝おれのせいじゃない〟といま父の顔は語っている。小銭を探すようにズボンの右ポケットに手を入れた。コインは見つからず、ハンカチしかなくて、それで顔をぬぐう。ジクは父のいる場所を認め、身体を引きずりながら足もとへ近づいた。「泣いてる」ジクはほかのみんなのほうを向いた。「ほら、この人は泣いてるぞ」もう一度言って父を指さした。「こいつらに言ってやったんです、ボス。あなたはできることをなんでもしてくれるって、言ってやったんです」。「あなたはいい人だってわかってます、ボス」ほかの男たちが加勢する。「そんなことはしないでください、話を聞かないでください。あいつらは金を儲けたいだけなんだ。あなたは金を稼ぎたいわけじゃない。貧しい者たちに金を与えたがっていて、貯め込むのをいやがってる」幼い子をあやしていたふたりの女性が父の足もとに身を投げ出し、夫の仕事を守ってほしいと泣きじゃくりながら懇願する。母親が泣いているのを見て、幼い子どもたちも泣きだした。抗議というよりは死別の光景だ。怒りはなく、絶望しかない。「ここではやめてくれ、お願いだからここではやめてほしい」消え入りそうな声で父はジクに言った。「ここは自宅だ。オフィスで話し合おう。もしわたしが……もしわたしが……金はわたしのものじゃない。わたしだったら、みんなに仕事をつづけてもらう。わたしの問題ではなく、決断を下すのはわたしではないんだ。というか……そう、たしかにわたしが決断を下すんだが、その決断は……わたしのではない」話が要領を得ていないことに気づき、父は考えを整理しようとした。「わかってほしい」——父は集まった人たちのほうを向いた——「これはジクにお金をあげるのとはちがうんだ。同じではない。わたしたちはラットマット〔「ロードマップ」のこと〕を与えられている。わかってもらわなければいけない。ルールがあるんだ。市場経済を動かしていく必要がある。たどらなければいけない道がある。きちんとやれば、みんなにとってよりよい状態になる。わたしたち全員にとって。それが構造改革だ。すべてが変わらなければならず、わたしたちもやり方を変える必要がある——みんなを働かせておくことはできないんだよ。それは不可能だ。やがてみんなに仕事が行きわたるようになり、よりよい状態になる。でもいまは選択肢がない。みんなが犠牲を払わなければならず、ただただやらなければいけない。実行されなければならないんだ」

　父は上司たちに約束はしたけれど、それを実行しなかった。人員削減を承認しなかったのだ。構造改革は避けられないとくり返し口にしたけれど、可能なかぎり避けようとした。「これは政治の問題だ」と父はよく語った。「政治的決定なんだ。おれはただの事務方で、役人にすぎない。おれにできるのは先延ばしだけだよ。止めることはできない」。数字、図表、グラフを見つめて長い夜を過ごし、人を解雇せずに経費を削減する方法を考え出そうとした。誇れるような結果は出てこなかった。父は与えられた義務を果たす勇気がないことをどこかで気まずく思い、恥じてすらいた。それまでずっと誠実に仕事に取り組んできた。祖母は家族みんなに言い聞かせていた。このうえなく無意味な仕事にも全力を注ぎ、たとえ原因に責任がないときでもつねに結果に責任を負いなさいと。役目を果たせないことを父は認められなかった。「もうすぐだ、すぐにやるぞ」とよく口にしていた。

父は副大臣と協議し、大臣と会って、首相とも話した。みんなフィンセントの警告をくり返した。「構造改革は歯医者へ行くようなものだ。先延ばしにはできるが、先に延ばせば延ばすほど痛みは増す」。でも父は歯科医になりたかったわけではない。そのときの自分とは別の何かになりたがっていたけれど、それを見つけるチャンスはなかった。心は反体制派のままだった。資本主義に批判的だった。ルールを徹底させることを求められるようになったけれど、そのルールを信じていなかった。社会主義もあまり信じていなかった。あらゆる権威を嫌っていた。その権威を代表する立場になり、自分の役目を恨んでいた。構造改革は支持もしなければ妨げもしなかった。人びとの生活を破壊するのがいやでたまらず、汚い仕事を人に押しつけるのもいやでたまらなかった。

はじめは父も昇進に満足していた。長いあいだ上司の善意に身を委ねていたし、生涯ずっと党幹部の情けに頼りきりだったから、新しい地位によって手に入るはずの独立を大切にしていた。でも、その独立には限界があることにやがて気づいた。思っていたほど自由ではなかったのだ。父はさまざまなことを変えたかったけれど、できることはほとんどないことを知った。あっという間に世界は確かなかたちを取るようになったけれど、そのかたちをだれも理解していなかった。道徳的な義務や個人の信念はほとんど無意味だった。何を言えとかどこへ行けとか父に命令する人はもういない。けれども、よく考える間もなく、便益《ベネフィット》を検討し費用《コスト》を判断する時間もなく、何かを言いどこかへ行かなければならないことがわかった。かつてであれば、ジレンマに直面して信念に従って行動できなかったら、体制のせいにできた。いまはそうはいかない。体制は変わった。父はその変化を止めようとしなかった。変化を歓迎してあと押しした。

あるいはそうではないのかもしれない。同世代の多くの人と同じように、どう考えるか、何をするか、どこへ行くかを他人から指示されるときに、自由が失われるのだと父も思っていた。でも、やがて気づいた。強制はかならずしもそうした直接的なかたちをとるわけではない。社会主義は、なりたい人間になり、失敗してそこから学び、自分のやり方で世界を探究する可能性を父から奪った。資本主義は、それをほかの人たちから奪っている。港で働いていて、父の決断に人生を左右される人たちから。階級闘争は終わっていない。父もそれをわかっていた。世界が連帯の破壊されたままの場所であってほしくはないと父は思っていた。適者だけが生存し、だれかの成功の代償にだれかの希望が潰える場所は望んでいなかった。母は人間には互いに傷つけ合う傾向が生まれつきそなわっていると考えていたけれど、父はだれもがやさしさの種を持っていると信じていた。それが芽を出さないのは、まちがった社会で暮らしているからだ。

でも父は正しい社会を具体的に示せなかった。すでにうまくいっている場所の例をあげられなかった。父は大風呂敷を広げる理論を信じなかった。「哲学的に語るのはやめるんだ！」父はよくわたしを諭した。父は社会主義のリアリスト小説を読み、ソビエト映画を観て育った。善悪とは何か、正義はどのように生まれるのか、自由はいかに実現されるのかを説く映画だ。父はそれらの作品の意図を高く評価していたけれど、解決策を受け入れるのは躊躇していた。父が実現を望む世界はいつも、自分が暮らすこととはちがう世界だった。現状に抵抗する運動がはじまったのに気づいたとき、父は希望を抱いた。けれども運動が具体化して指導者が生まれ、さまざまな制約や決まりごとができて、ほかの何かの否定ではない何かになると、たちまちそれを信じられなくなった。すべてに代償がつきものであることは知っていたけれど、その代償を受け入れる用意はなかった。父が尊敬するのはニヒリストや反逆者であり、自分たちが暮らす世界を糾弾することだけに人生を費やし、いかなる選択肢にもコミットしない人たちだった。

　構造改革について父と同じ決断に直面した同僚たちは、シニカルになった。「まあなんだな、われわれはトルコ人のもとで生き延びた。ファシストとナチスのもとで生き延びた。ソビエトと中国のもとで生き延びた。世界銀行のもとでも生き延びるだろう」。父は、そんなふうに生き延びる代償を忘れてしまうことをひどく恐れていた。父の身が安全になり、わたしたち一家が殺されたり、刑務所に送られたり、追放されたりする危険がなくなったいま、朝に目を覚ましたときに、今日は何が起こるのだろうと心配する気持ちをやがて忘れてしまうのではないかと不安を覚えていた。父は数百人いる港湾労働者の名前をすべて憶えようとした。「名前を忘れたら、その人たちの命のことを忘れてしまうだろう」と父は言う。「もはや人でなくなる。

数になるんだ。その人たちの希望や不安は重要でなくなる。ルールだけ憶えていて、それが適用される人のことは忘れてしまう。命令のことだけ考えて、その目的は考えなくなる。騾馬《ラバ》が教え子の家族を密告するときにも、おそらくそんなふうに思っていたんだろう。ハキが拷問道具に手をのばすときに、くり返し自分自身に言い聞かせていたのもそれだろう」

その人たちのようになることを考えるだけで、つまり同じく感情を交えず冷酷にルールに従うことを考えるだけで、父は夜眠れなくなった。移行が完了したらすべてうまくいくというフィンセントの考えを父は信じていなかった。市場経済のようなものが必要であることはわかっていたけれど、それがどんなかたちになるかはあまり考えていなかった。同世代の多くの人と同じように、父も思想の自由、抗議する権利、道徳的良心にのっとって生きる可能性により強い関心を向けていた。

たとえ理論を共有していたとしても、みんなが受け入れた真実を信じていたとしても、父は信じすぎることを心配していただろう。理論を第一に考える人にあまりにもたくさん出会っていて、信念をもって行動することが人を傷つけかねないことを知っていたからだ。理想はいまや姿を変えた。おそらくそれを理想と呼ぶのは大げさで、分別ある対処法にすぎないのだろう。それを実行に移すには、やはり人間の介入が求められる。昔の父は無垢でいられた。犠牲者だった。どうすれば突然、加害者になれるというのだろう。

# 19 泣くんじゃありません

Don't Cry

一九九〇年代なかばには、わたしにも対処しなければならない悩みがあった。ティーンエイジャーとしてのわたしの年月はおおむね苦しみの時間であり、その苦しみに理由があることを家族に否定されればされるほど、つらさが募っていった。わたしの家族は、客観的な根拠がなければ惨めな気持ちになる資格はないと思っていたようだ。飢えたり凍えたりするリスクがあったり、眠る場所がなかったり、暴力の脅威のもとで暮らしていたりといったことで、これらが絶対的な最低基準だ。その最低基準よりも上でなんとかやっていけるのなら、異議申し立ての権利は失う。でなければ、もっと不幸な人たちを侮辱することになるからだ。社会主義のもとでの食料引換券と少し似ている。みんなが分け前にあずかっているのだから、飢えることなどありえない。お腹が空いていると言おうものなら、人民の敵になる。

わたしはありがたいと感じるよう迫られ、自由である幸福に感謝を示すよう促された。自由の到来はあまりにも遅く、父と母はそれを享受できなかったから、いっそう責任をもってそれを行使することをわたしに求めた。父と母の境遇に無頓着でいると、自分勝手だ、先祖の苦しみに鈍感だ、軽率な振る舞いによって先祖の苦しみの記憶を消し去っているといって叱られた。わたしは自由だとはまったく思わなかった。とくに冬は窮屈に感じた。すぐに暗くなり、太陽が沈んだあとは外出させてもらえないからだ。「危ないからね」と父と母は言うけれど、具体的にどんな危険を想定しているのかは話す必要がないと思っていて、わたしも説明を求める必要を感じなかった。

さまざまな危険が考えられた。車にはねられて死ぬかもしれない。クラスメイトのドリタンはある夜、ビーチのそばを歩いていて若い男の車に轢かれた。男はおじのアウディで運転の練習をしている最中だった。あるいは跡形もなく姿を消すかもしれない。脚が不自由で、小舟を使って働いていたベサのお父さん、ソクラトのように。毎晩、ソクラトはイタリアへの密出国を手助けしたあと、家に帰ってベッドで寝ていたけれど、その夜は帰らなかった。ほかにもあらゆる種類の小さな事故に見舞われるおそれがあった。暗い通りを歩いていて壊れた街灯柱にぶつかるとか、鋼鉄目当てで蓋が盗まれたばかりのマンホールに落ちるとか。家までずっと、お腹を空かせた野良犬につきまとわれるかもしれない。つきまとってくるのは、酔っぱらいの男たちや、ひやかしのことばに女子がどう反応するか賭けている少年たちの可能性もある。父と母にとって、これらはたいした問題ではなかった。そもそもわたしたちの国は移行中だ。我慢しなければならない。それに、そんな災難を避けるためにできることがいつだってある。家にいればいいのだ。

だからわたしはそうした。寝室に閉じこもり、ヒマワリの種を噛んで長い午後を過ごした。

退屈していたと言うと、その状態を興味深いものにしてしまうおそれがある。その状態に意味を与え、特別なことが何もなかった日々に説明を加えることになるからだ。時間は同じ状態の永劫回帰だった。子ども時代に参加していた詩、演劇、歌、算数、自然科学、音楽、チェスのクラブは、一九九〇年十二月に突然すべて終わりを告げた。学校でまともな科目といえば、物理学、化学、数学といったハードサイエンスだけだった。人文学では、たとえば弁証法的唯物論に代わった市場経済論のような新しく導入された科目には、教科書が一冊も存在しなかった。あるいは歴史や地理学の教科書では、アルバニアはいまだに「世界中の反帝国主義闘争を照らす灯台」と説明されていた。わたしはすぐに宿題を終わらせ、残りの時間の潰し方をあれこれ考えた。うちには電話が引かれていたから、友だちとおしゃべりして、そのあとベッドで長篇小説を読んだ。毛布の下で震えながら、頭上にろうそくを灯して読むことも多かった。停電もつづき、冬の夜には悲しみより寒さのほうが身にしみた。

四十五分ごとに、祖母が牛乳や果物を持ってノックもせずに部屋に入ってくる。「元気?」祖母に尋ねられてわたしはうなずく。祖母はティーンエイジャーの少女を襲う「拒食症」という西側の新しい病気を耳にしていた。それがどう広がるのか、なぜ広がるのかは知らないのに、一定の間隔でわたしに無理やりものを食べさせたら安全だと決めつけていた。祖母のおやつではなく自分のヒマワリの種を食べたいと交渉すると、あとで種の殻を見せるようにと言われた。来訪の間隔は九十分に延長された。「わたしたちはとても運がいい」部屋を出ていくときに祖母はだしぬけにつぶやく。持ってきた牛乳のことを言っているのだろうとわたしは思った。行列に並ばなくても買えるようになったからだ。

　パブやクラブもいくつか開店しはじめた。経営者はほとんどが密入出国の斡旋者、薬物の売人、性的人身売買者だった。これらはすべて普通の職業として口にされていた。だれそれは協同組合の労働者だとか、工場で雇われているだとか、バス運転手だとか、病院の看護師だとか、過去に説明していたのと同じだ。異なる時代の複数のレッテルが同じ人に貼られることもよくあった。「あの人、黒い窓のＢＭＷに乗った男はハフィゼの息子だよ」近所の人たちがバルコニーでコーヒーを飲みながら噂話をする。「昔はビスケット工場で働いてたの。工場が閉鎖される前に解雇されてね。うまくスイスに渡ったんだって。いまはビジネスをしてる。輸入と輸出。大麻とかコカインとか、そういうやつね」

　わたしは昼間のパーティーのときだけクラブに行くことを許されていた。夜の気分で楽しめるようにカーテンがおろされ、パンチやたばこがこっそり持ち込まれて、仲間たちは外国から来た「スピン・ザ・ボトル」という新しいゲーム〔輪になって座り瓶を回転させて、止まったときに瓶の口の先にいた人が回転させた人とキスする〕に興じた。わたしも参加し、ボトルの口がわたしのほうを指したときの男子たちのしかめっ面や、わたしがその子たちにキスする番になったときのうめき声に気づかないふりをした。「おれは男とはキスしないぞ！」その子たちは言う。「ゲイじゃないからな！」

　ゲイとはだれなのか、あるいはなんなのか、わたしはまだ知らなかったけれど、恥ずかしくて尋ねられなかった。わたしが男子のような見た目であることに疑いの余地はなかった。学校ではもう制服の着用は義務づけられていなかった。好きなものをなんでも着られた。ほかの女子たちが化粧品を学校のトイレにこっそり持ち込み、スカートを短くするなか、わたしはオーバーサイズのズボンと父のチェック柄の社会主義者風シャツを着ていた。ほかの子たちが髪をストレートにしてブロンドに染めはじめるなか、わたしは理髪店に行って髪を短く切ってもらった。ほかの子たちが「マテリアル・ガール」のマドンナをまねて家族に反抗するなか、わたしは文化革命の典型的少女になって、家族から押しつけられたリボンとレースに反抗した。家でのわたしのあだ名は、ブリガティスタからガヴローシュに変わった。学校でのあだ名は、マムアゼルから花瓶になった（イピ（Ypi）と韻を踏む〝キピ〟（qypi）という単語から）。ずっと細くてひ弱だった体型のためではなく、泳ぐときに着ていた服の形のせいでつけられたあだ名だ。

わたしはよく考えにふけった。エロナがまだそばにいたら、状況はちがったのだろうか。エロナのお父さんが新しい妻と新しい子どもといるのをときどき見かけたけれど、向こうはわたしに気づかないふりをしていた。エロナがここにいたら、彼女も厚化粧とつけ爪とミニスカートに染まっていたのかもしれない。ブロンドの髪をさらにブロンドに染めていたのかもしれない。日が沈んだあとも外出を許されていたのかもしれない。『罪と罰』や『カラマーゾフの兄弟』を読んだばかりだったのかもしれない。

一九九六年の冬、わたしはアリアンを見かけた。かつて同じ通りに住んでいて、エロナといっしょに国を出ていった少年だ――すでに青年になっていたけれど。アリアンの両親は隣の家を買って自宅を増築していた。隣はもともとマルシダの家族の家で、マルシダたちはその地区を去り、街の別の場所でもっと小さな物件を借りていた。アリアンがそこにいるのは、どこか不気味だった――例の家のドアの脇に立っている。その家は、アリアンが通りに姿を現すたびに子ども時代のマルシダとわたしが逃げ込んだ家だ。アリアンは肩が隠れるほど髪を長くのばしていて、金の太いネックレス、背中にどくろがついた黒のレザージャケット、レザーパンツ、銀の鎖が巻きついた黒の重たそうなブーツを身につけている。両親のもとへ置いていくつもりで、イタリアから大きなメルセデス・ベンツに乗ってきていた。その車は耳障りな爆音を立てて発進した。通りで遊ぶ子どもは減っていたけれど、車の音を聞くとみんな走って家に戻った。アリアンが姿を現すと子どもたちがいつも逃げていたのと同じだ。エロナがいる気配はなかった。尋ねる勇気はなかった。

エロナが恋しかった。エロナに話したいことがたくさんあった。学校の近くでヒマワリの種を売っていた女の人はいなくなったけれど、そのあとに十歳ぐらいのかわいい男の子が現れて、バナナと箱入りのたばこを売っていること。外貨店はなくなったけれど、エロナが好きだった赤いブラはどこでも売られていて、古着市場ならバナナ二本分かヒマワリの種五カップ分の値段で買えること。もうすぐだよと祖母が警告していたとおり、このわたしですらいまはブラが必要になったこと――心と同じように身体も変化するんだと祖母は言っていた。わたしたちはそのうち「des amitiés amoureuses（愛のある友情）」なるものを育むようになるとも祖母は言っていた。わたしはエロナに尋ねたかった。「愛のある友情」ってどんなものかわかった？アリアンとの関係がそれなの？　もっと生々しくて孤独でつらいもの、小説のなかで「愛」と呼ばれるものを聞いたことがある？

学校が休みになる夏も、日常の窮屈さは減るけれどつらいことに変わりはなかった。一九九五年六月、毎日同じ生活をつづけていた。ビーチへ行き、家に帰って昼食をとって、午後に昼寝をし、夕方にはいつも水辺を散歩して、新しいサマードレスを見せびらかしながら噂話に興じる友人たちに会う。そんな生活が一週間つづいたあと、大惨事が起こった。どんな状況のもとでも、絶対に恋に落ちてはいけない男子が一種類だけいると祖母に警告されていた。秘密警察の元諜報員の子どもだ。その夏、それが起こった——しかも二度も。強い罪悪感に苛まれ、モスクを訪れる回数を増やすことにした。ベールを身につけることも考えたけれど、それも家族に禁じられていた。信仰と狂信はちがうのだとニニは言う。ベールを身につけてモスクに来る女子が増え、わたしは目立ちたくなかったから、新しい宗教に切り替えた。仏教だ。読む本がなくなり、祖父の古いラルース百科事典を読んでいるときにそれに出会った。毎日のスケジュールに瞑想の時間を加えたけれど、いつまで経っても瞑想中は泣いてしまった。シグリミの諜報員のせいで家族が耐え忍んだ迫害の話が脳裏を離れず、それを考えることで、諜報員の息子たちへの恋心が冷めるどころか、いっそう切実になった。

「うちのレウシュカは若きウェルテルみたいになってしまったな」涙の理由を知らない父は冗談を言った。「泣くんじゃありません」ニニには咎められた。「泣いてもだれの役にも立たないでしょう。泣くなんてことを考えていたら、わたしはここにいませんでしたよ。列車に飛び込むか、いとこたちと同じように精神科病棟に入っていたでしょうね。何かをするの。新しい本を読みなさい。新しいことばを学びなさい。やることを見つけるの」

わたしは赤十字でボランティアをはじめ、地元の児童養護施設でのプロジェクトに参加した。毎朝、子どもたちをビーチへ連れていき、砂をいじったり海で水遊びしたりする子たちを指導員たちと見守った。「人生を広い視野で見つめ直すのに役立つでしょう」祖母は励ましてくれた。「あなたは自分がどれだけ幸運かわかっていないの。世の中には不幸がたくさんあるんですよ」

「まちがえないようにね」わたしが赤十字でボランティアをはじめる日、母に声をかけられた。「児童養護施設は場所が変わったの。昔の建物は所有者に返還されたから」

母の言う「所有者」とは、いつでも以前の所有者のことだ。母にとって国家はなんの所有者とも見なされず、人の努力を暴力的に奪うことで成り立っている犯罪的存在でしかなかった。母の家族の不動産を記した土地の境界図がうちの床に散らばっていて、わたしはその所有者たちの姓を憶えていた。「こういう地図のせいで家のなかはめちゃくちゃね」掃除をしながら祖母は不満をこぼした。「このせいでザフォのぜんそくがひどくなる。埃のアレルギーがあるから。百回もドリに言ったの、百回も。土地登記所から持って帰ってきて、そこいらに放っているから。法廷に持っていきたいのなら、それでかまわない。そんな不動産からは何も出てきませんよ。紙に引かれたただの線にすぎないんですからね」

児童養護施設は紙に引かれたただの線ではなかった。以前の所有者たちは国から建物を取り返すことに成功し、それをどこかの教会へ売り払った。児童養護施設は別の建物へ移っていた。

打ち捨てられた二階建てビルの三部屋だ。自然の光はほとんど入らず、腐った牛乳の独特の臭いがして、午後の昼寝時間の異様な静寂を破るのは一階のネズミがものを囓る音だけだ。新生児から未就学児まで、親に手放された子どもの数はその数年で増えていた。みんな地元の子どもで、六歳になってもまだ養子縁組されていない子は、親に引き取る意思があれば親元へ戻され、そうでなければ北部にある年長の子ども向けの養護施設へ送られる。

前にエロナと訪れたときに会って憶えていた指導員の多くは、すでに解雇されたり国を去ったりしていた。見憶えがあったのはテタ・アスパシアという陽気な中年女性だけだ。昔は赤ん坊の部屋を担当していて、エロナとわたしがエロナの妹に会いにいったときに砂糖水を振る舞ってくれた。「大きくなったね！」アスパシアは声をあげた。「ミミちゃんもとても大きくなったよ。いまはシュコダルにある別の養護施設にいるの。お父さんはぜんぜん訪ねてこないんだって。おじいさんとおばあさんがときどき会いにいってるみたい。カナダ人夫婦との養子縁組に合意したらしいの。でも結局、そのカナダ人夫婦はジプシーの双子を養子にすることにしちゃってね。赤ん坊の部屋にいた小さなジプシーの子たち、憶えてる？　両親が刑務所に入ってた子。一九九〇年の大赦のあとに親は出てきたんだけど、釈放されるやいなや双子を売ろうとして告発されたの。で、また刑務所に直行したわけ。あの子たちにチャンスはなかった。ジプシーの子を受け入れてもらうのはすごくむずかしいからね。だれも望まないから。みんな言うの、「ジプシーは勘弁してください。言うことを聞かないしなんでも盗むでしょう」って。双子のひとりには障害があることもわかったの。精神疾患なんだけど、はっきりしたことは忘れちゃった。障害があると、受け入れ先を見つけるのはいっそうむずかしくなる。そのカナダ人夫婦はミミに会ってたんだけど、双子はどうですかって尋ねたの。みんなに尋ねてたから。でもみんないやがった。あの夫婦が受け入れてくれたのは信じられなかったよ。信心深い人だったのかもね。所長はミミのほうが受け入れ先を見つけやすいと思ってたんだけど、いまもまだシュコダルにいる。あなたのお友だち、ミミのお姉さんも前は手紙を送ってきてて――」

「エロナ？」わたしは声をあげた。「どこにいるか知ってるんですか？　いまは何をしてるんですか？」

「しばらく連絡がないんだけどね。いまは手紙が届くのにすごく時間がかかるでしょ。運よく届けばの話だけど。二、三度電話してきたこともあるよ。ええ、あの子が何をしてるかは知ってる。指導員のひとりがいまミラノで暮らしてて、駅の近くで彼女を見かけたらしいの。あの子は働いてる。舗道を行き来して。わかるでしょ。大量出国《エクソダス》の人たちといっしょに、どこかの男の子といっしょにここを去ったの。彼も働いてる。携わってるのは何かの売買で、たぶん女性の売買だと思う。おそらく彼女といっしょにはじめたんでしょうね……ほら行かなきゃ、赤十字のバンが下で待ってる。バンは新車同然なの。フランスからの寄贈品。子どもたちは大興奮よ。海を見たことがないんだから。太陽のもとに出ることすらほとんどないの、かわいそうな子たち。この建物には庭がないしね。子どもたちが日焼けしないように気をつけてちょうだい。うちからオリーブオイルを持ってきてる。今日はまだ服を脱がせちゃだめよ、二日ほど慣らさなくちゃ。ほら、イリルを連れていって。すっかり準備ができてる。ドリタがいっしょに行くから」アスパシアは同僚を指さした。「イリルは午前のシフトなの。あなたも気に入ると思う。すごくいい子だから。お母さんはあなたの昔の友だちと似ててね。見た目もちょっと似てるけど、同じ仕事をしてるの。イリル、こっちへ来てレアにあいさつしなさい。ビーチへ連れていってくれるんだから」

わたしはまだエロナについての知らせを消化している最中だったけれど、質問している時間はなかった。イリルはドアの外に隠れていて、名前を呼ばれると部屋に入ってきた——はじめは恥ずかしそうに、それから自信をもって。ぽっちゃりした二歳ぐらいの子で、髪はカールし、大きな茶色の目をしている。「ママ」こちらに近づいてくると、いちばんの秘密を打ち明けるようにささやいた。顔がぱっと明るくなって瞳孔が広がる。「ママここ……ママ——」「ちがう、ママじゃないの」アスパシアがイリルのことばを遮った。「ママじゃないのよ、かわい子ちゃん。ママはまだギリシャにいるの。こちらはレア。ビーチに連れていってくれるのよ」アスパシアはわたしのほうを向いた。「この子がお母さんを憶えてるなんてびっくり。会ったのは去年だけなのに。一週間かそこら、毎日欠かさず訪ねてきた。でも写真を送ってくるから、イリルには見せてるの。あなたとは似てないから、たぶん年が近いだけだと思う。いくつだっけ？　十五歳、そう、そうだと思ってた、この子のお母さんはもう少し上で、たぶん十七歳とか。あなたのお友だちと同い年ね。エロナと同じ。でも彼女はイタリアじゃなくてギリシャで働いてる」

その日、イリルのお母さんについても詳しい話を聞いた。前に本人が指導員たちに語った話だ。彼女はボーイフレンドにレイプされ、その後、ボーイフレンドの友だちにも犯される。出産後、すぐにギリシャへ密出国させられた。赤ん坊を手放したくなかった彼女は、生後三週間ほどのイリルを毛布で包み、ひと箱の服とミルク数本とともに児童養護施設の階段の下に置いて、六歳の誕生日に迎えにくると約束する手紙を添えた。定期的に電話と手紙で連絡があり、プレゼント用のお金も送られてくる。彼女は戻ってくると指導員たちは確信している。イリルは養子縁組の候補者リストには載っていない。本人もいつかお母さんが迎えにくることは知っている。わたしを見たとき、その日が来たと思ったのだろう。

「イリル、ママ、いく」イリルは言い張った。「イリル、ママ、いく、ビーチ」

「ママじゃないのよ。レアとビーチへ行くの。こちらはレア、ママじゃなくてね。ママはギリシャにいるの。ママはもうすぐ戻ってくるからね」アスパシアがまたイリルの勘ちがいを正した。それからわたしのほうを向いた。「これをちゃんと強調してね。自分はママじゃなくて、指導員のひとりなんだって説明して。この子たち、ときどきこういうことをするの。わたしたちのことをママって呼ぶわけ。厳しく接しなきゃだめ。じゃなきゃ離れなくなっちゃって、一日の終わりに帰らせてもらえなかったり、すごくたいへんなの。イリルにはちゃんと説明してね、いい？　ママはギリシャにいるって。ママがお金を置いていって、そのお金で誕生日と新年におもちゃを買ってるって。この子もわかってるから」

　イリルはまったくわかっていなかった。あるいは受け入れられなかったのかもしれない。何度かそこを訪れて遊び、本を読み、ビーチへ連れていったあと、イリルはさらにしつこくなった。「ママがきた！」わたしを見るたびに声をあげる。「いく、ママ、ビーチ！」わたしが帰る時間になると脚にしがみつき、床に身を投げ出し指導員を蹴って、わたしが残るか自分を連れ帰ることをしつこく求める。「イリル、うちつれてって」と声をあげて泣く。「ママ、イリルつれてく」わたしがいるところでは、イリルは言うことを聞かなくなっていった。ビーチで海から出るのを拒んだり、ものを食べなかったり、昼寝のために横になるのをいやがったりした。わたしが帰ろうとすると、バッグが見あたらなかったりサンダルが消えていたりする。歩きはじめの子には普通の振る舞いなのかもしれないけれど、児童養護施設の赤ん坊は泣かないし駄々をこねない。わたしがその場にいて、イリルがわたしに愛着をもっていることが問題だと指導員は言う。そんなふうにイリルに惨めな思いをさせるのはしのびない。わたしが姿を見せなければ問題はなくなる。わたしは幼児の部屋への訪問を減らし、建物の別のエリアへ移るように求められた。もっと幼い赤ん坊がいるエリアで、その子たちはすぐにだれのことも忘れてしまう。

そうして夏は終わった。季節は変わり、プロジェクトの資金は尽きて、わたしは施設を訪れなくなった。イリルがどうなったのかは知らないし、エロナやその妹についてもなんの知らせもなかった。ときどき考えた。エロナはいまでも通りにいるのだろうか。ミミはカナダ人の親を見つけられた？　わたしは自分の寝室に戻り、九十分おきに祖母がノックもせずに入ってきて、牛乳や果物を置いていく。「わたしたちはとても運がいい」祖母はだれにともなく毎回そう言って、部屋を出ていった。

# 20 ヨーロッパのほかの国のように

Like the Rest of Europe

最初の話では、母が一九九六年の国会議員選挙に出馬するはずだった。母は党の結成以来のメンバーだった。党の関係者をみんな知っていて、マニフェストまで読んでいた。わたしたちは党と呼んでいたけれど、それは以前のあの〝党〟ではない。アルバニア民主党、選挙で元共産主義者たちへの最有力対抗馬となる政党だ。いずれにせよ、みんなわたしたちが党と呼ぶものが何を意味するか理解していた。うちの家族が元共産主義者を支持するはずがない。元共産主義者たちに党がひとつしかないのと同じで、わたしたちにも党はひとつだけだった。

その時点で、母が政治活動に携わって五年が経っていた。母は党のメイン・スローガンを支持していた。拍子抜けするほど単純なスローガンで、望みが挫かれてきた数十年間が覆い隠されている――「われわれはアルバニアがヨーロッパのほかの国のようになることを望む」。「ヨーロッパのほかの国」とはどういう意味かと尋ねられると、母は簡潔にまとめて答える。腐敗との闘い、自由企業の奨励、私有財産の尊重、個人の自主性の促進。つまるところ自由。

でも、母はやがて気づいた。スローガンを説明するだけでは、議員候補としての成功は望めない。ほかの徳も求められる。母は壇上ではカリスマがあったけれど、会議では辛抱がきかなかった。預言者のような情熱が憑依した母の演説は、短期的には人びとを熱狂させたけれど、長期的には震えあがらせた。自分の務めを真剣に受けとめていたから、妥協を好まなかった。厳しい数学教師の態度のままだった。

母はみずからすすんで候補者の座を父に譲った。「あの人は男でしょう。それはプラスになる」そう説いて母は父を売り込んだ。「それにまるで女性みたいにみんなに愛されている。それもプラスになります」概して父は母よりはるかに人気があった。港での仕事を守ろうと闘うロマの労働者と、祖父の財産を取り戻そうと闘う元反体制派の家族、その両方にアピールできる候補者はそう多くはない。社会党のライバルたちからも評判がよかった。討論で相手のことばを遮らないし、自分の見解を個人批判にならないように主張しようとするからだ。「必要なら闘うこともできます」母は慌てて付け加えた。人好きのする父の態度のせいでチャンスが失われるかもしれないと思ったようだ。「彼は腐敗と闘える。世の中には腐敗があまりにも多すぎます。誠実な政治家が必要です」

「腐敗」は新しい流行語だった。現在と過去、個人的なものと政治的なもの、人間の問題と制度の欠陥による諸悪を説明する包括的なことばだ。経済の自由化と政治改革が交差し、約束どおりにそのふたつが調和してひとつになることなく腐りはじめたときに起こったのがそれだった。道徳的義務の放棄や職権濫用として説明されることもあったけれど、社会主義者による人間変革の試みをふまえ、人間本性の欠陥と見なされることのほうが多かった。しかもそれと闘うのは、とてつもなくむずかしかった。まるでヒュドラのように、頭をひとつ断ち切るたびに新しい頭がふたつ生えてくる。腐敗には独自の論理があったけれど、それを解読しようとする人はいなかったし、ましてやその前提に異議を申し立てる人など皆無だった。腐敗ということばだけで、問題の説明としてこと足りた。

当初、父は出馬に消極的だった。党員であったことは一度もない。自分の考えは曖昧模糊としすぎているし、場合によっては物議をかもすのではないかと心配していた。民営化と自由市場が正しいのか確信がなかった。国がNATOに加わるべきか確信がなかった。腐敗が最大の問題なのかさえも確信がなかった。自分の意見はどこに位置づけられるのか、自分は左派なのか右派なのかもわからなかった。公正については「左」だと思っていたけれど、自由についてては「右」だと感じていた。

母は父の考えを正した。旧共産主義国には左派も右派もなく、「共産主義的で昔を懐かしむ人」と「自由主義的で未来志向の人」しかいないと母は言う。父は未来志向の人のカテゴリーにもかならずしも当てはまらなかった。けれども、役人としての生活にもしだいに挫折感を覚えるようになっていた。毎日、不安と憤りを募らせて港から帰ってきて、無駄に終わった努力や署名すべきでなかった書類の話をする。母がしたように父を説得するのは簡単だった。関心があり、何かいいことをしたいのなら、あるいは悪いことに歯止めをかけたいのなら、手をこまねいているべきではない。行動すべきであり、行動するとは政治に参加することだ。政治は重要だと母は説いた。ほかの人が決めたことをただ実行に移すのではなく、自分で決められるのだから。それが民主主義にほかならない。

とはいえ、どの党も構造改革を止めることはできなかっただろう。構造改革は、「ヨーロッパの家族の一員になるプロセス」と自画自賛するようにあけっぴろげな調子で呼ばれるようになったものと本質的に結びついていた。アルバニアの歴史のなかには、おそらく政治に影響力があり、役人ではなく活動家が法律の適用ではなく立法に介入してルールの変更を目指せる時代と場所があったのかもしれない。いまはそのときではない。構造改革は天気と同じぐらい避けようがなかった。それはどこでも同じかたちで採用される。過去は失敗し、未来のつくり方は学んでいなかったからだ。もはや政治は存在せず、政策だけが残った。政策の目的は、自由の新時代に向けて国家の準備を整え、国民に「ヨーロッパのほかの国」の一員であるように感じさせることだ。

その時期、「ヨーロッパのほかの国」ということばには、キャンペーンのスローガンにとどまらない意味があった。それは特定の生活様式を意味し、その生活様式は理解されるより模倣され、正当化されるより吸収されることのほうが多かった。ヨーロッパは長いトンネルのようなもので、入り口は明るいライトと電光掲示板で照らされているけれど、入ってみるとなかは暗く、最初はものが見えない。「旅」のはじまりには、トンネルはどこで終わるのか、ライトは故障しないのか、トンネルの向こう側に何があるのかを尋ねようとはだれも思いつかなかった。懐中電灯を持っていくことや地図を描くことは考えつかず、これまでにトンネルを抜けた人がいるのか、出口はひとつだけなのか複数あるのか、みんなが同じように出てくるのかを尋ねることも思いつかなかった。トンネルが明るいままであることを願いつつ、自分たちは精いっぱい働いたし、社会主義の行列で待ったのと同じようにじゅうぶん待ったと思いながら、ただ先へすすんだ——過ぎ去った時間は気にせず、希望を失わなかった。

「ヨーロッパのほかの国のように」地元のイマーム、ムラートもくり返し口にした。うららかな五月の午後、今回の選挙で父を支持してくれるか尋ねにいったときのことだ。「もちろん、もちろん、われわれはきみを支持するよ、ザフォ」ムラートは言った。「でもきみには金が必要だ。金がなければこういうことはできないからね」

アリアンの親に家を売ったあと、ムラート一家はわたしたちの地区を離れ、墓地の近くに小さなフラットを借りた。狭苦しいフラットで、バリケードのように家具が積まれている。花と蝶がプリントされた緑のポリエステルのカーテンには見覚えがあった。カラーテレビの置き場をつくるために、本棚は取り除かれている。床にはさまざまな言語のクルアーンや、新聞にくるまれた数足の靴が散らばっていた。ムラートは空き時間にまだ靴の修理をしていたからだ。

「このあいだベルルスコーニ〔一九三六‐二〇二三。イタリアの政治家、元首相〕のインタビューを観たんだが」ムラートは話をつづけた。「ベルルスコーニは知っているだろう? すごい男だよ。とても健康そうで、二十代みたいな見た目をしている。いつもにこやかだ。ベルルスコーニが人生を語るインタビューを観たんだ。建設業から出発したんだがね。そのあとはボートで音楽の演奏をした。それから民間のテレビ局を買収した。いろいろなことに挑戦しなければいけないわけだ。何がうまくいくかわからんからね。彼自身もそう言っているよ。彼はビジネスマンだ。いまはほかの人たちにビジネスを任せて、ベルルスコーニは政治の世界にいる。金の稼ぎ方を知っていれば、選挙の勝ち方だってわかるんだ。もちろん敵がたくさんいる。人はいつだって嫉妬深いからね。だが、彼はそれを無視できる。自分のテレビ局があって、新聞社があるんだから。きみが勝ちたいのなら金が必要だ。いつだって金が必要なんだ。金がなければ、ほかの人にも与えられない。金はどこにあるんだ?」

「父のコートのポケットにある」父は冗談を言った。

ムラートはクックッと笑った。

「たくさんの金が必要だよ、ザフォ、たくさんの金だ」ムラートはつづけた。「この手のことの仕組みはわかっている。モスクに寄附するアラブ人を見てきたからね」そこで間《ま》を置き、たばこに火をつけた。「フルトラの工場が閉鎖されたとき」――ムラートは妻のほうを見た――「どうしようかと思ったんだ。わたしたちはみんな飢え死にしてしまう。こう考えた――アッラー・カリーム*。だが、アッラーはみずからを助くる者を助く。さいわいその後は状況がよくなった。会社が出てきた。わかるだろう。会社っていうのは――」

「ムラートおじさん、質問があります」わたしは口を挟んだ。「毎日、朝と午後に光塔《ミナレット》から聞こえる〝アッラーフ・アクバル〟って、実際に歌ってるんですか? それとも録音? 学校で賭けをしていて。毎日おじさんが歌ってるって言う子もいるんです。わたしは録音だって言ったんですけど」

「あれは録音だよ、レウシュカ」ムラートは答えた。「あれは録音だ。さあ、一万レク払ってもらおうか」そう言ってウインクした。それからまた父のほうを向き、真剣な表情になった。「スーデ、ポプリ、カンベリ、ヴェファ。会社だよ。金を預けたら、もっとたくさん引き出せるようになる。うちには預ける金がなかった。どうしろっていうんだ？　国を去ろうとした。ヴロラ号に乗った、憶えているだろう。イタリアへの旅で得たものといえば、いくつかのあざだけだよ。それで家を売ることにした。子どもたちはあの通りを離れるのをさみしがっていたがね。わたしたちだってさみしかったよ。ご近所さんはいい人ばかりだったし。あの家はわたしが自分の手で建てたんだ。きみたちの靴をすべてつくったこの手でね」ムラートは少し間《ま》を置き、これまでにつくった靴をすべて抱えるかのように両手をあげた。

「犠牲を払わなければいけない。お隣さんのバキ一家が家を買って現金で払ってくれた。その金でなんでもできたわけだ。使ってしまうこともできたし、あるいは……」しばらく考えた。「なんていうんだっけ？　投資だ。わたしたちは投資した。手元に一切残さずにね。ヨーロッパのほかの国は金をどうすると思う？　投資するんだよ。投資して増やすんだ」

父は考えていた。どことなくうしろめたそうな表情を浮かべている。わたしたちは、新しい会社について家で話したばかりだった。スーデ、ポプリ、カンベリ、ヴェファは当時姿を現しはじめていた会社の名前で、貯金の見返りに高い利息を約束していた。全盛期には人口の三分

＊　アッラーは最も寛大なり。

の二を超える人が投資していて、投資額は国のGDPの半分にのぼった。なかにはホテル、レストラン、クラブ、ショッピングセンターもつくる会社もあった。けれどもうちの家族は、家にある現金を預けるのに消極的だった。

ムラートは煙を吹き出し、指に挟んでいたたばこをもみ消して、次の一本に火をつけた。

「ザフォ、よく聞いてほしい」真剣な態度でムラートは言った。「貯金をぜんぶコートのポケットに入れておくわけにはいかない。時代は変わったんだ。投資しなくてはいけない。ヨーロッパのほかの国のように。何をグズグズしているんだ？ うちは全額カンベリに預けていたんだが、毎月10パーセントしかくれないから、30パーセントくれるポプリに移した。そのあとにスーデのことを知って、そこなら毎月貯金は倍になる。それ以上だ。もちろん全額引き出したりはせず、預けたままにして増やしている。ヨーロッパのほかの国のように。貯めて投資しなければいけない。貯めて投資して、金を増やすわけだ」

父はにっこり笑ってうなずいた。家で投資会社のことを話し合うたびに、父と母は口論になった。母はコートのポケットはやめて貯金を会社に投じるべきだと言う。ほかは全員消極的だった。「十万レクを会社に預けて、二、三か月後にはその倍の額を受け取るなんて、理解できないな」父は言う。「まるでギャンブルじゃないか」

「少額で試してみればいいでしょ」母は答える。「それで様子を見ればいいじゃない。ゆっくりすすめればいいの。家を売ろうとか、そんなことは言ってないんだから」

「だがその金はどこから来るんだ？」父は食い下がる。「ここには工場がない、生産物がない」

「あなたがよく知らないからって、いかがわしいってわけじゃないんだからね」母も言い返す。「会社も投資してるの。レストラン、クラブ、ホテルを持ってる。お金はめぐりめぐるんだから。イタリアやギリシャからもお金は送られてくるでしょ。移住した人の多くは親に援助するからね。そのほとんどは、まっとうに働いて手に入れたお金。お金はそこから来てるの。移住者が親に送って、親が会社に預ける。会社はぜんぶ安全に保管して、投資して、利息を払う。そして必要になったら、つまり何か買う必要が出てきたら、お金を引き出したり借りたりできるわけ。核科学じゃないんだから。大学の学位を持ってるんでしょ？　何が理解できないっていうの？」

「わたしが理解できないのは」ニニが話に加わった。「みんなが同時に返金を求めたらどうなるのか。会社はどうやって全員に支払うの？」この最後の発言は、ひときわ母をいら立たせた。「どうしてみんなが同時にお金を要求しなきゃいけないんです？」母は尋ね返した。「どうして全額返金を望むんです？　すべて一度に使えるわけでもないのに。どうして会社でなくマットレスの下にお金をしまっておくほうがいいっていうんです？」

「どうしてお父さんのポケットに金をしまっておくんだい？」ムラートも父にくり返し訊いた。「うちの家族は、いまのところうまくいっているよ。いつか家を買い戻せるかもしれない。〝ポジティブ・シンキング〟だ」ムラートは英語で言った。「ヨーロッパのほかの国みたいに。われわれは〝ポジティブ・シンキング〟を習わなかった。思うにそれが問題なんだ」

結局、〝ポジティブ・シンキング〟が勝利を収めた。家は売らなかったけれど、わたしたちは貯金の大半を会社のひとつ、ポプリに「投資」した。ポプリのフルネームはデモクラシア・ポプロレ（人民民主主義）。祖母はなかなかそれを憶えられず、一九九〇年以前に食料引換券を配っていた地方評議会の部隊、フロンティ・デモクラティク（民主戦線）といつも混同した。「民主戦線から利息をもらってきたの？」はじめの三か月の終わりに、預金の利息を持って父がポプリのオフィスから帰ってきたとき、祖母は尋ねた。「もらってきた」父は答えた。「ぜんぶポケットに入ってるよ」

〝ポジティブ・シンキング〟は、父が国会議員に当選したことでも勝利を収めた。父は60パーセントを超える票を獲得した。議員としての短いキャリアのなかで、父が記録に残した唯一の成功がこれだ。国会で過ごしたその後の数か月は、紛れもない失敗だった。父はすぐに思い知った。リーダーの大胆な直感と助言者の計算された辛抱強さ、そのどちらも父は持ち合わせていなかったのだ。党の規律を守らなかった。決断を下すのはためらうのに、ほかの人の決断を支持するのはいやがった。指導者になる野心もなければ、人についていくタイプでもなかった。

国会議員になるには呪われたタイミングだった。その年の選挙は、アルバニア史上最も論争を巻き起こした選挙になった。野党の社会党は、選挙で不正を働いたとして政権を非難した。結果を認めず、議会の席に座らなかった。国際監視団、外交調停者、政治顧問が国に殺到した。財政の専門家も国に殺到した。早急な解決策が必要だと考える問題について、英語の専門用語を広めることを専門にする人たちだ。「新興市場（emerging markets）」「投資家の信頼

(investor confidence)」「ガバナンス構造(governance structures)」「腐敗と闘う透明性(transparency to fight corruption)」「移行期の改革(transitional reforms)」。広められなかった唯一の専門用語が、わたしの同胞の大多数が貯金を委ねた〝会社〟を指すことばだ。「ネズミ講(pyramid schemes)」。それらが姿を現しはじめたのは、一九九〇年代はじめのことだった。アルバニアの未熟な金融部門を補うため、家族のつながりを土台にし、国外移住者からの送金に支えられたインフォーマルな金融市場のコンテクストのなかで登場した。一九九五年に国連が旧ユーゴスラビアへの制裁を停止すると、密輸のチャンスが減り、現金を手元に置いておく人が増えたため、ネズミ講の会社は預金の見返りにどんどん高い利率を約束するようになった。一九九六年の選挙で問題はさらに深刻化する。与党になった民主党の選挙運動にいくつかの会社が寄附をして知名度を高め、「ヨーロッパのほかの国のように」投資して利益を得ようという過剰な宣伝が加熱した。

数か月後、これらのネズミ講は約束した高利息の支払いをつづけられないことが明らかになった。会社はすべて破産する。わが家を含め、人口の半分以上が貯金を失った。会社の所有者と結託していたとして国民は政府を非難し、街頭にくり出して返金を要求した。従来、社会党の強力な支持基盤だった南部からはじまったこの抗議は、たちまち全国へ広がった。略奪、一般市民による軍駐屯地の襲撃、前例のない出国の波があとにつづく。二千を超える人が命を落とした。こうした出来事は、アルバニア内戦として歴史書に記録されている。わたしたちには、その年を口にするだけでこと足りる。一九九七年。

# 21 一九九七年 1997

内戦についてどう書けばいいかわからない。以下は一九九七年一月から四月までのわたしの日記だ。

一九九七年一月一日

新年は新しい生活をもたらすって、どうしてみんないつも言い聞かせようとするんだろう。木につける電球すら再利用されてるのに。花火すら去年と同じなのに。

一月九日

電気工学*の試験があった。満点だった。

一月十四日

学校は役に立たない。楽しくない。でも学期末だし、今年は最終学年。成績に集中しなきゃ。

まるまる一日を数学と物理に費やした。

一月二十七日

スーデが倒産した。† 政府はほかの会社の口座をすべて凍結した。南部で抗議が起こってる。Kが恋しい。たぶん彼のことが好きなんだと思う。でも無視された。

二月七日

外は暗くて、ベッドでメタリカのニューアルバムを聴いてる。うるさいって、だれかが文句を言いにくるはず。

二月十日

ジャリカが倒産した。‡ みんな返金を求めてる。ヴロラ§で暴動が起こってる。抗議者は内閣の辞職を求めている。

＊ 機械と工学に焦点を合わせた中等学校の必修科目で、ソ連から影響を受けたカリキュラムの名残。
† 最初に倒産したネズミ講のひとつ。
‡ 同じくネズミ講で、とりわけ国の南部で広がっていた。
§ 南部の街。昔から左派寄り。

二月十三日

バレンタインデーに合わせて、学校で騾馬《ラバ》とイベントをした。フランス大使館から人が来てたけど、どうしてだろう。Kはスウェットスーツを着ていて、それをなんとも思ってないみたい。いまの政治情勢をお父さんはどう考えてるのかって尋ねてきた。内閣辞職を求める動議に署名したって答えた。Kのお父さんは亡くなっている。九〇年代はじめに謎めいた状況で死んだ。シグリミの諜報員だった人。すごくむかつく。

二月十四日

［Kへのとても長いラブレター。Kが受け取ることはないし、それが書かれたのを知ることもない］

二月十五日

全国ソロス討論会で優勝した。テーマは「ひらかれた社会にはひらかれた国境が必要だ」。

二月二十四日

今日は物理オリンピックへ行った。問題を見て、会場のなかで三時間過ごして、退屈についての詩を書いた。

二月二十五日

政治情勢は引きつづき予断を許さない。ヴロラの学生はハンガーストライキをしている。ほかの十三人の議員といっしょにバビ〔お父さん〕が署名した動議は、すべての新聞に掲載された。大きな波紋を呼んだ。党からは「赤の日和見主義者」だって非難された。

三月九日には議会でベリシャ*の大統領就任を正式承認する票決がある。昨日、EUが会議をひらいて、彼を支持すると発表した。動議に署名した人たちはヨーロッパ支持を表明していたから、そのせいでむずかしい立場に追い込まれるってバビは言う。EUがベリシャを支持するということは、彼に公然と反対したら「混乱を招く」と思われるだろうって。ベリシャの大統領就任に賛成票を入れたら卑怯者だよって、わたしはバビに伝えた。政治は複雑なんだってバビは言う。状況によって求められることじゃなくて、自分が正しいと考えることをすべきだと思う。

二月二十六日

今日は宿題をひとつもしなかった。ヴロラのハンガーストライキに連帯して、明日は学校をボイコットする。授業に出なくていいから、みんなとてもわくわくしている。

* サリ・ベリシャ（一九四四-）、心臓学医で元労働党員。九〇年代に社会主義を転覆させた学生運動の歴史的指導者のひとり。わたしの父が議員として所属していたアルバニア民主党の党首。この出来事が起こった当時は民主党が与党だった。

二月二十七日

校長はボイコットに反対しなかったけど、校長自身が懲戒処分を受けないように、全校生徒が署名した請願書を提出しなさいっていう。わたしたちはこんな文書を起草した。「ヴロラの学生たちに連帯し、またこの数週間の暴力行為から距離を取りつつ、わたしたちは無期限に授業をボイコットすることを宣言します」署名しない人もいた。

午後にうちに帰ると、民主党青年同盟の書記から電話がかかってきて、ストライキをオルグしたのはだれかと尋ねられた。何も知らないし、ぜんぶ自然発生的に起きたことで、リーダーはいないと答えた。すると、休みが余分にほしいのなら手配するけれど、きみたちがしたことは非常に不愉快だって言う。学校を休むことだけが目的じゃないって、わたしは答えた。まとめ役たちの名前を知っているか尋ねられた。みんなだって答えた。党に近いところにいて、学校へ戻るようにほかの子たちを説得できるきみのような子はほかにいないかと尋ねられた。学校に戻るように人を説得するつもりなんてないと答えた。どうしてそんなに抗議したがるのかって彼は言う。お母さんは党員で、お父さんは議員で、きみの政党は与党じゃないか。首相が辞任したら、きみは何を食べて生きていくつもりだ？　自分のクソか？　わたしは名前をあげなかった。わたしがスパイか何かだとでも？

二月二十八日

学校のボイコットの記事がコハ・ヨーン（*Koha Jonë*）紙[*]の五面に出たことにKはいらついていて、二面に載るべきだったって言う。Kにはたいてい無視されるけど、今日は楽しくおしゃべりした。Kは学校へ行く子について冗談を言う。80パーセントはアルバニア語をちゃんと話せなくて、10パーセントはアルバニア語を話せるけど新聞を読んでなくて、5パーセントは新聞を読んでるけど中身を理解してないんだって。友だちとしてはいい人。好きになるのがいいかはわからない。へんな人だから。

青年同盟からまた何度か電話がかかってきて、学校で党を支持するように圧力をかけられた。なんの意味があるの？　権力はもう党の手を逃れていった。数本の髪の毛でそれを引きとどめておこうとしたって無駄だよ。

三月一日

ヴロラで警察との衝突中に九人の死者が出た。昨夜の一時に電話がかかってきて、バビは今朝ひらかれる国会の臨時会議に召集された。ほかの街でもさらに暴動が起きてる。南部の道路は多くがバリケードで閉鎖されている。「内戦」が起きようとしてるっていう。だれとだれが戦うのか理解できない。みんなお金を失った。わたしたちが家を売らなかったのは賢明だった。マミ〔お母さん〕は、学校に行って外に立っているのはいいけど、抗議を煽動しないように口

＊　政権に批判的な左派寄りの新聞。

をつぐんでなさいっていう。Kに会った。ベサにも会った。ベサはホームパーティーに行くところだった。学校をボイコットするのはとてもいい。たくさん遊べる。

三月二日

午後八時

おかしなことになってる。首相が辞任した。ベリシャが全政党とのラウンドテーブルをひらいた。昨日、民主党率いる新政府に社会党*も同意した。今日、社会党はその同意を撤回した。南部はカオス状態。サランダとヒマラでは五つの武器庫が襲撃されて、海軍倉庫がひとつ爆破された。殺人で服役中の囚人がみんな刑務所から逃げた。

午後十時

書くのをやめてニュースを観た。バビが国会から帰ってきて、また出かけていった。ティラナへ向かう途中で電話をかけてきて、家から出たらいけないって言う。いまは危険だし、バビに怒っている人がわたしに仕返しするかもしれないからって。大統領が緊急事態を宣言して、権力を軍に移行させた。軍事支配なんて恐ろしい。五人以上での外出は禁止されて、夜間外出禁止令が出て、組織での活動は文化的な目的のものも含めて禁じられて、違法行為を見かけた兵士には発砲する権利が与えられている。ヴロラの人たちが政府を倒そうとティラナへ行進している。まわりの人はみんなひそひそ声で話している。今日は、学校で会ったことのあるイタリア人記者が何人か電話してきた。「E grave（深刻です）」としか言えなかった。怖い。でもここでは何も起こってない。ことばだけなのかも。軍事支配。緊急事態。恐ろしい響き。

三月三日

今朝はテレビで大統領選挙の茶番を観た。民主党議員一一八人のうち一一三人が賛成、ひとりが反対に投票して、四人が棄権した。バビはその四人のひとり。今朝、ティラナではコハ・ヨーン紙のオフィスが燃やされて、記者がひとり行方不明になった。軍には反政府勢力を抑える力がないと思う。昨夜二時にヴロラの学生たちはハンガーストライキをやめた。だれと話し合えばいいのかわからなかったからだ。いろいろなギャングが軍の兵舎を襲撃して武器を奪い、店を略奪してる。戦車はとても古い。そもそも動くの？

怖い。絶対に家を出たらいけないってバビは言う。いい方法が見つかれば、わたしをイタリアに送るつもりだって。成績がよければ大学の奨学金に申し込めるって聞いたらしい。指揮を執るバシュキム・ガジデデ将軍は、今日は学校を閉鎖するって発表した。途方に暮れている感じ。午後八時から午前七時までは外出禁止。店は午後三時に閉まる。ドゥラスは静か。出ていくのもいいかも。ここが恋しくなる。何もかもがめちゃくちゃ。出ていきたくない。

＊　どちらも昔から左派寄りの南部の街。

三月四日

午後一時四十分

マミが党の会議から帰ってきた。必要に応じて身を守れるように、党は銃の配布先リストをつくってるらしい。バビはうちに銃はいらないって言う。いずれにせよ使わないって。マミは抑止力になるかもって言う。それに必要なら使うって。今日はドゥラスでもヴロラのナンバープレートがついた車が何台も走っていたらしい。政府は南部へ戦車を送った。戦車はいまでも動くみたい。抗議者は山に逃げ込んで、記者はみんなヘリコプターで脱出した。抗議者がドゥラスまで来たら、わたしたちはどうするんだろう。いまここはなんの問題もない。家でチェスやトランプをしてる。出ていきたくない。学校を卒業したい。

三月五日

Kが恋しい。出ていく前に会いたい。出ていきたくない。出ていったらいろんなことを忘れてしまう。いろんな人を忘れてしまう。

三月七日

午後〇時三十分

国民が武器を手放せば、四十八時間以内に連立政権ができて特赦がおこなわれるって大統領は言う。昨日は与野党のラウンドテーブルがひらかれた。議会の雰囲気は落ち着いてきたと思う。まだ家の外には出してもらえない。わたしだけ。ほかのみんなは出てるのに。学校のみんなはいまも外出禁止令の時間を避けて会ってる。どうしてわたしは許してもらえないんだろう。わけがわからない。

午後八時四十分

ヨーロッパの専門家たちが、新憲法の起草と新しい選挙の開催を勧めた。政府が手段を選ばずに暴動を鎮圧してもいいかについては、何も言わなかった。

三月八日

四十八時間の停戦。反抗者たちがギーロカスタル*を占領した。代表団がたくさん行き来している。

三月九日

状況はよくなっている。昨日もまたラウンドテーブルがひらかれて、連立政権、六月の選挙、一週間以内に武器を返却した人の特赦について与野党が合意した。出ていかなくてよくなるか

* 南部の左派寄りの街で、エンヴェル・ホッジャの生誕地。

も。今日の午後は外出を許してもらえた。緊急事態はもうすぐ終わるはずだし、学校がまたはじまるはず。すごくうれしい。耐えられなくなってきてた。もう少しで戦争だった。Kが恋しい。試験はぜんぶうまくいくといいな。また学校がはじまるのが楽しみ。バビはたいへん。話せない。政治家としての人生がこんなに短く終わったのは気の毒。次の選挙に出馬するのかは知らない。党を再編するかによるんだと思う。

三月十日

退屈でたまらない。もう十日もKに会ってない。十日も。

三月十一日

与野党の合意、社会党の首相が率いる実務家内閣、危機を打開する「二党間の」取り組みの数々にもかかわらず、抗議はつづいている。北部のいくつかの街、シュコダル、クケス、トロポヤもいまは反政府勢力の手に落ちたってニュースで聞いた。議会は武器を返却した人の特赦を承認した。それで略奪が止まったとは思えないけど。

三月十三日

涙のせいで何も見えない。部屋にいる。自分がむせび泣く音のほかに聞こえるのは、マシンガンの銃声だけ。どこから聞こえるのかすらわからない。あらゆるところで聞こえる。ここまで混乱がやってくるなんて、だれも考えてなかった。昨日はあちこちで爆発音やヘリコプターの音が聞こえたけど、とくになんとも思ってなかった。騒動がティラナに到達したって噂があったから、聞こえる音はそのこだまだと思ってた。でもキッチンの窓際に座っていると、一目散に走っていく人が見えた。通りにいる男の人はみんな武器を持って丘をのぼっていく。カラシニコフを携えている人もいればピストルを持っている人もいて、樽爆弾をかついでいる人もいる。近所のイスマイルさんも見かけた。いつも杖をついて歩いてるおじいさん。木の手押し車に大きな金属の何かをのせて、よろよろと運んでた。中距離ロケット弾のRS-82だってイスマイルさんは言う。キーキー音を立ててた。みんなイスマイルさんを褒める。イスマイル、こいつはすごいね、発射台もあるのかい？　発射台はないけど、ほかのだれかが見つけてくれるさってイスマイルさんは言う。いつロケットが必要になるともかぎらんからなって。

そのあと、新たな大量出国の噂もたった。港の船がイタリアへ連れていってくれるって話が広がった。客船アドリアティカ号にうまく飛び乗って発砲して、無理やり船長に出港させた人もいる。ベッドルームに入ると、ニニが震えてた。バビが国会に閉じ込められてて、おそらくいままさに戦闘が起こってて、議事堂が火に包まれてるんだって。電話は通じない。ニニはまっ青だった。

マミはラニ〔弟〕と海岸《ビーチ》にいる。今朝、事態の収拾がつかなくなる前に出かけていった。まだ帰ってこない。わたしは泣きだして、そのあとベサが来た。港で船を見つけられないか、お母さんと確かめにいくんだって。わたしも連れていっていいかってお母さんがニニに尋ねたけど、ニニは許さなかった。わたしはいっそう激しく泣いた。行きたいって言おうと口をひらいたけど、声が出ない。もう一度言おうとした。まったく声が出ない。何のことばも出てこなかった。

わたしは声を失った。それから試してない。まだしゃべれるのかわからない。試したくない。声が出なかったら怖いから。まわりは騒音だらけ。カラシニコフしか聞こえない。ドニカがニニに会いにきた。どうしてみんなわたしに話せって言うんだろう。声を使わせたがるんだろう。声が出なかったらどうする？　試してみたくはない。バビが帰ってきたらわたしを医者に連れていくってニニは言う。話せって言われると、すぐに涙が出てくる。涙を止められない。ただ流れてくる。止めようとしても止められない。話せない。どうすればいいのかわからない。ただいまはひとりだから試してみたいけど、声が出なかったらどうしよう？　もう二度と出なかったら？　叫んだら声も戻ってくるかも。

三月十四日

午前九時五十分

マシンガンの音しか聞こえない。マミとラニは昨日イタリアへ発った。男の人が知らせにきた。ふたりは海岸にいて、埠頭に船が着いてるのを見て飛び乗ったんだって。その人も家族といっしょに埠頭にいたけど、行かないことにしたらしい。船のなかの人たちがカラシニコフを持ってて、撃っていたから。あちこちで銃撃が起こってるんだからイタリアへ行くほうがましだってマミに説得されたけど、家族が怖がってるからって断ったんだって。いまマミとラニはバーリの難民キャンプにいるんじゃないかっていう。でもそこまでたどり着けたかわからない。電話はかかってきてない。船のお金をどうやって払ったのかもわからない。お金は持ってなかった。キャンプを出ることすらできないかも。そこに二週間足止めされて、送り返されるだろう。電話は使えるようになったけど、また不通になった。いまは使えるはずなのに、だれもかけてこない。道路は封鎖されてる。国会で人が死んだらテレビで伝えられるだろうから、バビはだいじょうぶなはず。

でも、いまもまだ声が出ない。声が戻ってくるとは思えない。いつか元に戻るのかわからない。話してみなさいってニニは言う。バビが帰ってきたときにショックを受けないようにって。バリウムをくれた。効くかもって。なんの役にも立たなかった。もう一錠くれた。やっぱり話せない。試してはいないけど、試してみて二度と声が出なかったらどうすればいい？　状況はそこまでひどくないってニニは言う。しっかりしなさいって。力を振り絞りなさいって。ニニはこれでもまだほんとうにひどい状況じゃないと思ってるわけ？　声はもう出ない。眠たい。

午後三時三十分

カラシニコフがニューイヤーズ・イブの花火みたいになった。ひたすらつづいてる。昼も夜も。こんなこと、予想できた人いる？　緊急事態宣言が裏目に出た。ＮＡＴＯ軍を投入するって話もある。そのせいでさらに状況が悪くなって、虐殺がはじまるんじゃないかって心配。ボスニアの平和維持軍みたいに。待つしかない。ニニの言うとおり。慣れる必要があるんだと思う。そうしようと頑張ってる。昨日のことを考えたら背筋がぞっとする。みんな走りまわってて、車が全速力で走ってて、通りで銃撃があった。今日は少しまし。うまく順応できるようになってきてると思う。みんな同時に頭がおかしくなったみたい。手当たりしだいに破壊してる。バビは無事にティラナから帰ってきた。港は完全に破壊されてしまったって。オフィスはすべて焼かれた。残ってるお店はごくわずかで、オーナーがカラシニコフを持って守っている。銃声しか聞こえない。国はギャングの手中にある。完全に無法状態。もうだれも政治的解決策について話してもいない。社会党と民主党の対立の話じゃない。いまはどの政治勢力も完全に無力。だれも何もわかってない。国全体が自殺してるみたいなもの。状況がよくなっているように見えても、たちまちすべてが悪化する。いまはみんなで崖から落っこちてて、戻る手段はない。一九九〇年よりずっとひどい。あのころは、ほかはともかく民主主義への希望だけはあった。いまは何もない。呪いだけ。

午後五時

我慢できない。ここにただ座ってるより、外に出て銃弾を受けたほうがまし。話し相手がいない。戦争が起こったらわたしは強くなるってずっと思ってた。泣きっぱなしになるなんて思ってなかった。つらいのは待つこと。待つことがわたしを締め殺す。

ベッドを窓から離しなさいってニニに言われた。カラシニコフの弾丸が窓台にたくさん落ちてくる。どこから来るのかわからないけど、あまり遠くないところで発射されて、スピードがほとんど落ちてなかったら、当たると死ぬかも。ニニはそう言ってた。だからベッドを動かしなさいって。

午後六時

この銃声。頭のなかで爆発してるみたい。涙が止まらない。話そうとするたびに、代わりに目に涙が浮かんでくる。

三月十五日

さっきニニがまた精神安定薬をくれた。いま起きたばかり。ちょっと気分がよくなった。ほんとうにひどい状況なのか、想像のせいで実際よりひどく感じてるのかはわからない。ベサも出ていって、話し相手がひとりもいなくなった。どうせしゃべれないけど。今日は銃声が少ない。国際警察軍が投入されるらしい。学校に戻りたい。

午後〇時三十分

自殺を考えたけど、ニニに申し訳ない。その考えは十五分で消えた。新しい本を見つけて読まなきゃ。

午後八時五十分

午後は問題なかった。初めてマミが電話してきた。バーリの難民キャンプにいるらしい。ババは怒ってる。相談なしで出ていくべきじゃなかったって。ニニがマミと話して、受話器をバビに渡したけど、バビは何も言わずにわたしに受話器を渡した。わたしは何も言えなかった。試してみなかったけど、話せるとは思わない。声が戻っているとは思わない。船を見かけたから乗ったんだってマミは言う。ラニの命を守ろうとしたんだって。子どもをひとりだけ連れていって、もうひとりを置き去りにする人がありますかってニニは言った。バビはマミと二度と口をきかないって言い切ってる。

三月十六日

今日は外出した。ニニが眠っているあいだに家を出た。もう我慢できなかった。殺されたって、だからなに？　昔の王宮を見に丘の上まで行った。何も残ってない。柵は壊されてる。タイルは盗まれてる。花はすっかりむしり取られてる。シャンデリアはなくなってる。天井は頭に落っこちてきそう。そこにいるときに叫んでみた。声が出た。出るのはわかってたけど、出したくなかっただけ。何もかもが空っぽ。完全に空っぽ。家具は残ってない。

『戦争と平和』を読みはじめた。登場人物がたくさんいる。その人たちと知り合いになっていく気分。二度と会えない現実の人たちを恋しがるより、架空の登場人物たちと時間を過ごすほうがいいのかも。学校のことは考えるのをやめた。Kのことは考えるのをやめた。

三月十七日

フラムールが死んだ。トカレフTT-33で遊んでて、弾は入ってないと思ってたみたい。お母さんもその場にいた。引き金を引くと、なかに弾丸が残ってた。ひとつだけ。通りにいた人たちは銃声を聞いたらしいけど、わたしは何も聞こえなかった。そもそも銃声だらけだし。聞こえたのはシュプレサの悲鳴だけ。乾いた咆哮みたいで、動物みたいだった。通りに出てきて、取り乱して自分の髪を引っぱってた。だれか家に入ってあの子を覆って、って何度も言ってた。言ってたのはそれだけ。家に入ってあの子を覆って。

三月十八日

バビと出かけるのはすごく楽しい。今日はいっしょに店に行った。でもバビは話しすぎ。それにいろんな人に会いすぎで、めちゃくちゃ時間がかかる。今日は外に人がいた。少しましになったみたい。何もかもよくなると思う。勇敢でいなきゃ。ニニはとても勇敢。どうしたらそんなふうにしていられるんだろう。カッコウがうちのなかに閉じ込められてる。ずっと探してるけど見つけられない。でも鳴き声は聞こえて、すごくうるさい。カッコウは不吉だってニニは言う。

三月十九日

今日は電話でマミと話した。もうすぐキャンプを出るんだって。身体が不自由なおばあさんの世話をする仕事をローマで見つけたらしい。政治亡命の申請をするってマミは言う。食事と宿と五十万リラをもらえて、ラニともいっしょにいられるんだって。しばらくしたら数学教師の仕事を見つけられるかもって。そうしたら市民権を申請して、家族が再会できるって。マミは何もわかってない。テレビを観ていない。わたしはイタリアで暮らすアルバニア人の番組を観た。マミは市民権を取るより男性と知り合う可能性のほうが高い。バビはいまもマミと話そうとしない。

三月二十日

昨夜は書けなかった。午後五時に停電があって、復旧したのは今朝。そのあとまた停電したけど、ろうそくを見つけた。昨日は通りにだれもいなかった。港は国を出ようとする人でいっぱい。すさまじい強風で、家が持ちあげられて吹き飛ばされそうだった。こんな風のなか、みんなどこへ行くつもりなんだろう。『戦争と平和』を読み終えた。ツルゲーネフは、この作品には耐えがたいこととすばらしいことが書かれていて、すばらしいことが圧倒的にまさっているって評価したらしい。わたしには耐えがたいことはなかった。最後のほうは読むのをやめられなかった。マミが帰ってこなかったら法廷に訴えるってバビは言う。絶対に許さないって。まだ戦闘がつづいてる。頭が爆発しそう。頭のなかに何かあるけど、それが何かはわからない。

頭のなかがすごくうるさい。外もすごくうるさい。通りに人は見えないのに、それでもすごくうるさい。銃声が止まらない。

三月二十五日

今年は学校が再開されるとは思わない。最終試験はどうなるんだろう。大学進学もあきらめるしかない。勉強したいことすら決めてない。もうすぐ外国の兵士たちがやってくる。イタリア人、ギリシャ人、スペイン人、ポーランド人。国際平和維持軍。経済にとってはいいんだろうし、売春にとってもいいんだろうけど。

三月二十九日

昨夜、ヴロラ港からイタリアへ航行中の船がオトラントの近くで沈没した。百人ほどが乗っていて、その水域をパトロールしていたイタリアの軍用船に衝突された。イタリア側が船を止めようとした結果、転覆させられたらしい。八十人ほどの遺体が海に散らばって、捜索がつづいてる。ほとんどが女性と子どもで、なかには生後たった三か月の子もいた。その前日、アルバニアの首相はプローディ*との協定に署名して、イタリアが領海を取り締まれるよう武力行使に同意していた。その同意には、船を送り返す手段として海上で船に衝突することも含まれて

＊　当時のイタリア首相、ロマーノ・プローディ（中道左派）。

いた。もうバリウムを呑むのはやめてカノコソウにした。そっちのほうが効き目が穏やかなはず。

四月六日

教育大臣が「テレビを通じた学校教育」とかいう馬鹿みたいなアイデアを思いついた。学校は再開されない。安全じゃないから。テレビで授業をして、「教育の機会をだれも失わない」ようにするんだって。最終試験はどうなるのかわからない。テレビでやるのかもね。

# 22

# 哲学者は世界を解釈してきただけだ、重要なのは世界を変えることである

Philosophers Have Only Interpreted the World; the Point is to Change It

学校は一九九七年六月終盤まで閉鎖されたのち、数日だけ再開された。わたしたち最終学年の生徒が試験を受けられるようにするためだ。その数週間前、国の安定を図るべく国際平和維持軍が到着していた——暴力を止めるためというよりは、国が暴力をふたたび独占できるよう手助けするためだ。外国人兵士があちこちに展開していた。みんな同じ緑の制服とグレーのヘルメットを身につけ、袖に縫いつけられた国旗の色だけがちがう。「アルバ（夜明け）」作戦を率いたのはイタリアだ。第二次世界大戦後、「文明化」ミッションによってイタリア人兵士がアルバニアの地にやってきたのは二度目になる。

もうすぐ新しい選挙がある。国を共和制にとどめるのか、君主制を復活させるのかを決める国民投票もおこなわれる。王族たちが、崩壊した国の立て直しに挑戦しようと舞い戻ってきた。あの国王ゾグの子孫たちだ。アルバニアがファシストの保護領になったとき、その統治権がわたしの曾祖父へ一時的に移された国王の子孫たち。一九三九年に国立銀行から金《きん》を持ち出してアルバニアを逃れたその人たちは、テレビの宣伝枠を買い、君主制賛成に投票するようキャン

ペーンを展開した。毎晩、分割されたテレビ画面に、炎に包まれたアルバニアの画像と、オスロやコペンハーゲンやストックホルムの名所の写真が映し出される。写真の下には青い文字でこんなふうに書かれている。「ノルウェー――立憲君主制」「デンマーク――立憲君主制」「スウェーデン――立憲君主制」。

このコマーシャルには、祖母の機嫌を一瞬で損ねる力があった。窓の外のカラシニコフの轟音より強力だった。「ゾグですって！」祖母は鼻息を荒くする。「ゾグのことは聞きたくない。わたしは彼の結婚式へ出席したんですよ。ゾグですって！　この狂気の沙汰はいったいなんなの？　信じられない！」

父の反応はそこまで感情的ではなかったけれど、同じぐらい戸惑いを覚えさせた。「スウェーデンか」コマーシャルが流れるたびに、説明もなく父は言う。「オロフ・パルメ〔一九二七―八六。スウェーデン社会民主労働党の政治家。首相在任中に暗殺された〕だ。レウシュカ、オロフ・パルメのことは聞いたことがあるか？　いいやつだった。彼のことを読んでみるといい。社会民主主義者だった。本物のな。おまえも好きになっていただろう。オロフ・パルメはいいやつだった」。何年もあとになって、わたしはオロフ・パルメのことをさらに詳しく知った。アメリカとソ連を激しく批判したこと、脱植民地化を支持したこと、暗殺されたこと。そのとき初めて気づいた。父は生涯ずっと、すでに死んだ政治家しか褒めなかった。

物理の最終試験の前夜、わたしは地図帳を広げて世界の首都を憶えようとした。物理の参考書をもう一度復習する気にはならなかった。くたびれ果てていたからだ。何か月ものあいだ、毎晩休みなく勉強していた。学校があったら日中にしていたはずの勉強と同じように。夜はカラシニコフの音がまばらになる。犬が吠える声が聞こえて、ときどき庭のコオロギの鳴き声さえ聞こえた。停電も予想できるようになり、その夜に電気が使えるかあらかじめわかった。夜中の十二時にははっきりする。暗闇のなかでは普通の生活がほぼ戻ってきたけれど、祖母は眠りながらもぞもぞと身体を動かし、それから起きてきて、勉強のしすぎは体に害だとわたしに警告した。これはいつもとちがった。勉強をやめなさいと言われたことなんて、それまで一度もなかった。

学校ではこう告げられた。試験によって何かが変わることはおそらくない。最終的な成績は、それぞれすでに予想されている成績に合わせてつけられる可能性が非常に高い。それでもわたしには、試験を受けないなんてありえなかった。あらゆる不測の事態に備えておきたかったからだ。試験がすべておこなわれる保証もなければ、告げられた内容が変わらない保証もない。わたしは留年するのかもしれない。あるいは世界の首都を学ぶことなく卒業するのかもしれない。

最終試験の当日、担任のクイティム先生が封筒をひらいた。なかには教育省から送られてきた問題リストが入っている。学校の体育館は厳粛に静まりかえっていて、カンニング防止のためにひとり用の机が一メートル間隔で置かれている。先生は「試験命題《テーゼ》」とわたしたちが呼ぶものを読みあげた。平常時に想定されるような厳かな調子だったから、いまは平常時ではないけれど、真剣に試験勉強をしてよかったと思った。「Vの速度で地球に向かって飛ぶスペースシャトルが、進行方向へむかって光信号を発する。地球との──」

問題を読み終える前に、校長が体育館へ入ってきた。クイティム先生はめがねを外して待つ。校長は先生に何か耳打ちし、先生がささやき返すと、うなずいて出ていった。クイティム先生は窓の外を見つめて息を呑み、めがねを外したままもう一度読みはじめた。「Vの速度で地球に向かって飛ぶスペースシャトルが、進行方向へむかって光信号を発する。地球との関係における その光子の速度を求めよ」

問題を読み終えると黒板のほうを向き、板面いっぱいにグラフと等式を書いた。それからわたしたちのほうを向いて、A4サイズの紙を顔の近くで楯のように掲げた。「これが答えだ」チョークの粉の雲のなかでクイティム先生は言った。「だれも落第しない。予想される成績が6の者は、答えをふたつだけ写すこと。8なら三つ。10なら四つすべて写しなさい。自分で解こうとしないこと。校長に匿名の電話がかかってきた。学校に爆弾が仕掛けられている可能性があり、二時間後に爆発するかもしれない。二時間だということだ。警察がすでに捜してはいるが、何も見つかっていない。きみたちの友人がふざけているだけかもしれない。パニックになる必要はない。だが、早く終わらせる必要がある」

それがわたしの最終試験だった。学校は爆発しなかった。デマだったのだ。うちに帰ってこの話をすると、父は声をあげて笑った──錯乱したかのように大笑いし、ひらいた手で何度もテーブルを叩いて、頬をつたって落ちる涙をぬぐった。「爆弾！」父は大声をあげた。「爆弾だって！　だから寝てろって言っただろう、レウシュカ！　試験なんてかたちだけだって言ったろう！　爆弾！　天才的だ！　爆弾！　それで試験をつづけただって！　名人だ！　天才だ！」

その日の午後には、卒業パーティー用に買っておいたターコイズのなめらかなドレスが長すぎてやきもきした。直前に頼んで寸法直しを手伝ってくれる裁縫師は見つからなかった。「もう裾は膝よりずっと上じゃないの」試しに着てみると、祖母に言われた。「わたしは目にカーテンがかかっているからね」申し訳なさそうに祖母は言い添える。白内障のことだ。「わたしにはどうしようもないの」

この手のちょっとした服の手直しは母の得意分野だ。母がいないのが腹立たしかった。学校ではズボンしか穿いていなかったから、その場にふさわしい服装をしたかった。父はいつもの頼りない態度で目をぐるりとまわし、どことなくうしろめたそうな表情を浮かべた。とはいえ、ドレスはすでに短いなどと口にしないだけの礼儀はわきまえていた。

翌日、卒業パーティーがひらかれた。会場はホテル・カリフォルニアという海辺のロマンティックなホテルだ。地元の最有力ギャングが所有するホテルで、母をイタリアへ密出国させたのも、略奪された武器の大部分を管理していたのもそのギャングだ。ホテル・カリフォルニアは銃を携えた男たちに取り囲まれていて、みんな空に向けて頻繁に弾丸を発射した。守りの堅さをライバルのギャングに示すためでもあり、メインホールのお祭り気分を盛りあげるためでもあった。結婚式の最中に銃を放つバルカン半島の古い伝統にならっていたのだ。卒業パーティーは結婚式のようだった。男子はスーツにネクタイ姿で、女子はわたしを除いてみんな長いイブニングドレスを着ていた。ウェイターが一日じゅうメゼを出し、ラインダンスが午後四時ぐらいまでつづいて、外出禁止の時間になると銃を持った男たちが知らせにきた。最後の曲「ホテル・カリフォルニア」がかかり、わたしたちは荷物をまとめて、銃口を向けられながら歌ってホールを出た。「ようこそホテル・カリフォルニアへ！　なんてすてきな場所、なんてすてきな外観！」「いやでたまらない」ドアの外に出ると、同じクラスの女子が口にした。「この暑さ、いやでたまらない！　わたしのメイクを見てよ、ぜんぶ汗でどろどろになって、泥まみれの死体みたい」

いま学校時代の最後を振り返って思いだすのは、試験があっさり終わってほっとしたことと、試験勉強に費やした夜が無駄になって憤慨したことだ。まわりでいろいろなことが起こっていたけれど、生活のその一面だけは秩序を保とうと努めていた。いまとなっては、その努力そのものがある種の病理を示していたようにも思える。

その数か月間で、わたしはさまざまなことを受け入れるようになっていた。父が頻繁に議会に閉じ込められ、いつ帰るのか、そもそも帰ってこられるのかわからない状態を受け入れた。母がイタリアの就労許可取得に向けた進捗を熱心に報告することも、見知らぬ人のバスルームをしばらく掃除するのも平気だとおどけて口にすることも受け入れた。そうすることで政治から気持ちをそらせると母は言っていた。わたしは声を失ったことを受け入れた。今後は文字で考えを示さなければならないかもしれないことを受け入れた。子ども時代の友人で、わたしの目の前で猫を殺したフラムールが、トカレフTT‐33で遊んでいるうちに母親の目の前で自分を撃ち殺したことを受け入れた。カラシニコフの弾丸がうちの窓台に当たる音を受け入れた。それを聞きながら眠れるようになった。試験のときの爆弾も、卒業記念パーティーの銃も受け入れた。

わたしは自分の存在の不確かさを感じながら生きることを学んだ。明日も同じことができるかわからない状態で、食事したり、本を読んだり、眠ったりといった日常行為をする無意味さを受け入れた。目の前で展開するあらゆる悲劇に名前がないことを受け入れ、近所の人や親類がどんな死に見舞われたかを知ることが突然無意味になったことを受け入れた――故意の死でも不慮の死でも、ひとりぼっちの死でも家族に囲まれた死でも、暴力的な死でも穏やかな死でも、滑稽な死でも威厳ある死でも、もはや関係なかった。

わたしはさまざまな説明を受け入れた。これやあれの原因は何か。あれやこれの決定に国際社会がいかに警告を発していたか。バルカン半島の歴史が昔からいかに一触即発状態にあったのか――地域に広がる民族的・宗教的不和と社会主義の遺産とを、いかに考慮に入れなければならないのか。外国のメディアで聞いた話を受け入れた。アルバニアの内戦は、欠陥ある金融制度の崩壊が原因ではなく、北部のゲグ人と南部のトスク人という異なる民族集団のあいだにある長年の憎しみによって説明されるのだという。その馬鹿馬鹿しさにもかかわらず、またわたし自身がふたつの民族の両方に該当するのか、あるいはどちらにも該当しないのかもわからなかったのに、それを受け入れた。母はゲグ人で父はトスク人だったにもかかわらず、またふたりの結婚生活で問題になったのは政治と階級のちがいだけで、ことばのアクセントは一度も問題にならなかったのに、その説明を受け入れた。みんなと同じようにそれを受け入れた。宗教的な使命のように従っていた自由主義の「ロードマップ」を、わたしたちが受け入れたのと同じように。そのロードマップの妨げになるのは外的要因——たとえばわたしたち自身のコミュニティの後進性——だけであり、計画自体の矛盾が妨げになることはないという考えを受け入れたのと同じように。

わたしは歴史がくり返されることを受け入れた。こんなふうに考えたのを憶えている。これが父と母の経験したことなのか。ふたりがわたしに経験させたかったのはこれなの？　こんなふうに希望は失われるのか。分類、ニュアンス、区別、さまざまな解釈の妥当性の評価、真実——何もかもに無関心になるってこういうこと？

まるで一九九〇年に戻ったようだった。同じ混沌、同じ不確かな感覚、同じ国家の崩壊、同じ経済破綻に見舞われた。ただし異なる点がひとつあった。一九九〇年には、何もなかったけれど希望だけはあった。一九九七年にはそれも失った。未来は荒涼としていた。それなのに、まだ未来があるかのように行動しなければならなかった。未来の自分を想像し、さまざまな決断を下さなければならなかった。大人になったら何になりたいかを決め、大学の専攻を選ばなければならなかった。その選択は耐えがたいほどむずかしかった。選択肢を評価するのも、ほかの人生ではなくその人生を送る自分を想像するのも、それぞれの人生における自分の未来を考えるのもむずかしかった。法学、医学、経済学、物理学、工学といった個別の学問分野について考えることなどできなかったし、それらがどういうものなのか、どうやって専門家になるのか想像もつかなかった。それらの専攻が共有する価値についてしきりに考えた。共通するものはあるのか、すべてなんの目的に役立つのか。歴史と呼ばれるものを理解するのにそれらが果たす役割はなんだろう。わたしたちは、歴史を登場人物と出来事のたんなる無秩序な連続だとは考えていない。意味を与え、方向性の感覚を投影しているし、過去から学び、その知識を使って未来をかたちづくる可能性をそこに見いだしている。どの専攻を選べばいいのかわからなかった。わたしにあったのは懐疑心だけだ。

でも、その懐疑心が決断の役に立った。ある夜、食事の席でオリーブを食べながら、決断の結果を父と祖母に話した。父は不安を示した。

「哲学か」父は言った。「哲学、騾馬《ラバ》みたいに?」

「ラバ?」先生のことを父が持ち出したのが意外で、わたしは尋ねた。

「哲学。マルクス主義だ」父は食い下がる。「ラバが学んだのはそれだ。同じだろう。マルクスですら、それに価値がないことは知っていた。マルクスがなんて言ったか知ってるか? 哲学者は世界を解釈してきただけだ、重要なのは世界を変えることである。『フォイエルバッハに関するテーゼ』の第十一テーゼだ。おまえはラバみたいになりたいのか? マルクスの語ることに真実は少ないが、おそらくこれはそのひとつだろう」

父は『フォイエルバッハに関するテーゼ』の第十一テーゼを、クルアーンや聖書の一節を暗誦するように口にした。汝、むさぼるなかれ。汝、哲学を学ぶなかれ。

「その一文は聞いたことがない」わたしは答えた。「それに哲学を学ぶことで世界は変えられるでしょ」オリーブを嚙みながらことばを継いだ。

「その一文がマルクスの言いたいことだ」父は答える。「哲学は死んだ。哲学者はいろいろな理論を次から次へと思いつくが、それらはすべて互いに矛盾している。だれが正しくてだれがまちがっているか、判断する手段がないんだ。化学とか物理学とか、実証したり反証したりできる厳密な科学を選ぶほうがいい。あるいは、人びとの生活を向上させるのに使えるスキルを身につけられる専攻にするんだな。医者になるとか弁護士になるとか、なんでもいいんだが」

「何か方法があるにきまってるよ」父が引用した一節のことを引きつづき考えながら、わたしは反論した。

父は困った顔をする。

「重要なのは世界を解釈することではなく変えることだって言ったよね。たぶんマルクスが言いたかったのは、正しい方向へ世界を変える哲学理論が正しい理論だってことだと思う」舌をくねらせて口のなかでオリーブを転がし、種を出そうとしながら、わたしはもぐもぐと言った。

「すでにマルクス主義者みたいな話しぶりだな」父は言った。「あいつらは正しい方向がどっちか自分たちが知っていると思ってる」

二度目に口にされたこのマルクスは、一度目よりも警戒心を抱かせた。父と母が「だれそれはマルクス主義者だった」とか「だれそれはいまだにマルクス主義者だ」と言うときはいつも、

「だれそれは馬鹿だ」「その人を信用してはいけない」「だれそれは犯罪者だ」というような意味だった。マルクス主義者と呼ばれるのは、褒めことばではない。

「哲学は職業じゃない！」父は声をあげた。「なれるのはせいぜい中等学校の教師で、やる気のない十六歳に党の歴史を説明するのが関の山だ」

「党って？」さらにオリーブを食べながらわたしは言った。「党なんてないでしょ。党の歴史なんて勉強しないし」

「何であれ、ラバがいま教えてるやつだ」父は譲歩して言い直した。

「マルクスを持ち出したのはわたしじゃないからね」声が大きくなる。「そっちだから。哲学のことはそれしか知らないんでしょ。みんなマルクス主義のことしか考えてない。マルクス主義は死んだのかもしれない」そこまで言って、わたしはことばにつかえはじめた。「でも哲学はそれだけじゃない。わたしはマルクス主義のことは何も知らないよ。そのせいで家族の人生がめちゃくちゃになったのはわかる。でも――」

「あと数年早く生まれてたら、おまえの人生もめちゃくちゃになってた」父が口を挟んだ。

「いまだってもうめちゃくちゃだよ。マルクス主義のせいでいまよりひどくなるわけじゃない」

祖母が立ちあがってお皿を集め、考え直したように父のほうを向いた。「あなたは大学で学びたいことを学べなかったでしょう」落ち着いた口調で祖母は言う。「どうして同じ苦しみを娘に与えようとするの？　自分がずっと腹立たしく思ってきたことを子どもにさせる意味がどこにあるの？」

祖母の口調は話の中身と著しく対照的だった。淡々とことばを口にし、将来の選択肢を話し合っているというよりは病気の診断を手助けしてでもいるようだ。わたしは黙っていることにした。

「おれにはわからない」父が不安げに言った。「だれも学校で哲学なんて勉強してない。マルクスすら学んでないんだ。どうやって学費を貸してくれって頼めばいい？　何を勉強するためにって？　てつ‐がく。頭がおかしくなったんじゃないかと思われるだろう。この子が哲学の何を知ってるっていうんだ？」父の声には怒りがこもっていた。

その夜、わたしたちは取引をした。ふたりはわたしに哲学を学ばせることを約束し、わたしはマルクス主義に近づかないことを約束した。父はわたしを行かせてくれた。わたしはアルバニアを去り、アドリア海を渡った。海岸で父と祖母に手を振って別れを告げ、海中に沈んだ何千もの遺体の上をすすむ船でイタリアへ向かった。かつてわたしの魂より希望に満ちた魂を宿していたけれど、より不幸な運命に遭遇した人たちの遺体。わたしは二度と戻らなかった。

# エピローグ

Epilogue

毎年、ロンドン・スクール・オブ・エコノミクスで担当しているマルクスの授業のはじめに、わたしは学生にこう語る。社会主義は物質的諸関係や階級闘争、経済の公平性についての理論だと思っている人が多いが、実は社会主義はもっと根源的なものに動かされている。社会主義はまず何より人間の自由の理論であり、歴史の進歩をどのように考えるかの理論であって、いかに状況に適応しながらその状況を乗り越えようとするかの理論でもある。自由が犠牲になるのは、発言、移動、行動を他人に指図されるときだけではない。人びとの潜在能力を開花させると主張しながら、だれもが豊かに生きるのを妨げている構造を変えられない社会もまた抑圧的である。それでも、たとえあらゆる制約を課せられていても、わたしたちが内面の自由を失うことはない。正しいことをする自由は失わない。

父と祖母は、わたしの研究の行く末を見届けることなくこの世を去った。国会議員を辞めたあと、父は民間企業を転々とした。毎回、解雇されるのを英語力不足のせいにして、のちにはコンピューター・スキルの未熟さのせいにした。父が職探しをしやすいようにと、家族は首都のフラットに引っ越した。旧植物園の近くで、国内でも群を抜いて汚染された地域になっていた。父のぜんそくは悪化した。ある夏の夜、六十歳の誕生日を迎えて間もなく、父はぜんそくの激しい発作に襲われた。急いで窓をあけ、外の空気を吸おうとしたが、一酸化炭素と塵芥が立ち込めていた。救急車が到着したときには、すでに息絶えていた。

そのとき母はイタリアにいた。両親は和解していたが、母はイタリアにとどまり、季節労働の介護人や清掃人として働いて、新しくできた借金を返済していた。その間、アルバニアにいる母のきょうだいは、没収された昔の財産を取り戻そうとしていた。ニニはずっと「時間の無駄」だと考えていたが、父につづいてニニが亡くなった数か月後、その努力は実を結んだ。広大な海辺の土地をアラブ人の不動産開発業者に売却し、わたしたちの運命は一夜にして変わった。

わたしはもう、次の奨学金の振込日まで手元の小銭を数えて過ごす必要がなくなった。外食を楽しみ、夜遅くまでバーでお酒を飲みながら、大学の新しい友人たちと政治を議論できるようになった。そうした友人の多くは、社会主義者を自称していた――西欧の社会主義者だった。友人たちは、ローザ・ルクセンブルク、レフ・トロツキー、サルバドール・アジェンデ〔一九〇八－七三。チリの社会主義政治家で元大統領〕、エルネスト・〝チェ〟・ゲバラのことを世俗の聖人として語った。この点で、みんな父と似ているとわたしは思った。友人たちが尊敬に値すると考える革命家は、殺された人ばかりだったからだ。それらの人物の肖像がポスター、Tシャツ、マグカップに使われるのは、わたしの子ども時代にエンヴェル・ホッジャの写真が人びとのリビングを飾ったのとよく似ていた。それを指摘すると、友人たちはわたしの国のことをさらに知りたがった。だが一九八〇年代のわたしの経験は、友人たちの政治理念にとってはなんの重要性もないと思われていた。わたしが自分の経験と友人たちのコミットメントの両方を同じく社会主義に分類すると、危険な挑発だと見なされることもあった。五月一日には、ローマでひらかれる大規模な野外コンサートへみんなで足を運んだ。わたしは子ども時代の労働者の日のパレードを思いださずにはいられなかった。「あなたが経験したのは、ほんとうの社会主義じゃない」友人たちはいら立ちを隠さずに言った。

アルバニアの社会主義と、アルバニアの社会主義が比較対象にしていたその他すべての社会主義諸国についてわたしが語ると、まだ国になじみきっていない外国人が恥ずかしいことを言っているのだと大目に見られるのがせいぜいだった。ソ連、中国、ドイツ民主共和国、ユーゴスラビア、ベトナム、キューバ――それらの国も社会主義ではまったくなかったのだという。それらは歴史上の闘いで敗北すべくして敗北した国であり、社会主義国の真の担い手は、まだその闘いに加わっていなかった。友人たちの社会主義ははっきりしていて明るく、未来に実現される。わたしの社会主義は混乱していて血まみれで、過去のものだ。

それでも友人たちが目指す未来と、社会主義諸国がかつて体現していた未来は、同じ書籍、同じ社会批判、同じ歴史上の人物からインスピレーションを得ていた。にもかかわらず、友人たちはなぜだかそれを不幸な偶然として扱っていた。世界のわたしたちの側で失敗したことはすべて、指導者の残虐さや制度の後進性のせいにされる。そこから学ぶことなどほとんどないと思われていた。同じ過ちをくり返すおそれはなく、どんな成果があったのか、なぜそれが破壊されたのかをじっくり考える理由もない。友人たちの社会主義は自由と正義の勝利を特徴とし、わたしの社会主義はその失敗を特徴とする。友人たちの社会主義は正しい人たちの手で、正しい動機によって、正しい状況のもと、理論と実践の正しい組み合わせによって実現される。わたしの社会主義に残されたのはただひとつ、忘れ去られることだけだ。

でもわたしは忘れ去る気になれなかった。昔を懐かしんでいたわけではない。子ども時代を美化していたわけでもない。子ども時代の諸概念が自分のなかに深く根を張っていて、そこから自分を切り離すことができなかったわけでもない。だが、わたしの家族と国の歴史から得られる教訓がひとつあるとしたら、それは次のことだろう。人間はみずから選んだ状況のもとで歴史をつくるわけではない。社会主義についても自由主義についても、観念と現実のいかなる複雑な混成物《ハイブリッド》についても、「あなたが経験したものは本物ではない」と言うのはたやすい。そう言えば責任の重荷から解放される。偉大な思想の名のもとに生まれた道徳的悲劇への共謀者ではもはやなくなり、反省も謝罪も学習も必要なくなる。

「わたしたち『資本論』の読書会をやってるの」ある日、友人に声をかけられた。「あなたも参加したら本物の社会主義を学べると思う」わたしは参加することにした。序文の最初の数ページを読むと、フランス語を聞いているような感覚をわずかに覚えた。子ども時代に教わったが、ほとんど練習していない外国語だ。資本家、労働者、地主、価値、利潤といったキーワードの多くは記憶に残っていて、ノラ先生が児童向けに言い換えた単純な言いまわしとノラ先生の声で頭のなかに響きわたった。マルクスは序文にこう書いている。個人を扱うのは「それが経済的なカテゴリーの人格化であるか、特定の階級関係や階級の利害の担い手である場合にかぎられる」〔カール・マルクス『資本論　経済学批判第一巻 一』中山元訳、日経BP、二〇一一年。訳は一部改変した〕。だがわたしに言わせれば、あらゆる経済的なカテゴリーの人格化の背後には、本物の人間の肉と血があった。資本家と地主の背後には、わたしの曾祖父がいた。労働者の背後には、港で働くロマがいた。小作農の背後には、祖父が刑務所へ送られたときに祖母といっしょに畑に働きに行かされた人たちがいた——祖母が慇懃無礼な調子で語っていた人たちだ。読み終えてそのまま次へすすむことはできなかった。

なぜわたしがマルクスを教え研究するのか、プロレタリア独裁について書くのか、母は理解に苦しんでいる。ときどきわたしの論文を読んで当惑する。親類からの気まずい質問は受け流すようになった。ほんとうにこんな考えに説得力があると思っているの？　あるいは実現可能だと？　どうすればそんなことができるっていうの？　たいてい母は批判を自分のなかにしまっておく。一度だけ、あるいとこの発言を持ち出したことがあった。祖父が刑務所で十五年間過ごしたのは、わたしがアルバニアを去って社会主義の肩をもつようにさせるためではなかったと。母とわたしはぎこちなく笑い、沈黙したのちに話題を変えた。そのあとは、殺人に手を染めた人間のような気持ちになった。一族のあまりにも多くの命を奪った体制の思想とつながりを持っているだけで、引き金を引いた犯人になるかのように。実際に母がそんなふうに考えていることを、わたしは心の奥底でわかっていた。ずっと釈明したかったが、どこからはじめればいいのかわからなかった。母に答えるには本が一冊必要だと思った。

これがその本だ。はじめは、自由主義と社会主義というふたつの伝統において重なる自由の概念を扱う哲学書になるはずだった。しかし書きはじめると、『資本論』を読みはじめたときと同じように概念が一人ひとりの姿を取るようになった——わたしをわたしにした人たちに。その人たちは愛し合っていがみ合い、自分自身についても他者への義務についても、さまざまな考えを持っていた。マルクスが書くように、みんな自分には責任のない社会関係の産物だったが、それでもその社会関係を乗り越えようとした。そして、乗り越えることに成功したと思っていた。でも目標が実現したとき、その人たちの夢はわたしの幻滅になった。わたしたちは同じ場所で暮らしていたけれど、別の世界で生きていた。そのふたつの世界は、ほんのひとときしか重なり合わなかった。重なり合ったとき、わたしたちは異なる目で物事を見ていた。家族のみんなが社会主義に見ていたのは否定だった。自分たちがなりたい人間の否定、失敗してそこから学ぶ権利の否定、自分のやり方で世界を探究する権利の否定。わたしが自由主義に見ていたのは、破られた約束、連帯の破壊、特権を相続する権利、不正義を黙認することだった。

ある意味わたしは、一周してもとに戻ってきたのだ。体制が変わるのを一度目にすると、また変えられると信じるのはさほどむずかしくない。シニシズムや政治的無関心との闘いは、道徳的義務とも呼ばれるものになる。わたしにとってその義務は、先人たちへの借りというほうがふさわしい。まさにその先人たちこそ、無関心でなく、シニカルでなく、成り行きに任せていたらうまくいくとは思っていなかったがゆえにすべてを犠牲にしたのだ。わたしが何もしなかったら、その人たちの努力は無駄になり、命は無意味になる。

わたしの世界は、父と母が逃れようとした世界と同じぐらい自由からかけ離れている。どちらも理想には到達していない。だが、失敗はそれぞれ独自のかたちをとった。それらのかたちを理解できなければ、わたしたちは永遠に引き裂かれたままになる。わたしがわたしの話を書いたのは、説明し、和解し、格闘をつづけるためにほかならない。

# 謝辞

本書の大部分は、Covid-19のパンデミックのあいだにベルリンの押し入れで書いた。自宅学習の面倒を見なければいけない（わたし自身の）子どもたちから身を隠し、祖母のことばに思いをめぐらすのにうってつけの場所だった。「未来をはっきり見通すのがむずかしいときは、過去から何を学べるかを考えなければいけない」。その過去をともに再訪してくれた母のドリと弟のラニに感謝している。自分たちの話をわたしのことばで語らせてくれて、またいつも真実を語ってくれてありがとう。

わたしの学術的な文章を広い読者に届ける気はないかと最初に提案してくれた編集者、カシアナ・イオニータと、当初の構想から大きく変更されたプロジェクトをつづける自信を与えてくれたエージェント、サラ・シャルファンにお礼を言いたい。さまざまな段階でのふたりの知性、質問、コメント、忍耐、ユーモアがなければ、この本は存在しなかった。原稿全体にすばらしい編集上の提案をくれたノートン社のアレイン・メイソンとペンギン社のエドワード・カークに、また本書を現実の存在にしてくれた信じられないほど有能で熱意あるチームのみなさんに感謝している。ワイリー・エージェンシー社のサラ・シャルファン、エマ・スミス、レベッカ・ネーゲル、ペンギン・プレス社のカシアナ・イオニータ、エドワード・カーク、サラ・デイ、リチャード・ダギッド、ティ・ディン、アニア・ゴードン、オルガ・コミニーク、イングリッド・マッツ、コリーナ・ロモンティ、ノートン社のアレイン・メイソン、モー・クリスト、ボニー・トンプソン、ベス・シュタイデル、ジェシカ・マーフィー、サラメイ・ウィルキンソン。

本書の初期の草稿にすばらしいコメントをくれて、いまも引きつづき支えてくれ友人でいてくれるクリス・アームストロング、ライナー・フォアスト、ボブ・グッディン、シュテファン・ゴーゼパート、チャンドラン・クカサス、タマラ・ユゴフ、キャサリン・ルー、ヴァレンティーナ・ニコリーニ、クラウス・オッフェ、デイヴィッド・オーウェン、マリオ・レアーレ、パオラ・ローダノ、デイヴィッド・ランシマンにお礼を言いたい。

アルバニアと、もっと広く鉄のカーテンの〝向こう側〟にいる友人たちにも感謝している。子ども時代の経験を分かち合い、出来事と印象を再構築する手助けをしてくれて、バランスよく褒めて批判してくれた。次のかたがたにとりわけお礼を言いたい。ウラン・フェリージとシュチポーニャ・テルハイ（影の担当編集者たち！）、またオデタ・バーブルシ、ミゲナ・ブレグ、エリス・ドゥロ、ボラーナ・ルシャイ、ジョアナ・パパコスタンディーニ、秘密のピオネール。みんな草稿にすばらしいコメントをくれ、地理の面でも政治の面でも貴重な比較の視点を与えてくれた。

次のかたがたにも感謝の気持ちを。ヨニ・バボツィ、ツヴェティ・ゲオルギエバ、アニラ・カディヤ、ブレダグル・クルティ、ヴィリエム・クルトゥライ、ギゼ・マグリーニ、アドレイ・ピツィ、ローランド・カフォーク、ファトス・ローサ、ネリタン・セヤミニ。このプロジェクトのさまざまな側面で手を貸してくれ、ロックダウンの最中でさえも、頼むとすぐにティラナから資料を送ってくれた。

自由について刺激的な議論をたくさん交わした、ロンドン・スクール・オブ・エコノミクスのすばらしく協力的な同僚たちと優秀な学生たちにもお礼を言いたい。本書のアイデアについて早い時期にすばらしいディスカッションをしてくれたフランクフルトの規範的秩序コロキアムのみなさんに、また、研究休暇の資金を提供してくれ、本書の執筆を可能にしてくれたリーヴァーヒューム・トラストとフンボルト財団に感謝している。

家族のみんなにありがとうと言いたい。ジョナサン（もうひとりの影の編集者!）、アールビエン、ルービン、ハナ、ドリ、ラニ、ノアナは本書の苦しみとよろこびをすべて分かち合ってくれ、そのほかあらゆることで力になってくれた。

父のザフォと祖母のニニは、いまもずっとわたしとともにいる。ザフォはこの場にふさわしい冗談を口にしただろう。おそらくわたしがマルクス主義者を自称しながら、こんなにたくさんの「ありがとう」を言っていることについて。ニニはいかに生きるのか、生きることについていかに考えるのかを教えてくれた。毎日、ニニが恋しい。本書をニニの思い出に捧げる。

# 訳者あとがき

資本主義は人間による人間の搾取である。共産主義はその反対だ――つまり人間による人間の搾取である。冷戦時代によく口にされていたという冗談だ。これが笑えないのは、使い古されて手あかがついた冗談だからでもあるが、絶望や無力感を覚えさせるからでもある。いまある体制は不自由だ。だがそれへの唯一のオルタナティブとされるものも同じく不自由だという。いったいどうすればいいのか。*

本書の著者レア・イピは、一九七九年九月に社会主義国アルバニアで生まれた。当時のアルバニアはエンヴェル・ホッジャ（一九〇八－八五）の指導のもと、ソ連や中国などほかの社会主義諸国とも袂を分かち、ほぼ鎖国状態で独自路線を歩んでいた。イピはそのアル

* たとえば次を参照のこと。Marshall Berman, 'Caught Up in the Mix: Some Adventures in Marxism', in *Modernism in the Streets: A Life and Times in Essays*, David Marcus and Shellie Sclan eds., London, Verso, 2017, p. 17.

バニアこそが世界で最も偉大であり、ただひとつの自由な国だと信じて育つ。だが一九九〇年十二月、イピが十一歳のときに、アルバニアは複数政党制の多元主義国家へ移行した。そして父と母から告げられる。「党を支持したことなど一度もないし、その権威もまったく信じていなかった」(一三五頁)と。

父方の家族は反体制派で、母方の家族は元大地主だった。どちらも処刑、拷問、刑務所で数多くの親類を失っていた。「この国は野外刑務所だった」(一三五頁)。それまで信じていたことはすべて覆される。「かつての世界は、別の世界に変わった。かつてのわたしは、別のだれかになった」(二四五頁)。「独裁」「プロレタリアート」「ブルジョワジー」といった語彙は消えてなくなった。残ったことばはひとつだけ。「自由《フリーダム》」。アルバニアには自由選挙と自由市場が導入された。

自由民主主義と資本主義からなる社会、いわゆる〝歴史の終わり〟後のアルバニアは自由になったのか。構造改革と「ショック療法」によって多くの失業者が出た。出国はできるようになったが、ほかの国から入国を拒まれるようになった。海路で出国を試みた多くの人がアドリア海に沈んだ。出国に成功した人も性的人身取引などの被害者になった。ネズミ講によって人口の半分以上が財産を失い、イピが高校卒業をひかえた一九九七年には内戦状態に陥った。

資本主義も社会主義も、自由を標榜しながら自由とは言いがたかった――どちらも人間による人間の搾取だった。だが、本書はどちらかを糾弾してどちらかを擁護する本ではない。著者はどちらの体制についても単純な評価を下すことを拒む。一九七九年にアルバニアに生まれ、やや特殊な背景をもつ両親のもと熱心で優秀な〝共産主義的人間〟として育ち、十一歳で体制転換、十七歳で内戦を経験した少女の視点に徹底して内在し、彼女の目を通して社会と出来事を語る。この文学的手法によって、それぞれの人物に命が吹き込まれ、当時の生活が色彩をおびて再現されて、読者は作品世界へと引きこまれる。そこで描き出されるものは解釈にひらかれ、読者を対話へと招き入れる。

だが同時に本書は哲学者によって書かれた回想録であり、言うまでもなく思想的な含意のある作品である。そのテーマはタイトルにはっきりと掲げられている。実際、本書はもともと「自由主義と社会主義というふたつの伝統において重なる自由の概念を扱う哲学書になるはずだった」という。「しかし書きはじめると〔中略〕概念が一人ひとりの姿を取るようになった」（三二四頁）

したがって、読者が出会う一人ひとりの登場人物の背後には概念がある——自由の概念がある。前半の社会主義体制の根底にある「～への自由」（積極的自由）と、後半の資本主義体制のもとでもっぱら前景化する「～からの自由」（消極的自由）の対比に読者はまず気づくであろうし、イピの父ザフォは前者を、母ドリは後者を体現する人物だともいえる。だが、おそらく本書全体をつらぬく軸であり、社会主義と自由主義を横断して中心的な位置を占めるのは、祖母ニニが体現する自由の概念だろう。すなわち理性にもとづいて判断し、道徳的行為者として自律的に考え行動する責任を引き受けるという意味での自由である。

ニニは一九一八年にオスマン帝国の名門一家に生まれ、サロニカ（現在のギリシャのテッサロニキ）で育った。アルバニアは一九一二年にオスマン帝国から独立し、一九二〇年に共和制の国家を樹立、一九二八年にゾグ一世が国王に即位して君主制国家になる。ニニは十九歳でアルバニアを訪れ、二十歳でアルバニア首相の顧問になった。その後、アルバニアは一九三九年にムッソリーニのイタリアに併合され、のちにナチ・ドイツの支配下に置かれる。一九四四年、パルチザンの抵抗運動によってドイツによる占領から解放され、一九四六年にエンヴェル・ホッジャ率いる社会主義政権が成立した。

こうした激動の歴史のなか、アルバニア政治の中心近くにいたニニは多事多難な人生を送った。一族は財産を失い、親類や友人の多くを亡くして、夫は十五年間服役する。ニニ本人も強制労働収容所で働いた。まさにすべてを失った。だが、「それでも自分自身は失わなかった」とニニは言う。「尊厳は失わなかった。なぜなら尊厳はお金や名誉や肩書とはなんの関係もないから。わたしはずっと同じ人間なの」（一三九頁）。

ニニの「お気に入りの革命」はフランス革命だった。その理念を示した「啓蒙の哲学者」ヴォルテールとルソーは、「だれもが自由で平等に生まれ、人間は自分で考えて自分の決断を下すことができると考えた」とニニは説く。「無知、迷信、権力者による支配に反対したのです」（二〇九頁）

ここで想起されるのはカントによる啓蒙の定義であろう。それによると啓蒙とは、「人間が、みずから招いた未成年の状態から抜けでること」である。そのスローガンは、「知る勇気をもて《サペーレ・アウデ》」、「自分の理性を使う勇気をもて」*。そこでは理性を用いて道徳的行為者として行動することが自由であり、尊厳ある生き方にほかならない。

人はいかなる状況においても自分で考えて自分の決断を下せる――外面がどれだけ不自由に見えても、内面はつねに自由である。君主制のもとでも、ファシズムのもとでも、社会主義のもとでも、資本主義のもとでも、ニニはあらゆる困難に直面し、あらゆる制約を受けていた。とても自由とは思えない状況のもとにいたが、それでも無力感に身を委ねることはなく、自分自身と尊厳を失わなかった。

ニニは「いつでも冷静で揺らぐことがなく、最もむずかしい状況にも適応できて、さまざまな困難をやすやすと乗り越えた」とイピは書く。「そこに示されていたのは、最大の障害を生むのは自分自身であり、必要なのは成功への意志だけだという考えだ。祖母を見ていると、現在はいつでも過去とつながっていて、偶然に見える状況にも合理的な特徴と動機があるのだと思えた」（二七八頁）。もちろん、ニニもつらくなかったわけではない。

＊　カント「啓蒙とは何か――「啓蒙とは何か」という問いに答える（一七八四年）」『永遠平和のために／啓蒙とは何か　他3編』中山元訳、光文社古典新訳文庫、二〇〇六年、一〇頁。

ニニも情念と感情に縛られた人間なのだから。だが、「泣くんじゃありません」とイピを諭す。「泣いてもだれの役にも立たないでしょう。泣くなんてことを考えていたら、わたしはここにいませんでしたよ。列車に飛び込むか、いとこたちと同じように精神科病棟に入っていたでしょうね。何かをするの」（二六八頁）

いかなる体制のもとで生きていても、人間は環境に縛られ、なんらかのイデオロギーにつねに拘束される。だが、著者がエピローグで語るように、「たとえあらゆる制約を課せられていても、わたしたちが内面の自由を失うことはない。正しいことをする自由は失わない」（三一九頁）。それは理性にのっとって考え、行動する力が人間にそなわっているからだ。みずからが置かれた状況を把握しようと努め、そのなかで主体性を行使して未来をつくる力が人間にはあるからだ。ニニはそうした自由を体現していた。「人間はみずからの自由な意志で歴史をつくるわけではない。だが、それでもやはり歴史をつくる」という本書の冒頭に掲げられたローザ・ルクセンブルクのことばのとおりであり、「人びとは自分たちの歴史をつくる。けれども好きな材料でつくるわけでも、自分で選んだ状況でつくるわけでもない」というマルクスのことばのとおりである。*

イピ自身も環境とイデオロギーによる束縛のもとで生き、体制転換と内戦を経験することで、国家と家族、社会主義と資本主義の価値体系のちがいを身をもって知った。「家族のみんなが社会主義に見ていたのは否定だった。自分たちがなりたい人間の否定、失敗してそこから学ぶ権利の否定、自分のやり方で世界を探究する権利の否定。わたしが自由主義に見ていたのは、破られた約束、連帯の破壊、特権を相続する権利、不正義を黙認することだった」（三三四頁）

それを知ったイピが、内戦に引き裂かれた国を去るにあたって哲学の道にすすむことにしたのは――そしてカント、マルクス、批判理論といった啓蒙のプロジェクトを継承する哲学にひきつけられていったのも――、おそらく驚きではない。

「わたしの世界は、父と母が逃れようとした世界と同じぐらい自由からかけ離れている」とイピは言う「どちらも理想には到達していない」（三三五頁）――どちらも人間による人間の搾取である。だとしてもそこで絶望し、政治的無関心やシニシズムに陥るわけにはいかない。希望を捨てるわけにはいかない。ここは絶望的な状況でも尊厳と内面の自由をけっして手放さなかった。理性にしたがってよりよく生きるという道徳的義務を放棄しなかった。歴史をつくるのをあきらめなかった。

哲学は理性によって批判をし、真偽を区別する営みである。それぞれの失敗のかたちを理解し、よりよい世界のあり方を模索する営みである。より理性的であり、それゆえより自由な生へと向かっていく――人間が手段ではなく目的そのものとして扱われるカントの

＊　マルクス『ルイ・ボナパルトのブリュメール18日』丘沢静也訳、講談社学術文庫、二〇二〇年、一六頁。

「目的の国」、マルクスの「自由の国」を目指す――営みである。希望を追求する営みである。

あるインタビューでイピは、アメリカ中西部で暮らす十八歳の子たちからも本書への共感の声が届いていると語っているが、[*] 自称〝自由の国〟アメリカも含め世界のどこでも、世代を問わずなんらかの環境や体制やイデオロギーに縛られて生きていることに変わりはない。だが、「体制が変わるのを一度目にすると、また変えられると信じるのはさほどむずかしくない」（三二四頁）とイピは言う。体制をより自由なものへと変えるには、知る勇気と理性を使う勇気が求められる。哲学が求められる。道徳的行為者として理性にしたがうことが求められる。歴史をつくることが求められて、対話によって理性の輪郭を明確にしていくことが求められる。

本書もまた、自由へと向かう哲学的な対話への招待にほかならない。

一九九七年にアルバニアを離れたのち、レア・イピはローマのサピエンツァ大学で哲学と文学を学んだ。二〇〇八年に欧州大学院（European University Institute）で博士号を取得し、博士論文 *Statist Cosmopolitanism* は二〇一一年に *Global Justice and Avant-Garde Political Agency* としてオックスフォード大学出版局から刊行されている。二〇〇八年から一一年までオックスフォード大学ナフィールド・カレッジで博士研究員を務め、現在はロンドン・スクール・オブ・エコノミクスで政治理論を教える。マルクス、カント、批判理論、グローバルな正義、移民、民主主義、コスモポリタニズムなどの分野で著書や論文が多数あり、政治学分野ですぐれた論文におくられるイギリス学士院ブライアン・バリー政治学賞や、国際的な活躍が期待される研究者の業績を称えるフィリップ・レヴァーホルム賞を受賞。近年は、移民問題などについてガーディアン紙をはじめとするイギリスの主要メディアでも活発な言論活動をおこなっている。本書『ＦＲＥＥ』は一般読者に向けて書いたはじめての著作であり、アルバニア語を含め三十以上の言語に翻訳されている。

本書の訳出にあたっては、勁草書房編集部の伊従文氏に全面的にお世話になった。文体や登場人物の口調など作品の根幹にかかわる部分も含め、きわめて的確かつ細やかなフィードバックによって翻訳作業を導いてくださったことに深く感謝もうしあげる。また、アルバニア語などの日本語表記については、Erjon Mehmeti 氏にご助言をいただき、武部浩子氏にもご助力をいただいた。厚くお礼をもうしあげたい。

＊ Jack Grove, 'Free: how Lea Ypi memoir connected with readers around the world', *Times Higher Education*, July 15, 2022, https://www.timeshighereducation.com/news/free-how-lea-ypi-memoir-connected-readers-around-world

著者略歴
レア・イピ（Lea Ypi）
ロンドン・スクール・オブ・エコノミクス政治理論教授、オーストラリア国立大学名誉教授。専門はイマヌエル・カント、マルクス主義と批判理論。ロンドン在住。主著に、*Global Justice and Avant-Garde Political Agency*（2011），*The Architectonic of Reason*（2021, いずれも Oxford University Press）。初めて一般の読者に向けて執筆した『FREE』は王立文学協会オンダーチェ賞およびスライトリー・フォクスト誌ベスト・ファースト・バイオグラフィー賞を受賞。ベイリー・ギフォード賞とコスタ賞伝記部門の最終候補にもなった。現在、30 以上の言語に翻訳されている。祖母について語った次作『Indignity』を 2025 年に刊行予定。

訳者略歴
山田　文（やまだ ふみ）
翻訳者。訳書にアミア・スリニヴァサン『セックスする権利』（勁草書房）、キエセ・レイモン『ヘヴィ――あるアメリカ人の回想録』（里山社）、ヴィーラ・ヒラナンダニ『夜の日記』（作品社）、ヴィエト・タン・ウェン編『ザ・ディスプレイスト――難民作家 18 人の自分と家族の物語』（ポプラ社）、フランシス・フクヤマ『「歴史の終わり」の後で』（マチルデ・ファスティング編、中央公論新社）など。

FREE
歴史の終わりで大人になる

2025年 2 月14日　第 1 版第 1 刷発行

著　者　レ　ア　・　イ　ピ

訳　者　山《やま》　田《だ》　　文《ふみ》

発行者　井　村　寿　人

発行所　株式会社　勁《けい》　草《そう》　書　房

112-0005　東京都文京区水道 2-1-1　振替　00150-2-175253
（編集）電話　03-3815-5277／FAX　03-3814-6968
（営業）電話　03-3814-6861／FAX　03-3814-6854
堀内印刷所・松岳社



ISBN978-4-326-85204-8　　Printed in Japan



＊落丁本・乱丁本はお取替いたします。
ご感想・お問い合わせは小社ホームページから
お願いいたします。

https://www.keisoshobo.co.jp